Christoph Peters

Selfie mit Sheikh

Für Sheikh Eşref Efendi, ohne den ich noch immer glauben würde, ich verstünde irgendetwas.

Inhalt

Urzustände, erste Menschen

Sagen wir, es ist nichts da, wie immer vor dem Anfang nichts da ist, wüst und leer, die Szenerien in abwesendem Licht, das keine Dunkelheit kennt, darüber Schwebezustände des Unbekannten. Jede Möglichkeit kann verwirklicht werden, auch wenn nirgends Raum ist, nicht Himmel, nicht Erde, weder Land noch Wasser, aber es wird geschieden auf der ebenen Fläche, die sich ausdehnt – waagerecht und senkrecht, horizontal und vertikal: hell von dunkel, Schärfe von Unschärfe, Farbe von Nicht-Farbe, Materie von Energie von Form. Dann der Einbruch des Lichts, damit etwas in Erscheinung treten kann, im selben Moment, abgegrenzt und als solche erkennbar: Finsternis. In ihr wohnt die Furcht. Es gibt Gewölbe, oberhalb, unterhalb, Durchbrüche, Höhlungen, aufgefaltet, verkrümmt, geschichtet. Vorstufen von Landschaft, Seen, Meere, Ozeane, gefüllt mit Urstoff, aus dem sich zusammenfügen wird, was erdacht wurde, ehe das Denken begonnen hat.

Damit ist die Zeit ins Werk gesetzt, deren Anfang ebenso unvorstellbar erscheint wie ihre Anfangslosigkeit. Erst jetzt kann das Eine aus dem Anderen hervortreten, fließende Übergänge vom Vorher ins Nachher, permanenter Wandel sämtlicher Strukturen, unablässiger Austausch aller Substanzen, nirgends ein Halten. Nur innerhalb der

Ausdehnung eines Punkts wäre vollständige Erstarrung noch möglich, würde nicht jeder dieser Punkte in seinen eigenen Schacht aus unendlich aufgefächerten Abgründen stürzen. Bis zum Ende, das so unvorstellbar ist wie der Anfang, wird nicht der geringste Bruchteil von etwas je wieder stillstehen.

Abend und Morgen. Erster Tag.

»Nimm einen Platz ein.«

Von hier nach dort wandert der Blick, überbrückt eine Handbreit, einen Fuß, eine Elle, zunehmend Abstände jenseits des eigenen Maßes, stößt an Ränder, setzt Markierungen, um nicht verloren zu gehen, vergewissert sich seiner selbst, schaut erstmals zurück, noch ohne Erinnerung.

Wir sind längst mittendrin. Scharf angestrahlt werfen wir Schatten in jede Richtung. Vor uns eine unbestimmte, auf wenig mehr als Mutmaßungen beruhende Vorstellung dessen, was nicht da ist, nie da war, keine Spur der Abwesenheit selbst, nur das rückblickende Bild auf die äußerste Vorvergangenheit, als die entscheidenden Anstöße gegeben wurden, aus denen all das werden sollte, was war und noch kommt.

Du, ich, wir. Ratlos, unwissend.

Wir waren nicht gut.

Dann eine Stimme.

»Sprich mit mir.«

»Ich stelle mir vor, wir wären Menschen an diesem Ort, der kein Ort ist, nur eine leichte Wölbung, eine Kuppe, die sich aus dem Uferlosen erhoben hat. Wir sind die Ersten, fortgeschafft aus dem Vorherigen, wo alles schon einmal war, uns zuliebe eingerichtet, schön anzusehen, wohlriechend, die Flüssigkeiten von süßem Geschmack, wohlgestaltete Wesen, uns und einander freundlich gesonnen. Hier aber sind die Verhältnisse anders.«

»Nimm meine Hand.«

Kohlenstoff, Wasserstoff, Sauerstoff, Fleisch, Haut, Haare. Fingernägel.

»Das, was ich spüre, kommt mir unbekannt vor.«

Um uns herum, hinter undurchdringlichen Schleiern, gurgeln heiße Quellen, Schlammfontänen. Schwefel tritt aus, tief darunter tektonische Verwerfungen, knirschende Platten in unaufhaltsamer Drift. Mineralien und Metalle verbinden sich, setzen weitere Kräfte frei, Kristalle, Gesteinsformationen blühen aus, bilden Stalagmiten, Stalaktiten, zerklüftete Massive. Gebirgszüge werden aufgetürmt, fallen in sich zusammen.

»Gib allen Dingen einen Namen: Calciumcarbonat, Natriumchlorid, Kupfervitriol.«

Von dort, wo der Horizont wäre, Donnergrollen, elektrische Entladungen, das Aufzucken irisierender Blitze, die vom Aufgang im Osten bis zum Untergang im Westen reichen. Unvorstellbare Atmosphäremassen werden auseinandergerissen. Für Augenblicke tun sich Zwischenräume auf, in denen Künftiges erscheint, ohne wirklich zu werden.

Wir müssen sehen lernen, hören, riechen, schmecken, fühlen, während die Formen aushärten, ihre Umrisse sich verfestigen.

Reine und gemischte Stoffe, Vorstufen von Dingen prägen Ordnungen aus, werden angezogen, abgestoßen, amalgamiert. Spaltprodukte, Zerfallsprozesse schon im Moment des Entstehens. Bitterkeit und Schärfe in dem, was »die Luft« heißt, zahlreiche Substanzen, die schlecht bekömmlich sind. Uns wird unwohl in unserer Haut, oben ist es zu heiß, unten zu kalt, links zu feucht, rechts zu trocken.

»Rechne mit dem Schlimmsten, gewöhne dich an den Gedanken von Gift.«

Nirgends ein Ausgang.

Alles was wird, spiegelt uns, wir spiegeln uns in allem. Mein Gesicht, ihr Gesicht, sein Gesicht, dein Gesicht. Einen Moment lang erkennen sie sich, erkennen wir uns, inmitten der vollkommenen Fremde, sind greifbar und eine ganze Welt voneinander entfernt, nur die Stimme, jetzt schon vertrauter, zwei Hände, die einander innewerden.

»Sag mir, in welche Richtung wir uns wenden, wo wir uns niederlassen, mit welchen Füßen auf welchem Grund, wenn alles um uns herum ungesichert ist, bevor wir es erreichen, bereits wieder aufgehört hat, zu sein, was es war.«

Wir setzen Schritte, einen nach dem anderen, zögernd, bang, auch wenn der Boden um uns herum nicht fest ist, wir den Grund unter unseren Füßen nicht kennen.

»Versuche dich zu erinnern.«

In den Rissen des Gewölbes, das wir jetzt »Himmel« nennen, scheinen immer öfter Bilder auf, die uns vertraut sind. Tropfen durchschlagen Oberflächen aus flüssigem Silber, aus Blei, breiten sich aus, darüber Luftspiegelungen unserer Herkunft, die es niemals gegeben hat. – Es hat sie gegeben.

Die Ebenen, die wir betreten, tragen zunehmend besser, wir sinken nicht länger ein bei jedem Schritt, heben den Kopf, werfen Blicke nach vorn, durchmessen die Gegend um uns herum. Hoch über uns Durchbrüche ins Schwarz, aus der Mitte des Schwarz heraus. Dorthin hat sich das Unbekannte verflüchtigt: hinter die Grenze von allem, was wir benennen können. Aber es ist da.

Wir folgen einem Weg, den es nicht gibt.

»Sag, was du siehst.«

Schnee und Rauschen, verwischte Flächen, die sich von innen her füllen, gefüllt werden, Umrisse bilden, Gestalt annehmen. Erstmals wärmendes Licht über uns. Etwas von dem, was wir »Bäume« genannt haben, bricht durch vorgelagerte Flächen. Berge und Täler.

»Weißt du noch?«

Wurzeln durchziehen das feuchte Erdreich. Äste und Zweige verflechten sich mit atmosphärischen Rinnsalen. Es wächst, treibt aus, ergrünt. Jedes Blatt findet seine Negativform. So stellt sich die Ahnung ein, was ein vollständiges Bild wäre. »Wald«, belebt und schattig, darin zu verweilen. Klare Wasserläufe und Sumpfkuhlen. Im Rauschen des Laubs ist klarer als irgendwo sonst zu hören, wie die Stille sein könnte. Wir werden sicherer. Was vor uns liegt, lässt sich begehen, greifen, nutzbar machen für eine Art Leben.

»Wie ein Teil von mir ist deine Hand in meiner.«

Wir müssen uns trennen und die Arbeit beginnen. So wie es ist, kann es nicht bleiben, dafür sind wir zu fremd. Wir nehmen alles, was vor uns liegt, in Besitz. Wenn es nicht reicht, legen wir Knüppeldämme, dorthin, wo es weder vor noch zurück gibt, und holen, was fehlt. Tag für Tag schöpfen wir Wasser in löchrige Fässer, bis die Sümpfe trockengelegt sind. Aus den Stämmen der Bäume bauen wir ein Haus, gedeckt mit Schindeln von gebranntem Ton, zum Schutz vor den Welten, die noch immer über unsere Köpfe hinwegziehen. So lernen wir die Erschöpfung kennen, die Müdigkeit und nennen sie »rechtschaffen«. Wenn die Nacht kommt, hüllen wir uns in Decken aus gestampftem Tierhaar, das wir von scharfen Rinden, von Dornbüschen gesammelt haben, und frieren nicht mehr. Unter dem Schutz des Dachs wird auch die Furcht vor dem Dunkel am Ende verschwinden.

»Schließ jetzt die Augen.«

Was dann folgt, nennen wir Schlaf.

Fast bis nach München

Glasklarer Nachthimmel. Die Temperaturen fallen schnell, seit die Sonne untergegangen ist. Feierabendverkehr. Untergebene und Vorgesetzte in großen und kleinen Fahrzeugen auf dem Weg zu Hochhaussiedlungen, Stadtrandvillen. Anschwellende Motorengeräusche, sobald die Fußgängerampel auf Rot springt. Der Luft lässt sich nichts entnehmen außer: Es ist Winter.

Er hat eingekauft, wie gestern und vorgestern: fünf Kilo Reis, fünf Kilo Mehl, drei Kilo Zucker, acht Packungen Nudeln, Linsen, getrocknete Bohnen, Kartoffeln, Kaffee, Tee, Salz. Eine Stange Zigaretten. So viel, wie er in zwei Stoffbeuteln und einem Rucksack tragen kann.

Bis jetzt weisen die Regale im Supermarkt keine Lücken auf. Weder bei Grundnahrungsmitteln noch bei Süßigkeiten, Seife, Toilettenpapier. Die Kassiererin fand seine Auswahl und Mengen normal, als sie die Preise eintippte.

»Hundertachtundzwanzigvierunddreißig.«

Auch wenn niemand hinter ihm stand, den er kannte, hatte er sich mit dem Einpacken beeilt und versucht, möglichst unaufgeregt zu wirken.

Es ist Unsinn, all dies Zeug in der Wohnung zu horten. Wahrscheinlich wird er außer den Zigaretten nichts davon brauchen. Sollte es anders kommen, wird es nicht reichen.

Es ist im Prinzip unmöglich, genügend große Vorräte anzulegen. Und wie soll er in seiner Wohnung im sechsten Stock eines Hochhauses Reis, Kartoffeln, Linsen garen, wenn der Strom ausgefallen, die Wasserversorgung zusammengebrochen ist?

Nichts dergleichen wird geschehen.

Etwas wie Übelkeit im Kopf.

An der Straßenbahnhaltestelle drängen sich die Menschen unter das Dach des gläsernen Wartehäuschens, obwohl es weder regnet noch schneit. Zu große Nähe von Fremden, deren Gesichter ihm lose bekannt sind. Verschiedene Sorten Atem: Knoblauch, Bier. Der Geruch von Mottenkugeln. Er stellt seine Taschen nicht ab, damit niemand versehentlich dagegentritt.

Ein südländisch aussehender Mann Mitte zwanzig schiebt sich an ihm vorbei. Seine Bewegungen wirken fahrig. Er hat zwei Rucksäcke: einen sandfarbenen in der Hand und einen olivgrünen über der Schulter. Schwarze Augen, schwarzes Haar. Senkt den Blick, zieht sich in den hintersten Winkel des Häuschens zurück, wendet sich ab. Einen Bart trägt er nicht. Es wäre idiotisch, in diesen Tagen einen Bart zu tragen, wenn man tatsächlich etwas geplant hätte. »Wir werden euch treffen, wo immer ihr seid!« haben sie angekündigt. Laut Einschätzung der Fernsehexperten sind es ernst zu nehmende Drohungen. Was bedeutet es, dass der Fremde nicht raucht, obwohl er nervös ist? – Was hieße es, wenn er rauchen würde?

Zwei Rucksäcke bei einem Mann mit arabischen Zügen, der nicht in dieser Gegend wohnt, müssen an einer

Straßenbahnhaltestelle zur Hauptverkehrszeit noch kein Indiz sein, aber wenn einer die Absicht hätte, viele Menschen, mit oder ohne sich selbst, in den Tod zu reißen, wäre es eine einfache Möglichkeit. Auch fährt die Straßenbahn direkt an den Barracks vorbei, keine zehn Meter von den Kontrollposten entfernt.

Der Mann wühlt in den Innentaschen seiner viel zu dünnen Segeltuchjacke, zieht einen Zettel heraus, versucht im Halbdunkel zu lesen, beugt sich tiefer in die Ecke, vielleicht wegen des Lichts, vielleicht, weil niemand sehen soll, was dort notiert ist, in welcher Schrift.

Es sind zwei Stationen bis nach Hause. Fünfzehn Minuten zu Fuß – wenn er schneller geht, zwölf.

Er schaut die Gleise entlang. Noch ist die nächste Bahn nicht in Sicht. Spürt dem Gewicht der Taschen in seinen Händen nach.

Denkt: »Es herrscht Stille«, aber es herrscht keine Stille: Der Abstand zwischen ihm, eingeschlossen in seinen Kopf, und all dem anderen außerhalb ist durch einen unbestimmbaren Schrecken gegen unendlich gewachsen, zu groß für jedes Geräusch.

Der Mann holt jetzt doch eine Zigarette aus der Jackentasche, ohne die Packung herauszunehmen. Seine Hand ist zittrig, als er sie zum Mund führt, das Feuerzeug entzündet.

Es ändert nichts.

So wie es Unsinn ist, das ganze Zeug zu kaufen, das er gekauft hat, ist es Unsinn, die schweren Taschen durch die Eiseskälte zu Fuß nach Hause zu tragen, nur wegen eines beliebigen jungen Mannes von im weitesten Sinne orientalischem Äußeren.

Mit zwei Rucksäcken.

Den er noch nie in dieser Gegend gesehen hat.

Vielleicht hilft Gehen oder die Luft aus dem Osten, die hart und klar ins Gesicht schlägt. Er atmet durch. Sieht die Bahn in die Straße biegen. Denkt: »Es ist völlig absurd.«

Setzt sich in Bewegung.

Nachlassende Anspannung, unmittelbar gefolgt von Scham.

Rechts beginnen die Villen der Ärzte, Anwälte, Vorsitzenden, geschützt von blickdichten Zäunen, immergrünen Hecken. Niemand außer ihm ist zu Fuß unterwegs. Kahle Bäume als Schattenrisse, vereiste Rasenflächen. Er geht vorbei an längs der Straße abgestellten Zweitwagen, nach Farben sortierten Mülltonnen. Die Abstände zwischen den Laternen vergrößern sich. Ein Hund bellt. Die Griffe der Einkaufstaschen schneiden ins Fingerfleisch. Er erhöht die Schrittfrequenz. Gegenüber zwischen hohen Kiefern der unbeleuchtete Spielplatz für die amerikanischen Soldatenkinder, gefolgt von einem umzäunten Basketballfeld. Daneben, unter Tarnnetzen kaum zu erkennen: ein Schützenpanzer. Sein Maschinengewehr ist auf die Straße gerichtet.

Er kreuzt die Schusslinie, fragt sich, ob jemand im Innern des Panzers ihn jetzt im Fadenkreuz hat, durch die Vergrößerung, den Restlichtverstärker klar identifizierbar als ein Mensch, von dem aktuell keine Gefahr ausgeht. Die Scheinwerfer der vorbeifahrenden Autos erfassen schwer bewaffnete Posten. Alle dreißig Meter stehen sie, immer paarweise in Wintercamouflage, dunkelgrau-mittelgrau-schneegrau, bewachen ihre eigenen Wohnanlagen, Frauen und Kinder. Eine Garnisonsstadt im Land der ehemaligen Feinde, das von ihren Vätern und Großvätern befreit wurde, sechsundvierzig Jahre ist das her: *Play it again, Sam*. Schusssicher ausstaffierte Körper, als wären es Muskelberge. Hochgeschnürte Stiefel. MPs, beidhändig vor dem Bauch im Anschlag. Möglicherweise Granaten am Gürtel. Im Schatten der Stahlhelme keine Gesichter. Die Kriegsroboter der Zukunft werden so aussehen.

Von hinten das Geräusch der Straßenbahn. Er bleibt stehen, wendet sich um. An den Kontaktstellen zur Oberleitung spritzen Funken weg. Das Denken verlangsamt sich zu einer Bewegung in Zeitlupe. Er wird vom Lichtschein erfasst – dem keine Explosion folgt. Die Bahn rattert vorbei, dicht an dicht stehen Leute zwischen den Sitzen und im Mittelgang. Alles ist, wie es immer ist um diese Tageszeit im Januar.

Der Winter müsste nicht schrecklich sein.

Seine Hände werden fühllos unter dem Gewicht und der Kälte. Kann sein, dass er die Kontrolle über Fingermuskeln und -sehnen verliert, die Einkaufstaschen fallen lässt.

Der Scheinwerfer einer entgegenkommenden Bahn reißt einen weiteren Schützenpanzer am anderen Ende der Barracks aus der Dunkelheit. Was, wenn einer der Soldaten gestern den Bescheid bekommen hat, dass er in die Wüste verlegt wird, und den Verstand verliert? Gehen auf dem trockenen Asphalt, gelegentlich kleine Eispfützen. Die Haare wärmen den Kopf nicht, in seinen Ohren beginnt ein scharfes Ziehen, während ihm unter der Jacke Schweiß ausbricht.

Vor ihm die ersten drei der fünf Hochhäuser, in deren letztem er wohnt. Verschiedenfarbig erleuchtete Fenster: Lampenschirme, Neon, Fernsehblau. Ein Balkon, dessen Geländer noch mit Lichterketten von Weihnachten umwickelt ist.

Das erste Hochhaus, das zweite Hochhaus, das dritte Hochhaus.

Weitere körperliche Wahrnehmungen: das Schaben des Atems an den Nasenwänden; seine Lippen trocknen aus, während sich Tränenflüssigkeit in den Augenwinkeln sammelt. Satzfragmente, die sich zu keinem Gedanken verfestigen.

Die nächste Straßenbahn fährt vorbei, wiederum vollbesetzt. Er erkennt eine Nachbarin, Frau Weinreich, der er auf keinen Fall im Aufzug begegnen will, legt noch einen Schritt zu. Vorbei am vierten Hochhaus. Überquert die Straße, biegt auf den Parkplatz. Steht vor der Tür, hält kurz beide Beutel mit einer Hand, kramt den Schlüssel aus der Hosentasche, öffnet. Der Aufzug ist leer.

Im Eingang der Wohnung stapeln sich Zeitungen, Nachrichtenmagazine für die Altpapiertonne. Obenauf das Hochglanzbild einer bombenbepackten F-16, die von einem Lotsen unter riesigen Schallschützern in Startposition dirigiert wird. Auf den Lenkflugkörper unter der Tragfläche ist mit wackligem Pinsel »Stairway to Hell« geschrieben. Im Hintergrund Satellitenschüsseln, Wüstenhügel, unvorstellbar blauer Himmel.

Aus dem Wohnzimmer leuchten die Aquarien in den Flur.

Er stellt Taschen und Rucksack ab. Das Gefühl kehrt in die Hände zurück, sie schmerzen. Schaltet den Fernseher ein: Zwei Mädchen, eins blond, eins dunkelhaarig, keifen sich im Pferdestall an. Im nächsten Kanal: Pralinenwerbung, Mainzelmännchen, Ginseng-Kapseln gegen die Vergesslichkeit im Alter. Da er keinen Kabelanschluss hat, sind die Privatsender buntes Flimmern über mehr oder weniger scharfen Konturen und lautes Rauschen. Im Dritten Programm wird über die bevorstehende Wiedereröffnung der Gergesheimer Kaiserpfalz als Regionalmuseum berichtet. Er dreht den Ton weg, trägt seine Einkäufe in die Vorratskammer.

Das Regal ist beinahe voll. Um alles unterbringen zu können, muss er umschichten, zieht den Mineralwasser-, den Bierkasten, zwei Sechserkartons Rotwein aus dem untersten Fach, stapelt sie in der Küche aufeinander. Steht eine Weile vor dem Regal, zählt. Er hat siebzehn Kilo Reis, achtzehn Packungen Spaghetti – das entspricht neun Kilo –, vierzehn Kilo Mehl, zwölf Kilo Zucker, acht Pfund Kaffee, zwei Pfund Ostfriesentee. Außerdem größere Mengen verschiedener Linsen- und Trockenbohnensorten. Rechnet nach, für wie viele Tage Reis und Nudeln reichen: Wenn er von zweihundertfünfzig Gramm pro Tag ausgeht, hat er eine Basisversorgung mit Kohlenhydraten für hundertvier Tage, das Mehl nicht mitgerechnet. Das entspricht etwas mehr als drei Monaten. Vorausgesetzt, er lässt niemanden mitessen. Lächerlich, rechnet man in den Dimensionen eines Weltkriegs. Zumal er in seinem Bekanntenkreis der Einzige ist, der Vorräte angelegt hat.

Es wird nicht zu einem Weltkrieg kommen.

Er gießt sich einen Magenschnaps ein, trinkt ihn in einem Zug, zündet eine Zigarette an. Geht ins Wohnzimmer. Wirft einen Blick auf die Fische. Von seinen Schritten angelockt, schwimmen sie vorne rechts an die Wasseroberfläche, schnappen ins Leere. Er kehrt in die Küche zurück, holt aus dem Eisfach gefrorene Mückenlarven, wirft in jedes der drei Becken einen kleinen Klumpen blutrotes Gewürm.

Ein Gefühl vollkommener Unangemessenheit.

Er lässt sich auf den Stuhl fallen, schaltet zurück zum Ersten Programm.

Ein *Brennpunkt*: »Wir müssen davon ausgehen, wenn wir den Informationen der Geheimdienste glauben, und ich nehme an, dass man da seitens der Amerikaner verlässliche Quellen vor Ort hat«, sagt ein Generalleutnant a.D., »dass den Koalitionsstreitkräften rund 650000 feindliche Soldaten gegenüberstehen, die – und auch das darf man nicht vergessen – inzwischen genügend Zeit hatten, ihre Stellungen in der Wüste massiv auszubauen, die sind quasi in den Sand eingegraben.«

Das Telefon klingelt.

Es ist Gabi. Ihre Stimme hört sich an, als hätte sie Mühe, über den Kloß in ihrem Hals hinwegzusprechen: »Stör ich?«

»Du störst nie«, lügt er.

»Es gibt Krieg, oder?«

»Im Moment sieht jedenfalls alles danach aus.«

»Ich hab' Angst.«

»Da bist du nicht die Einzige.«

»Es klingt vielleicht albern, aber ...«

»Ich glaube nicht, dass du wirklich Angst haben musst. Jedenfalls nicht, wenn alles normal läuft.«

»Was soll *normal* heißen, wenn Krieg ist?«

»Ich meine, die Russen haben es abgenickt. Also, was uns hier anlangt, brauchen wir uns wahrscheinlich keine Gedanken zu machen. Vor fünf, sechs Jahren wäre das etwas ganz anderes gewesen.«

Er klemmt den Hörer unter die Wange, zündet eine weitere Zigarette an.

»Aber wenn er sein Giftgas einsetzt. Oder Bakterien – diese Milzbranderreger.«

»Nach allem, was ich gehört habe, reichen seine Raketen nicht bis zu uns.«

»Wer sagt das? – Und wer sagt mir, dass die, die das sagen, mich nicht bloß in Sicherheit wiegen wollen?«

»Ich glaube, es ist umgekehrt.«

»Wie meinst du?«

»Dass sie uns erzählen, wie riesig seine Armee ist und dass er unglaublich gefährliche Waffen hat, damit selbst die Pazifisten Panik bekommen und sagen: Gut, dann gibt es wohl keine Alternative. – So funktioniert moderne Propaganda.«

»Aber er hat doch früher schon Chemiewaffen eingesetzt. Oder glaubst du, dass die Bilder der Opfer – was waren das noch ...«

»Kurden.«

»Glaubst du, dass die Fälschungen sind.«

»Nein. Wobei – sicher kann man nie sein. Es gibt sogar Leute, die behaupten, die Bilder von Armstrong auf dem Mond stammten aus Hollywood.«

»Neulich habe ich im Radio einen Rüstungsexperten gehört, der sagte, eventuell hat er doch Raketen, die bis nach Europa reichen.«

»Bis Griechenland vielleicht. Allerhöchstens Rumänien.«

»Dreitausend Kilometer, hat er gesagt, und ...«

Gabis Stimme bricht weg, er hört ein Schluchzen, dann das Zündrädchen ihres Feuerzeugs, schweren Atem.

»Warte mal, ich hole jetzt meinen Atlas und einen Zirkel. Dann schauen wir, wie weit dreitausend Kilometer sind. Ich lege dich gerade mal ab: Das Kabel reicht nicht bis zum Regal.«

Der Atlas ist alt. Als Kind hat er mit seiner Hilfe Reisen an den Amazonas gemacht, später nach Sumatra, Borneo, auf der Suche nach unbekannten Labyrinthfischarten.

Er schlägt die Übersichtskarte Asien auf, *Kontinent der Superlative*, im Maßstab 1:30 000 000. Drei Komma drei Zentimeter entsprechen tausend Kilometern.

»Da bin ich wieder.«

»Und?«

»Kleinen Moment noch.«

Er stellt den Zirkel ein, setzt die Metallspitze am nordöstlichsten Punkt der irakischen Grenze auf, zieht einen Halbkreis, merkt, dass ihm kalter Schweiß auf die Stirn tritt.

»Gut«, sagt er. »Beziehungsweise: nicht gut. So gesehen würden die Raketen fast bis nach München reichen.«

Er spürt mehr, als er hört, wie Gabi die Zähne aufeinanderbeißt, krampfhaft schluckt.

»Das heißt, er könnte uns mit Giftgas treffen?«

»Uns vielleicht nicht. Von München bis hierher sind es noch mal fast vierhundert Kilometer. Wir liegen auf jeden Fall zu weit nördlich.«

»Aber im Prinzip, wenn es losgeht, sind wir Teil des Kriegsgebiets.«

»Das mit den dreitausend Kilometern stimmt auch nur, wenn er die Reichweite seiner Raketen in den letzten Monaten deutlich verbessert hätte, und ob sie dann tatsächlich funktionieren, steht auf einem ganz anderen Blatt. Getestet hat er sie, soweit ich weiß, jedenfalls nicht – das hätte man gehört …«

»Und alles nur wegen dem Scheiß-Öl.«

»Alles wegen Öl.«

»Ich würde mein Auto sofort abschaffen, wenn ich wüsste, dass es dann keinen Krieg gäbe. Ernsthaft jetzt.«

»Klar.«

Er hört, wie sie an ihrer Zigarette zieht, den Rauch tief in die Lunge saugt, bis es schmerzt.

»Was machst du gerade?«

Er will sie jetzt nicht bei sich haben.

»Ich sitze an Reinzeichnungen von Zellschnitten, die ich heute Morgen mikroskopiert habe. Wenn ich sie nicht zeitnah übertrage, hab' ich vergessen, was genau mit welchen Linien gemeint war.«

»Verstehe. – Ich müsste einkaufen, aber ich will nicht aus dem Haus. Bei mir um die Ecke sind diese ganzen amerikanischen Läden und Casinos. Wenn er tatsächlich Terroristen schickt, werden sie hierherkommen.«

»Weißt du, die Amerikaner haben Militärbasen rund um den Globus, da würde ich mich, wenn ich Anschläge planen würde, eher an Afrika halten, oder … keine Ahnung – an Länder, wo die Sicherheitsvorkehrungen weniger hoch sind als bei uns.«

»Ich habe trotzdem Angst.«

»Man muss aufpassen, dass man sich von der Angst nicht auffressen lässt, sonst wird einem das eigene Leben zur Hölle. Ich weiß, das ist nicht einfach.«

»Am meisten wegen der Chemiewaffen. Und dass die Amerikaner, wenn er die einsetzt, mit Atombomben antworten.«

»Das wird nicht passieren.«

»Was macht dich so sicher? – Lass erst dreißig- oder vierzigtausend Amerikaner sterben …«

Er hat den selben Gedanken hundertfach gedacht in den vergangenen Tagen und mit vernünftigen Argumenten, die er Generälen und Präsidenten untergeschoben hat, in Schach gehalten. Er will ihn jetzt nicht noch einmal unter Tränen von Gabi hören, die psychisch instabil ist, zum Therapeuten geht, Tabletten nimmt, unabhängig davon, ob Krieg oder Frieden herrscht. Obwohl er das weiß, ist sie in der Lage, ihn in ihre Strudel zu ziehen, die in grundloser Dunkelheit enden, und er braucht Stunden, um von dort wieder aufzutauchen.

»Weißt du, mir ging es auch nicht gut, vorhin, als ich von der Uni gekommen bin. Ich habe mich regelrecht zwingen müssen einzukaufen, aber es hat funktioniert. Zurück bin ich sogar zu Fuß gegangen, direkt an den Barracks vorbei. War nicht angenehm, aber jetzt fühle ich mich deutlich besser. Weil ich etwas Konkretes und Reales getan habe. Es ist immer noch alles möglich. Und vermutlich wird hier bei uns einfach gar nichts passieren. Jedenfalls nichts von dem, was wir uns dauernd ausmalen, dass es passiert.«

»Aber du kennst das auch, diese Angst?«

»Ich glaube, die kennt jeder zurzeit.«

»Weil – bei dir habe ich immer den Eindruck, dass du ziemlich strukturiert bist, gedanklich und emotional.«

Er lacht.

»Nein. Wirklich. Du wirkst immer so organisiert. – Aber dass du auch Angst hast, das beruhigt mich jetzt. Ich komme mir ja oft fast schon verrückt vor mit meinen ständigen Hochs und Tiefs … Danke. Das war mir eine große Hilfe.«

Ohne dass er noch etwas Abschließendes hätte sagen können, hat sie aufgelegt.

Einen Moment lang fühlt er sich beinahe so rational, wie er sich Gabi gegenüber gegeben hat, während durch die neuerliche Stille das Surren der Filtermotoren in den Becken zum Dröhnen wird. Er hat gelogen – er hat nicht gelogen. Jedenfalls deutlich mehr gelogen, als die Wahrheit gesagt. Es war ihr eine Hilfe. Vielleicht vergisst sie eine Weile, mit dem Gedanken an Selbstmord zu spielen.

Sein Blick fällt auf den Halbkreis im Atlas, der München gerade noch berührt, das winzige Loch im Papier, dort wo die Nadel gesteckt hat. Diyarbakır, Mossul … *Der Kalif Chasid zu Bagdad saß einmal an einem schönen Nachmittag behaglich auf seinem Sofa.*

Er schlägt den Atlas zu, stellt ihn ins Regal zurück, geht im Zimmer auf und ab. Schaut aus dem Fenster. Wieder hält eine Straßenbahn. Leute steigen aus, gehen in Richtung ihrer Häuser. Wenn dieser Krieg sich zur globalen Katastrophe aufschaukelt, wird er mit ihnen zusammen einen Flüchtlingstreck bilden, im Auffanglager sitzen, verstrahlter Staub werden. Er geht zum Aquarium, legt die Stirn ans geringfügig kühlere Glas: Der Honiggurami leuchtet seit einigen Tagen wieder tieforange. Seine Weibchen halten Abstand, obwohl er nicht aggressiv ist. Eines hat eine vergrößerte Brustpartie, das zeigt die Laichbereitschaft an. Eigentlich hätte das Männchen längst mit dem Nestbau begonnen haben müssen. Warum wartet es ab? – Es heißt, manche Tiere hätten eine Art siebten Sinn für Erdbeben, Flutwellen, Vulkanausbrüche, Kometeneinschläge. Die Frage ist, ob er auch bei menschengemachten Katastrophen funktioniert.

Die weiße Kreislinie mit dem ablaufenden Violettstreifen der Tagesschau-Uhr spiegelt sich in der Scheibe. Er springt zur Fernbedienung, schaltet den Ton ein.

»Auch letzte weltweite Appelle haben den irakischen Machthaber Saddam Hussein nicht umstimmen können. Das UN-Ultimatum am Golf lief vor vierzehn Stunden ab, ohne dass es Anzeichen für einen Rückzug des Iraks aus

Kuwait gibt. Nun wird stündlich mit dem Ausbruch eines Krieges gerechnet.«

Die Sprecherin trägt eine lachsfarbene Bluse unter beigem Blazer mit Schulterpolstern, Perlenkette, Perlenarmband, grellrot lackierte Fingernägel.

»›Wir nähern uns den harten Entscheidungen‹, sagte am Abend in Washington der Sprecher des Weißen Hauses, Fitzwater. Zugleich rief er alle amerikanischen Journalisten im Irak auf, das Land zu verlassen.«

Sprengstoffhunde, die in strömendem Regen durch Grünanlagen geführt werden und an ihren Leinen zerren. Männer in gelber Schutzkleidung, als wäre bereits der erste Angriff mit Bakterien erfolgt. Dazu die Stimme des Korrespondenten in Washington: »Vor dem Kapitol, dem amerikanischen Parlament, wurden die Sicherheitsmaßnahmen verschärft. Mit der Gefahr eines Krieges steigt die Gefahr terroristischer Aktionen auch auf dem Gebiet der USA. Im Pentagon, in vielen öffentlichen Gebäuden der Hauptstadt, auch im Weißen Haus gibt es ab sofort keine öffentlichen Führungen mehr.«

Männer mit Hüten in einer Pfütze gespiegelt. Letzte Friedensaktivisten, die hinter hohen Sicherheitszäunen ein durchnässtes Spruchband hochhalten: *Respect our troops. Don't kill.*

»Ein trüber Tag. Der erste Tag der geschenkten Zeit nach Ablauf der Frist für Saddam Hussein.«

Vermutlich gibt es eine Reihe von Leuten, die wissen, beziehungsweise sich einbilden zu wissen, was in den kommenden Stunden oder Tagen geschehen wird.

»Der Präsident sei ruhig und zuversichtlich, sagte sein Sprecher.«

»Ich bitte Präsident Saddam Hussein, seine Truppen aus Kuwait abzuziehen und zu verhindern, dass die Welt in eine Katastrophe gestürzt wird«: UN-Generalsekretär Pérez de Cuéllar.

»Panikkäufe blieben die Ausnahme, nur stellenweise war Wasser knapp«, konstatiert der Reporter im saudiarabischen Dhahran.

Gedenkgottesdienste in Kiel, Schülerdemonstrationen in Berlin. Mahnwachen in Köln.

Er hat sich an nichts Derartigem beteiligt, sondern im Labor über dem Mikroskop gesessen.

Simulationen normalen Lebens: Die Koalitionsverhandlungen sind abgeschlossen. Morgen soll der Bundeskanzler wiedergewählt werden. Die Post will in Ostdeutschland streiken, um ihre Forderung nach einem dreizehnten Monatsgehalt durchzusetzen. »Die Gewinnzahl im Spiel siebenundsiebzig lautet: acht zwei sechs neun fünf fünf null.«

Worin unterscheidet sich die Freude derer, die heute gewonnen haben, von der an anderen Tagen?

»Aus Frankfurt jetzt die Wettervorhersage für morgen, Donnerstag, den siebzehnten Januar.«

Er schaltet den Ton ab, obwohl ein weiterer Brennpunkt folgt.

Die lächerliche Frage, was aus den Fischen werden würde.

Trotzdem wäre es besser, einen Teil des Wassers im

Honiggurami-Becken durch weicheres mit niedrigerem PH-Wert zu ersetzen und die Temperatur zu erhöhen.

Er geht in die Küche, gießt sich noch einen Magenschnaps ein, wirft einen Blick auf die Vorräte. Steht da, schüttelt den Kopf.

Grüße von Yunus

»In Istanbul ziehen jetzt die Studentinnen für das Recht, Kopftücher zu tragen, durch die Straßen, sie demonstrieren also dafür, dass man sie wieder unterdrücken darf«, hatte Professor Isebrecht gesagt, der es wissen musste, seine Frau war Türkin, stammte aus den besten Kreisen, hatte Minister und Generäle unter Schwagern, Vettern, Onkeln, die es nicht zulassen würden, dass ihr Land in die Hände anatolischer Analphabeten zurückfiel. »Das, wofür ihre Mütter und Großmütter gekämpft haben, teilweise immer noch kämpfen, wollen diese Mädchen einfach wegwerfen. Jetzt, wo erstmals eine Frau Ministerpräsidentin ist, fordern sie die Rückkehr zu Irrationalismus und Geschlechterapartheid. Wir können nur hoffen, dass die Regierung und notfalls auch das Militär dem entschlossen entgegentreten: Unter Umständen muss man die Leute zu ihrem Glück zwingen.«

Wolfgang Janssen hatte genickt, sich die bärtigen Väter und Großväter unter ihren Strickmützen, Häkelkäppis vorgestellt, die Halbstarken mit Silberkettchen, Muskel-T-Shirts, wie sie ihre schönen Töchter und Schwestern an den Haaren rissen, ihnen den Kopf in den Nacken zerrten, sie in Hinterzimmer schlossen, aushungerten, bis sie ihren freien Kopf mit all den wilden Gedanken in ein Stück schwarzen Polyacrylstoff schnürten.

Anderntags war er in ein Flugzeug nach Istanbul gestiegen, schlecht gelaunt, schicksalsergeben, ohne irgendeine Vorstellung, was er dort sollte, und hatte seinen Hauptpreis angetreten: Acht Tage 4-Sterne-Hotel in der Altstadt – weil er die Rabattkarte seines Dönerimbiss', der sich zum zehnjährigen Bestehen bei seinen Stammkunden mit einem Gewinnspiel bedanken wollte, ausgefüllt und in den Kasten neben der Theke geworfen hatte.

Seit vier Tagen mäanderte er jetzt durch die Stadt, verwirrt, ratlos, sah sich Moscheen an, Fassaden, Kuppeln, Minarette, Innenhöfe, Brunnenhäuschen, versuchte herauszufinden, ob es an den Gebäuden lag, dass ihm alle Gewissheiten zerbröckelten, Kriterien schwanden, und ob ihm trotzdem irgendetwas davon nützen könnte, falls er eines Tages ein Haus planen, seine eigene Vorstellung einer zeitgemäßen Architektur verwirklichen sollte.

»Es ist nicht alles falsch, was sie dort gebaut haben«, hatte Professor Isebrecht gesagt. »Wenn man den Dekor, die Ornamente, den ganzen Kitsch des 18. und 19. Jahrhunderts ausblendet, finden sich durchaus interessante Baukörper. Wobei – machen wir uns nichts vor: Verglichen mit der Hagia Sophia, dem wichtigsten Kirchenbau der Spätantike, ist das alles zweiter Aufguss.«

Professor Isebrecht stand seit dreißig Jahren für radikal moderne Architektur. Nach wie vor machte er keinen Hehl aus seinen Sympathien für Le Corbusiers Vision, das alte Paris abzureißen und als gigantische Parklandschaft mit Hochhäusern neu zu errichten. Für ihn bedeutete das Projekt »die Vollendung der Aufklärung mit den Mitteln der

Architektur«. Bis vor einer Woche war Wolfgang Janssen sein glühendster Gefolgsmann gewesen, hatte die Manierismen der Postmoderne als späte Rache Albert Speers beschimpft. »Ornament ist Verbrechen«, stand über seinem Schreibtisch.

Und dann brachen ihm binnen weniger Minuten ohne vernünftigen Grund all die Überzeugungen weg, die er sich in den vergangenen Jahren erarbeitet hatte. Er bezweifelte, dass er überhaupt jemals etwas bauen würde. Womöglich war er nicht einmal mehr in der Lage, sein Studium zu beenden. Er hatte keine Ahnung, was er tun sollte, wenn er nach Berlin zurückkehrte.

Gleich am ersten Morgen war er zur Hagia Sophia gegangen, um ein eigenes Bild des Originals zu haben, ehe er sich mit Kopien beschäftigte. Sie lag keine zehn Fußminuten von seinem Hotel entfernt. Erdal Özmen hatte ein gutes Haus in bester Lage gebucht, um sicherzugehen, dass es nachher nicht hieß, er hätte seinen Gewinner in eine entlegene Absteige verfrachtet.

Schon als er auf die Straße trat, war er ungewohnt nervös. Beim ersten Anblick der Hagia Sophia wäre er am liebsten wieder umgekehrt. Er fühlte sich dünnhäutig, musste sich zwingen hineinzugehen. Aus dem Inneren des Gebäudes schlug ihm beinahe körperliche Abneigung entgegen. Als wäre das Ganze nicht für Menschen, auch nicht zu Ehren eines Gottes errichtet worden, sondern stünde einzig und allein für sich selbst da. Theoretisch entsprach es damit – abgesehen von Mosaiken und Schrifttafeln –

nahezu vollkommen Wolfgang Janssens Ideal einer absoluten Architektur. Er sah sich Vorhallen, Tribünen, Emporen, Logen und immer wieder das gewaltige Hauptschiff an, wurde zunehmend schwächer. Eine Beklemmung hatte sich seiner bemächtigt, als wären in unfassbaren Zwischenbereichen mit Hilfe okkulter Maßverhältnisse, zahlenmagischer Manipulationen, geheime Kräfte eingebaut worden. Wolfgang Janssen wunderte sich, machte sich klar, dass es vernünftige Gründe für seine Reaktionen gab: Nachwirkungen des Flugs, der Luftveränderung, neurotische Reflexe, die unter der besonderen Anspannung, erstmals außerhalb Europas zu sein, an die Oberfläche drängten. Anderthalb Stunden hielt er durch. Schließlich war er benommen, als hätte ihm jemand Drogen verabreicht oder einen Schlag auf den Schädel verpasst, konnte sich kaum auf den Beinen halten, schwankte zum Tor, unendlich erschöpft, taumelte hinaus.

Die ersten Minuten danach setzten sich aus verwaschenen Fetzen zusammen: grelles Licht, Himmel, Asphalt und Pflaster, Tauben. Eine Zeitlang war er auf merkwürdige Weise allein inmitten der riesigen Stadt, trotz vierzehn Millionen Einwohnern, Passanten, Händlern, Gruppen von Japanern, Amerikanern, Russen. Ihm war übel, aber nicht wie von einer Infektion, eher wie ihm als Kind vor Schwindel übel gewesen war, wenn er sich zu lange um sich selber gedreht hatte. Er stolperte in die weiten Parkanlagen des Sultans, ließ sich auf die Wiese fallen. Gegenstandslose Bildfolgen legten sich über das, was sich um ihn herum abspielte. Eine geleeartige Masse hüllte ihn ein, darin stand eine imaginäre Leiter, die in fahles Grau mündete. Er spürte, wie er aufstand, erste Schritte tat. Etwas, das seinen Gelenken, Muskeln, Sehnen ähnelte, bewegte ihn fort. Er betrachtete sich selbst von oben wie einen anderen – eine trostlose, in sich verkantete Gestalt –, während gleichzeitig Rücken, Arme und Beine tonnenschwer im Gras lagen. Das Rascheln der Halme dröhnte in seinen Ohren, Schritte von Ameisen, Käfern, Zikaden, aber von irgendwoher dehnte sich zugleich die lächerliche Hoffnung aus, dass sehr bald etwas geschehen würde, das alles verwandelte. Ihm wurde bewusst, dass ihn jemand beobachtete – schon die ganze Zeit. Das erklärte auch die Unruhe, seit er das Hotel verlassen hatte. Er schaute sich um, konnte niemanden entdecken und fühlte doch immer die fremden Augen auf sich.

Der Himmel blendete grellweiß, die Sonnenscheibe verschwamm hinter Dunst und Smog. In der Ferne rief ein Muezzin, ein zweiter fiel ein, noch einer, die Rufe kamen schnell näher, dröhnten von allen Seiten aus scheppernden Lautsprechern.

Er stand auf, klopfte sich Staub und Gras von den Kleidern, griff nach dem Stadtplan in seiner Hosentasche, ließ ihn stecken. Er würde sich durch die Stadt treiben lassen, ohne Absicht, ohne Ziel. Wenn er sich verlief, konnte er überall ein Taxi zurück zum Hotel nehmen. Die Beklemmung blieb. Er holte tief Luft. Ein fauliges Gemisch aus Abgasen, überquellendem Müll, verwesendem Tang verklebte ihm die Bronchien. Die Atmosphäre wimmelte nur so von Bakterien: Cholera, Typhus, Tollwut. Er spürte sie von der Nase bis in die Lungenspitzen, sah es vor sich, wie bösartige Mikroorganismen in Flöhen, Läusen, Zecken auf fetten Ratten, ausgemergelten Katzen, halbwilden Hunden darauf hofften, dass ihre Wirtstiere sich auf ihn stürzten, sich in seiner Wade, seinem Schenkel festbissen, damit sie überspringen konnten, auf ihn, die nächst höhere Stufe von Wesen.

Er ging mit hochgezogenen Schultern, versuchte, selbstsicher zu erscheinen, wusste, dass es lächerlich wirkte. Die Leute auf den Straßen, den Märkten, vor Geschäften und Restaurants ängstigten ihn, waren ihm widerlich in ihrer Mischung aus Penetranz und Unterwürfigkeit: abgerissene Männer, verschlagene Jugendliche fielen ihn an, ohne jede Hemmung oder Scham. Er konnte keinen Schritt tun, ohne dass er umlagert, bequatscht, angefasst wurde: »Hello«, »Bon jour«, »Dobryj djen«. In allen Sprachen versuchten sie, ihm Teppiche, Handtaschen, Lederjacken anzudrehen, ihn unter dem Vorwand einer Einladung zum Tee in irgendeinen Laden zu schleppen: »Orientalische Gastfreundschaft – es ist eine Beleidigung, wenn du nicht mitkommst.« Ganz gleich, ob er den Kopf schüttelte, »no«, »nein« oder »hayir« sagte, fauchte, schrie, spätestens jetzt wussten sie, dass er Deutscher war, liefen neben ihm her, gestikulierten, legten ihm die Hand auf den Arm, hatten selbst in Deutschland gearbeitet oder einen Bruder bei Mercedes, VW, Audi, »Ich mache Superpreis von Deutscher zu Deutscher«, bis das unsichtbare Planquadrat endete, das ihnen irgendein Straßenfürst als Revier zugeteilt hatte. Er geriet in einen Trupp Musikanten, Blechbläser und

Trommler, die ohrenbetäubenden Lärm veranstalteten, ihn zahnlos lachend aufforderten, sie zu fotografieren, doch kaum hatte er durch seine Kamera geschaut, spuckte der Erdboden einen ganzen Clan aus, zwanzig Gestalten umringten ihn, rempelten, drohten, schwangen Knüppel, ließen ihre sabbernden Köter mit gefletschten Zähnen vor ihm hochspringen, »200 000 Lira«, »Film or money«, griffen nach seiner Contax. Er hatte Mühe, überhaupt Geld aus seiner Hosentasche zu kramen, gab ihnen irgendeinen Schein, »Nonono!«, riefen sie, »More money«, »One hundred thousand!« Weitere Scheine wurden ihm aus der Hand gerissen, er brüllte: »Stop it«, »enough«! Und dann waren sie ebenso plötzlich verschwunden, wie sie gekommen waren. Im nächsten Augenblick fuhr ein Polizeiwagen vorbei.

Er überquerte eine Hauptstraße, gelangte in eine schmalere Gasse, die leicht bergan führte, steckte sein Portemonnaie in die vordere Hosentasche, hielt es fest. Hier waren aus unerfindlichen Gründen keine Schlepper unterwegs. In den Läden wurden Gewürze, Nüsse, Obst, Backwaren verkauft. Kleintransporter und Mofas zwängten sich hupend zwischen Menschen und Verkaufsständen hindurch. Aus einer Fleischerei schauten ihn die toten Augen eines Kälbchens an. Der Schweiß lief ihm in Strömen, unter den Achseln bildeten sich gelbe Flecken. Er gelangte auf einen langgezogenen Platz. Männer saßen an wackligen Tischchen, tranken Tee, würfelten. Kinder wurden von ihren Müttern zurechtgewiesen, lachten darüber. Er ging weiter, bog in die nächste Straße, erstarrte mitten in der Bewegung, stand da wie gefroren: Hinter hohen Mauern, zwischen Bäumen, Laternenmasten ragte ein gewaltiger Bau auf, ein klarer Gedanke aus Kuppeln, die sich im gleißenden Licht dem Himmel entgegenschoben, präzise rhythmisiert, von vier Minaretten auf den Punkt gebracht, die Heilige Stadt auf dem Berg, grau, scharf umrissen, ein unumstößlicher Beweis aus Architektur. Sein Herz raste, er glühte und fror, schlotterte wie unter Schock. Hinter vergitterten Durchbrüchen sah er Paradiesgärten. Eine ausladende Akazie warf ihren Schatten bis auf die Straße. Er suchte einen Eingang, hielt inne, überlegte, ob es ihm als Ungläubigem, ehemaligem Christen überhaupt gestattet war, das Gelände zu betreten? Auf welche Strafe musste er sich gefasst machen, falls nicht? Er fürchtete sich und wollte doch unbedingt hinein.

Wieder spürte er den Blick, diesmal nicht, um ihn in die Flucht zu jagen, eher wie eine Anziehungskraft.

Endlich gelangte er an ein Tor. Weit und breit keine Tempelwächter, nicht einmal Polizisten. Er schaute sich nach allen Seiten um, konnte niemanden entdecken, der ihn verfolgte, trat ein. Ein Gärtner beschnitt Büsche, sein Gehilfe stand daneben, auf eine Harke gestützt. Sonst hielten sich keine Leute hier auf. Nach einer Weile kamen zwei junge Männer mit Bart, weißer Häkelkappe, ihre Stimmen wurden lauter, wilde Gesten zerhackten die Luft, doch sie gingen an ihm vorbei, ohne ihn zu beachten. Er betrat eine monumentale Pforte, über der in Gold auf Schwarz arabische Zeichen prangten, gelangte in einen Hof, der ganz mit weißem Marmor bedeckt war. In der Mitte befand sich ein rechteckiges Häuschen, das an eine Grabstätte erinnerte, ein Sarkophag, aus dem ringsum Wasserhähne ragten. Auch hier kein Mensch, weder Gläubige noch Touristen.

Es war das erste Mal, dass er sich auf dem Boden einer Moschee befand. Er kam sich endgültig vor wie einer, der etwas vollkommen Verbotenes tat, schlimmer als Diebstahl, spürte seinen Puls in den Schläfen, der Hals schwoll ihm zu. Jeden Moment konnte ein Eiferer oder Aufseher auftauchen, verlangen, dass er das Gelände sofort verließ, ihn angreifen. Er bemühte sich, so zu wirken, als gehörte er selbstverständlich hierher, wechselte zwischen Schlendern und zügigen Schritten, näherte sich dem eigentlichen Eingang, tauchte ins Dunkel, war einen Moment fast blind. Links auf einem Stuhl saß ein Alter mit dicker Hornbrille in grau kariertem Anzug. Er trug einen grauen Bart, auf dem Kopf eine Art Turban, nickte ihm zu. Entlang der Wände waren tiefe Regale mit Fächern, in denen Schuhe lagen. Wolfgang Janssen erinnerte sich: In Moscheen musste man seine Schuhe ausziehen. Er spürte Ärger: Kopftücher verlangten sie, aber Schuhe sollten verboten sein! Der Alte betrachtete ihn mit einer sonderbaren Mischung aus Desinteresse und Aufmerksamkeit. Die Perlen einer blank polierten Gebetskette glitten durch seine Finger. Es schien ihn nicht im Geringsten zu wundern, dass Wolfgang Janssen so viel Zeit benötigte, um sich seiner Schuhe zu entledigen, einfacher brauner Halbschuhe, deren Schnürsenkel sich, sobald er an ihnen zog, widerstandslos lösen würden. Er überlegte, ob seine Socken Löcher hatten, wusste es nicht, trat sich von hinten auf die Hacken, zerrte die Füße heraus, überlegte, ob es unter den Fächern welche gab, bei denen die Wahrscheinlichkeit, dass seine Schuhe geklaut wurden, geringer war, entschied sich für einen Platz unmittelbar in der Nähe des Alten, rechnete damit, dass dieser ihm jetzt gleich verbieten würde, auch nur einen Schritt weiterzugehen. Tatsächlich nuschelte er etwas Unverständliches, es klang weder gefährlich noch böse, fing an zu kichern.

Der Raum, den Wolfgang Janssen betrat, war unvorstellbar hoch und weit. Es herrschte diffuses Licht an der Grenze zur Dämmrigkeit. Dinge und Menschen verloren ihre Konturen, trotz der Lampenkränze, die mit langen Stahlseilen im Gewölbe befestigt waren und so tief herabhingen, dass großgewachsene Besucher sich den Kopf stießen. Kein Altar, nirgends Sitzgelegenheiten. Der Boden war mit riesigen dunkelroten Teppichen ausgelegt. Vorne rechts befand sich eine Art erhöhter Plattform, gegenüber eine hölzerne Treppe mit geometrischen Reliefs. Vier mächtige Pfeiler trugen die gewaltige Kuppel. Ein Gefühl von Haltlosigkeit, als befände sich der Boden unter ihm in unablässiger Bewegung. Dies war keine Touristenattraktion wie die Hagia Sophia, sondern ein Kultplatz. Der Gott, dem dieses Haus gehörte, musste ein mächtiger Gott sein. Er staunte und erschrak: Es war ihm tatsächlich gelungen, unbemerkt in den Tempel des fremden Gottes *Allah* einzudringen. Ohne Zweifel hatte er kein Recht, sich hier aufzuhalten. In Ägypten und Algerien wurden Leute wegen weitaus geringerer Vergehen umgebracht. Erregung und Panik wechselten sich ab. Weiter vorn, um eine

Nische herum, saß eine Gruppe Männer auf dem Boden. Einige hatten Bücher auf dem Schoß und lasen, manche starrten ins Leere. Einer litt unter psychischen Störungen, bewegte die Lippen, wippte ununterbrochen. Ein weiterer Mann kam herein, suchte sich einen Platz. Stand da, sammelte sich. Legte beide Hände an die Ohren, als wollte er einer Stimme in der Ferne lauschen. Nach einer Weile verneigte er sich, blieb einen Moment in dieser Haltung, richtete sich wieder auf, sackte auf die Knie, warf sich vollends nieder, presste die Stirn auf den Boden, verharrte mindestens zwanzig Sekunden in dieser Position totaler Unterwerfung – wie der Sklave eines Sklaven. Wolfgang Janssen spürte erneut Zorn hochsteigen, gepaart mit Abscheu. Niemand, der auch nur die geringste Selbstachtung hatte, konnte sich derart zum Wurm machen vor der Idee eines Wesens, bei dem es äußerst zweifelhaft war, dass ihm irgendeine Realität entsprach. Die Haltung des Menschen, der sich aus der selbstverschuldeten Unmündigkeit befreit hatte, war der aufrechte Gang erhobenen Hauptes. – Wieder bemerkte er die Berührung durch den Blick, noch deutlicher und zweifelsfreier als zuvor. – Er dachte an Kara Ben Nemsi, in *Durch die Wüste*, der als Ungläubiger auf der Suche nach dem Haupt einer Räuberbande in die Heilige Stadt Mekka eingedrungen und entdeckt worden war, hörte den Ruf »Ein Giaur! Ein Giaur! Fangt ihn, ihr Hüter des Heiligtums!«, wie er aus seinem Kassettenrekorder getönt hatte, als er ein Kind gewesen war, gefolgt vom wilden Durcheinander der Stimmen, Gewehrschüsse, Hufschläge. Kara Ben Nemsis Leben war keinen Piaster mehr wert gewesen, doch er wurde von einem wohlgesinnten Schicksal geschützt. Seine Gastgeber, aufrichtige Beduinen, hatten ihm das schnellste Kamel der arabischen Wüste gegeben, so dass es ihm mit knapper Not gelang, sich in Sicherheit zu bringen. Wäre er den Muselmanen in die Hände gefallen, hätten sie ihn auf der Stelle gesteinigt, ihm die Kehle durchgeschnitten, bei lebendigem Leibe die Haut abgezogen. Gefährlicher, grausamer, unberechenbarer war kein Menschenschlag auf der Welt. Und sie hatten den dunklen Gott Allah, dem dieses Haus gehörte. Wolfgang Janssen schwankte, wollte sich hinsetzen, wagte es nicht. Jeden Moment konnte er enttarnt werden. Wahrscheinlich hatte er, seit er eingetreten war, gegen ein halbes Dutzend Regeln verstoßen. Jeder, der ihn sah, erkannte sofort, dass er kein Moslem war. Es brauchte nur einer der Meinung zu sein, dass jetzt ein für alle Mal Schluss sei mit der Entweihung des Heiligen durch Gottlose, dass es Zeit für ein Exempel wäre, und eine Brandrede über die Verkommenheit der Westler anzustimmen, dann kämen sie von überallher, johlend, wutschnaubend, zum Äußersten entschlossen. Und er wäre auf Socken. Selbst wenn es ihm gelänge, sich hinaus ins Freie zu retten, spätestens auf dem spiegelglatten Marmor des Hofs würde er ausrutschen, stürzen, und dann fielen sie über ihn her. Ein fanatisierter Mob, der nicht mehr zu halten wäre, würde ihm das Gesicht eintreten, die Zähne ausschlagen, alle Knochen brechen. Er sah, wie sich das Blut aus seinem zertrümmerten Schädel, den aufgeschnittenen Schlagadern auf den blendend weißen Stein ergoss, wie sein Körper zuckte, all diese Bilder, während er dastand, planlos hierhin und dorthin schaute, um endlich den zu sehen, der ihn den ganzen Tag schon mit seinem Blick verfolgte, ohne dass er die geringste Ahnung hatte, warum und wozu. Wiederum kamen zwei Männer, gingen nach links, stellten sich zum Gebet auf, warfen sich nieder, und während er auf seine Verachtung wartete, fasste ihn eine unbändige Kraft von hinten in den Nacken, schüttelte ihn, dass sein Hirn gegen die Schädelwände schlug, ein Griff wie von eisernen warmen Händen. Er war vollkommen wehrlos. Etwas oder jemand wollte ihn niederzwingen, auf die Knie, ihn mit der Stirn auf den Boden in den Staub drücken vor dem Unendlichen, dem Verborgenen, dem Abwesend-Anwesenden, vor dem Herrn dieses Hauses, dem Gott, dem alles, was Dasein hatte, untertan war. Wolfgang Janssen spürte, wie sein Widerstand brach, dass er längst gebrochen war, wollte nachgeben, aufgeben, bedingungslos kapitulieren. Er war verschwindend gering, beinahe ein Nichts, gerade so viel, dass er sich vom Nichts unterschied. Und die einzig angemessene Antwort auf diesen Zustand war sich niederzuwerfen. Sein Mund, seine Zunge bewegten sich ungeordnet, vielleicht stammelte er selbst längst unverständliches Zeug, lallte wirr vor sich hin, war abgedriftet, aus der Bahn geworfen von den Fliehkräften, die sich in den Schwüngen der Schriftbänder und Blattrankenmuster entwickelten. Er musste sich hinauswinden, wieder festen Boden unter die Füße bekommen, einen Gedanken fassen, der klar und unumstößlich war, sprach sich vor, leise, langsam, in sauberer Artikulation: »Der moderne Mensch. Der

Mensch der Moderne. Steht selber. Steht für sich selber. Steht für sich selber gerade.« Er spürte, wie es ihn auseinanderriss: der Teil, der sich fallen lassen wollte, kopfüber, und der, der sich aufrecht hielt. »Das selbstbestimmte Individuum. Ich bin das selbstbestimmte Individuum.« Sein Rückgrat würde in der Mitte brechen, während die horizontalen Kräfte ihn längs entzweirissen. Vorn in der Gruppe der Männer stand jetzt einer auf, der Verrückte, kam auf ihn zu, trug Socken aus Leder, eine rote Kappe, nahm ihn direkt ins Visier. Seine Augen waren dunkel wie das nächtliche All ohne Mond, ohne Sterne. Wolfgang Janssen wankte. Wenn er dort hineinfiele, würde er ausgelöscht werden vom schwarzen Loch am Grund des Universums. Im nächsten Moment spürte er einen scharfen Luftzug, der ihn streifte, hörte, wie eine Stimme ohne Körper sagte: »*Mit all meiner Kraft hielt ich einen Ochsen fest,/ drückte ihm die Luft ab, warf ihn zu Boden, ließ los./ Der Besitzer eilte herbei und rief:/ ›Das Genick, das du gebrochen hast, gehört meiner Gans*‹.«

Er stand da, weit geöffnet, vollkommen schutzlos, blickte in die unendliche Kuppel, in der Bilder und Formen ohne Zahl kreisten, Planeten, Engel, Geister. Durchbrüche aus Welten in Welten hinter Welten taten sich auf. Zum Zentrum hin wurde das Gewoge aus Linien, Strängen, Fasern immer dichter. Sie bedeuteten Allmacht, das Wissen um die Ordnung der Dinge, die Geheimnisse der Wesen. Endlose Momente später kehrte der Mann zurück, und die Stimme sagte: »*Ich erstarrte zur Salzsäule, ich konnte mich nicht rühren./ Ich wusste mir keinen Rat./*

Da kam ein anderer Hausierer des Wegs und rief: ›Warum hast du mir die Augen ausgekratzt?‹«

Ein Schlag aus geballter Luft traf ihn, er rotierte wie eine Spindel, die aus dem Rad gebrochen war, schoß durch den Raum dem innersten Inneren der Kuppel zu, kam der kreisrunden Ebene aus lichtdurchflutetem Grün, in dem ein Netz aus goldenen Buchstaben gespannt war, gefährlich nahe. Ineinander verflochtene Geometrien drängten auseinander, verwoben sich mit Federzügen, Pinselschlägen, wickelten ihn ein, zogen sich immer straffer um sein Herz. »*Ich begegnete einer Schildkröte auf meiner Wanderung*«, sagte die Stimme, »*eine Blindschleiche begleitete mich. /›Darf ich euch fragen, wohin ihr wollt?‹/ ›Wir hoffen nach Kayseri zu gelangen.‹*« In diesem Moment wurde er hinausgestoßen wie von Sturmböen, sah Teppiche, Lampen, den Alten bei den Schuhen immer noch kichernd, den marmornen Hof, Säulengänge, das Grabmal, den Brunnen, an dem sich jetzt ein Mann mittleren Alters die Füße wusch, stolperte, strauchelte, fasste mühsam Tritt, fand sich auf dem Platz wieder, unter Kindern, die Fußball spielten, mit dem Finger auf ihn zeigten, fing den Blick einer jungen Mutter, zwischen Mitleid und Argwohn, schämte sich, ohne zu wissen, weshalb. Alles war anders, aber was hieß das, und was sollte er in Kayseri?

Pistolen

»Willst du Chilis?«, fragte Meher.

»Auf jeden Fall, welche soll ich denn nehmen? Vielleicht welche, die nicht ganz so scharf sind«, sagte Roland.

Vor ihnen auf dem Boden standen mehrere Säcke mit verschiedenen Sorten in unterschiedlichen Formen und Größen, daneben alle möglichen anderen Gewürze, Nelken, Fenchel, Kreuzkümmel – die meisten hatte er noch nie gesehen.

Meher sprach Urdu mit dem Händler, der dabei gleichzeitig Nachrichten in sein Handy tippte, während sein Gehilfe, der höchstens vierzehn war, Meher anstarrte, als hätte er eine Erscheinung.

»Die runden sind am mildesten«, sagte Meher. »Wie viel willst du?«

»Eine Handvoll vielleicht.«

Der Händler gab dem Gehilfen eine knappe Anweisung, der daraufhin mit Schaufel und Plastiktüte kam, die Chilis abfüllte und auf die Waage legte.

»Noch was?«

»Safran. Echten. Wenn er den hat.«

»Hat er bestimmt.«

»Dort hinten ist übrigens Naseer Kasim … Mit seiner Frau«, sagte Roland.

»Scheiße«, sagte Meher, einen Anflug von Panik in der Stimme. »Lass uns verschwinden, bevor er uns sieht.«

Sie rief dem Händler etwas zu, drehte sich um und lief um die Ecke in die nächste Gasse, wo sich Läden für Reis, Linsen, Bohnen und Nudeln aneinanderreihten. Rechter Hand befand sich die Außenmauer eines alten Gebäudes, das an einen Palast erinnerte. Meher blieb vor dem Eingangsportal stehen: »Wir können hier reingehen. Das ist ein altes Hamam. Da will er bestimmt nicht hin.«

Im offenen Innenhof waren Cafétische mit runden Marmorplatten aufgestellt, an denen niemand saß. Geradeaus bot ein kleiner Museumsshop Kunsthandwerk an, hauptsächlich Keramiken. Dort herrschte ebenfalls Leere.

»Für dich als Ausländer kostet der Eintritt vierhundert Rupien, für mich zwanzig, das ist leider so«, sagte Meher.

Roland zog ein Bündel Scheine aus der Hosentasche und schob dem Mann an der Kasse das Geld hin.

Im Inneren des Hamams herrschte Dunkelheit, die Augen mussten sich erst daran gewöhnen. Hohe Säle mit monumentalen Gewölben bildeten eine Art überirdisches Höhlensystem, auf den Wänden Kassetten mit Engel- und Blumenfresken, die teilweise herausgebrochen waren. Meher nahm Rolands Hand, zog ihn hinter sich her. Der ursprüngliche Boden fehlte, stattdessen waren modernistische Stege aus Stahlrohr und polierten Holzplanken eingebaut.

»Weißt du, wo du hingehst?«, fragte Roland.

»Ungefähr. Wir waren hier mal im ersten Collegejahr. Irgendwo da hinten muss eine Treppe sein, die aufs Dach führt.«

Meher blieb stehen, legte den Zeigefinger an die Lippen. Es war vollkommen still, kein Laut aus dem Basar drang herein, auch nirgends der Hall von Schritten. Sie schlang ihre Arme um seinen Hals, küsste ihn auf den Mund, gierig, mit Lust am Verbotenen, löste sich unvermittelt, lief ein paar Schritte vor zu einem kleinen Aufgang, der noch dunkler war als die übrigen Räume, und verschwand im Dunkeln.

Er folgte ihr.

Das Dach war drei- oder vierhundert Jahre alt, doch mit seiner Landschaft aus Kuppeln und Türmchen erinnerte es eher an eine futuristische Siedlung auf einem fernen Planeten. Ringsum ragten die Häuser des Basarviertels in den Himmel, die meisten aus grau verputztem Backstein: massive Quader, hier und da von Baumkronen, verspielten Balustraden und Balkonen unterbrochen, auf einigen standen wacklige Taubenkäfige aus Latten und Maschendraht.

»Hast du eine Zigarette?«, fragte Meher.

»Glaubst du, man darf hier rauchen?«

»Keine Ahnung, da liegen jedenfalls Kippen.«

Er hielt ihr seine Packung hin, gab ihr Feuer. Sie inhalierte tief: »Das war knapp.«

»Wäre es so schlimm gewesen, wenn Naseer uns gesehen hätte?«

»Wahrscheinlich nicht. Aber ziemlich peinlich. Für dich noch mehr als für mich. Ich meine, er hat dich nach Lahore eingeladen, und dann machst du mit einer Studentin rum.« Sie lachte: »Das fällt dann ja auch auf ihn zurück.«

»Was würde passieren, wenn die Collegeleitung etwas mitbekäme? – Ich meine, du bist fünfundzwanzig!«

»Keine Ahnung. Vielleicht schmeißen sie dich raus, glaube ich aber nicht. Schlimmstenfalls würde jemand meinem Vater was erzählen. Es kann immer mal sein, dass er einen von den Professoren trifft. Das würde Ärger bedeuten.«

Roland Warnke hatte Naseer Kasim vier Monate zuvor auf der Art Basel kennengelernt. Naseers Bilder waren am Stand von Saatchi präsentiert worden – hyperrealistische Malerei, die ihn selbst in verschiedensten Maskierungen vor geometrischen Traumlandschaften zeigte: als Mullah, als Christus, als Vater, als Jedermann.

Roland hatte Naseer auf den ersten Blick sympathisch gefunden: »Mir gefällt, was du machst. Obwohl oder gerade weil ich keine Ahnung habe, worum es inhaltlich eigentlich geht, wahrscheinlich spielen auch politische Dinge mit rein. – Wo bist du her?«

»Aus Pakistan. Lahore.«

»Über Pakistan weiß ich leider so gut wie nichts …«

Sie schlenderten gemeinsam über die Messe, gingen zusammen ins Kunstmuseum, staunten, wie oft sie in ihrer Einschätzung der Arbeiten anderer übereinstimmten, schlugen sich gemeinsam zwei Nächte auf Messepartys um die Ohren. Am letzten Abend sagte Naseer: »Hast du nicht Lust, für ein Semester als Gastdozent ans National College of Arts in Lahore zu kommen? Für unsere Studenten wäre es sehr interessant zu hören, wie ein Künstler aus Deutschland ihre Arbeit sieht.«

»Lust hätte ich auf jeden Fall«, sagte Roland. »Ich muss

mal sehen, ob es sich familiär einrichten lässt, ich hab ja zwei kleine Kinder.« –

»Pakistan – weißt du, wie gefährlich das ist?«, sagte seine Frau, nachdem Naseer Roland anderthalb Monate später tatsächlich die offizielle Einladung für eine Gastprofessur geschickt hatte. »Wenn du was aus Pakistan in den Nachrichten hörst, ist eine Bombe explodiert, oder sie haben einen Journalisten entführt.«

»Die größten Anschläge dieses Jahr waren in Paris und Brüssel, und es ist nur eine Frage der Zeit, bis etwas Ähnliches hier oder in München passiert. Ich stelle es mir wahnsinnig spannend vor – ich meine, Kunst hat für die Leute dort eine ganz andere Bedeutung als bei uns. Da werden noch wirklich Grenzen ausgelotet, was geht und was nicht geht, gesellschaftlich. Nicht wie bei uns, wo alles erlaubt ist und nichts relevant.«

»Du musst selber wissen, was du tust.«

»Naseer sagt, dass keiner in Lahore einem Ausländer irgendetwas Böses will, im Gegenteil, alle würden versuchen, einem zu helfen.«

»Das kann ich nicht beurteilen. Vielleicht ist es auch gut, wenn du mal was anderes siehst. Irgendwie geht dir hier ja alles auf die Nerven.«

»So stimmt das auch nicht.«

Karen lächelte, traurig, aber auch liebevoll: »Fahr halt. Man soll sich seine Entscheidungen ja nicht von Ängsten diktieren lassen.«

Meher Gul studierte im vierten Jahr am National College of Arts. Sie lebte zusammen mit ihrer jüngsten Schwester und ihrem älteren Bruder bei ihren Eltern in einem geräumigen Haus in Gulberg, das von hohen, stacheldrahtbewehrten Mauern umgeben war.

Ihr Leben bestand aus Fluchten, kleineren und größeren Lügen und Miniaturmalerei. Nach der High School hatte sie aus Gründen, die sie selber nicht mehr verstand, anderthalb Jahre Ökonomie am Kinnaird-College studiert. Am Ende war sie wegen ständiger Kotzattacken und Weinkrämpfe jedoch kaum mehr hingegangen. Nach einem weiteren Jahr, das sie allein auf ihrem Zimmer und in sinnlosen Therapiesitzungen verbracht hatte, war sie dann an der Kunsthochschule angenommen worden. Seitdem ging es ihr besser, wenn auch nicht gut. Sie erfand ihre eigenen Welten, in denen es möglich war, das Leben irgendwie auszuhalten.

Abends traf sie sich so oft wie möglich mit Freundinnen und Freunden – bei Aziza, die aus Islamabad stammte und im Wohnheim des Colleges wohnte, oder bei Nurjehan, deren Mutter tot und deren Vater meist auf Geschäftsreisen war, sodass dort niemand fragte, was sie taten und warum. Regelmäßig hingen sie am Pool in Nurjehans Garten ab, rauchten Haschisch, tranken Bier, alberten herum, redeten über Kunst und Leben, über die Männer, die ihnen von Eltern oder sonstigen Verwandten zum Heiraten vorgestellt wurden, und darüber, wie man sie möglichst schnell wieder loswurde. Mit Nurjehan ging sie außerdem manchmal in den Lahore Rifle Club zum Pistolenschießen. Meist kamen sie bereits bekifft dort an, was den Spaß noch vergrößerte. Ihren Eltern erzählte Meher, dass sie bis zehn oder elf gemalt habe, weil die Abschlussprüfungen anstanden, und dass manche ihrer Mitstudentinnen jetzt ganze Nächte im College verbrachten. Wahrscheinlich glaubten sie ihr nicht, doch es war ihr egal.

Roland hatte ein geräumiges Apartment in einem privaten Guesthouse bezogen. Während der ersten Tage hatte Nazeer ihm die wichtigsten Sehenswürdigkeiten der Stadt gezeigt, das Fort, die Wazir Khan Moschee, die Shalimar-Gärten. Sie besuchten alte Basarviertel und neue Marktplätze, Edelrestaurants, die genauso eingerichtet waren wie in Berlin oder London, und verrußte Streetfood-Stände, wo es gegrillte Fleischspieße, Linsen oder frittierte Teigtaschen gab. Roland staunte über die vielen Gesichter der Stadt, die zwischen traumverlorenen Mogulpalästen, kolonialer Pracht, glitzernden Geschäftsvierteln und allgegenwärtigem Verfall oszillierte.

Am meisten hatte ihn das College selbst überrascht: Die ehrwürdigen Backsteinbauten mit ihren hohen Spitzbögen, Türmen und Erkern, die gepflegten Innenhöfe und Gartenanlagen, in denen alte Bronzeplastiken und moderne Skulpturen aufgestellt waren, zeigten die gleiche Mischung aus großbürgerlicher Pracht und Vernachlässigung wie die Kunstakademien in Düsseldorf oder München. Auch in den Ateliers und Werkstätten herrschte eine ähnliche Atmosphäre: festgetrocknete Farbe auf Boden und Wänden, vergessene Tonklumpen, gescheiterte Leinwände, Reste plastischer Experimente, die irgendwann aufgegeben, aber nicht weggeräumt worden waren. Dazwischen junge Leute, die konzentriert malten oder ratlos vor ihrem Platz standen, aus dem Fenster starrten, weil sie nicht weiterwussten oder plötzlich den Sinn von all dem bezweifelten, was sie hier taten.

»Das ist die Klasse für Miniatur-Malerei«, hatte Naseer gesagt und die Tür zu einem Raum geöffnet, wo ein Dutzend Studenten im Schneidersitz auf dem Boden saßen, mit Blöcken auf dem Schoß, feinen Haarpinseln in der Hand.

»Ustad Bashir hat in den 80er Jahren einen zeitgemäßen Lehrplan für die alten Techniken erarbeitet…«

Das erste, was Roland sah, war Meher, die ganz hinten in der Ecke hockte, fragil und konzentriert, als stünde ihr Leben auf dem Spiel.

»…es geht natürlich auch darum, diese Traditionen für die Gegenwart weiterzuentwickeln.«

Sie war nicht im eigentlichen Sinne schön, die Nasenspitze ein wenig zu knubbelig, das Kinn etwas zu breit, aber sie strahlte eine dunkle Präsenz aus, die Roland noch nie gesehen hatte. Er wunderte sich, dass die anderen sie nicht die ganze Zeit anstarrten.

»Meher, kannst du Roland zeigen, woran du gerade arbeitest«, sagte Naseer.

Sie verdrehte die Augen, schüttelte den Kopf, ehe sie aufstand, nicht, weil sie ihr Bild für schlecht hielt, sondern weil sie einfach keine Lust hatte, darüber zu reden.

»Es ist nicht fertig«, sagte sie.

Auf dem Blatt war ein menschliches Herz zu sehen, herausgeschnitten wie das kranke Organ bei einer Transplantation und nüchtern gemalt wie in alten Anatomie-Atlanten, nur dass jemand die Ausgänge der Adern mit perlenbesetzten Spangen aus Gold abgeklemmt hatte. Es lag auf einem einfachen Holztisch, rings herum eine Schere, Nadeln und verschiedene Garne, die jedoch nicht das Werkzeug eines Chirurgen waren, sondern einem Weber oder Schneider gehörten. Während Meher das Herz selbst und die Schmuckklammern in feinsten Farbabstufungen ausgeführt hatte, waren die übrigen Gegenstände und der umgebende Raum lediglich als schwarze Umrisslinien skizziert, elegant wie in den alten Portraits, wo der Herrscher auf einem Kissen oder Teppich saß und eine Wasserpfeife rauchte.

Meher bemerkte, dass eine Art Schrecken in Rolands Augen aufblitzte und dann einem seltsam gezwungen wirkenden Gesichtsausdruck wich. Der Schrecken gefiel ihr, obwohl sie im ersten Moment dachte, dass er ihre Arbeit nicht mochte oder ihren Ansatz falsch fand. Er schaute lange und genau auf ihr Blatt, nickte nachdenklich, sagte schließlich: »Das ist gut. Wirklich gut.«

»Meher ist sehr talentiert«, sagte Naseer, und sie ärgerte sich, weil sie in diesem Moment wie eine dumme Schülerin dastand.

»Bei uns sieht man immer bloß diese nachgepinselten Mogulszenen aus Indien.«

Roland lächelte sie von der Seite an. Meher spürte eine Unsicherheit an ihm, die nur am Rand mit ihrem Bild zu tun hatte. »Ich würde gern mehr von dir sehen«, sagte er. »Muss nicht sofort sein, ich bin ja jetzt länger hier.«

»So viel gibt's nicht …«

Sie hielt seinen Blick fest, bis er die Augen niederschlug wie ein schüchternes Mädchen.

»… aber vielleicht bringe ich ein paar Blätter von zu Hause mit.«

Er ging weiter, schaute sich die Arbeit der anderen an, stellte Fragen, gab wohlwollende Kommentare, tauschte hier und da einige Sätze mit Naseer. Dazwischen drehte er sich immer wieder nach ihr um, und Meher nahm mit Erleichterung zur Kenntnis, dass er keinem eine ähnliche Aufmerksamkeit schenkte wie ihr.

Abends schaltete sie ihren Computer ein und sah sich seine Zeichnungen im Internet an, sonderbare Bilder, die entfernt an wissenschaftliche Abbildungen von Zellstrukturen und Kleinstlebewesen erinnerten, doch zugleich nichts anderes als das Verhältnis von Linien und Strukturen, Ordnung und Chaos in der Fläche zu reflektieren schienen. Immer wieder kehrte sie zu zwei Fotos mit seinem Portrait zurück und betrachtete sein Gesicht.

Es war kurz vor sechs gewesen und drückend schwül. Das College leerte sich. Roland hatte auf der Umfassung des schlanken Marmorbrunnens im Innenhof gesessen, einen Becher Nescafé mit zu viel Zucker in der Hand, die Zigaretten neben sich. Er schaute in den staubblauen Himmel, realisierte, dass er viel weiter von zu Hause entfernt war als die fünfeinhalbtausend Kilometer, die das Flugzeug zurückgelegt hatte. Nach wenigen Schlucken lief ihm der Schweiß in Strömen.

»Stör' ich?«, fragte Meher und setzte sich neben ihn, ohne seine Antwort abzuwarten.

Der Schweiß verfärbte sein Hemd sogar auf Brust und Rücken. Es war peinlich.

»Wie gefällt dir Lahore?«

»Gut. Sehr gut. Obwohl alles völlig anders ist, als ich erwartet hatte.«

»Inwiefern?«

»Ich hätte zum Beispiel nicht gedacht, dass ich jetzt einfach mit dir hier sitzen kann, ohne dass jemand komisch guckt.«

Sie lachte: »Was hast du dir vorgestellt?«

»Keine Ahnung. Mehr Kontrolle. Vielleicht sogar Geschlechtertrennung – hätte mich zumindest nicht gewundert.«

Sein Handy brummte. Auf dem Display erschien das Bild seiner Frau mit den Kindern am Strand. Er drückte es weg, öffnete die Zigarettenschachtel, hielt sie ihr hin, bevor er sich selbst eine nahm, gab ihr Feuer.

»Sind das deine Kinder?«

»Ja.«

»Wie alt?«

»Drei und fünf.«

»Süß.«

Sie fragte nicht nach seiner Frau.

»Könnte ich dich zum Beispiel auch zum Essen einladen, oder wäre das komisch?«

»Ein bisschen. Aber es geht. Vielleicht nicht unbedingt in die Lieblingsrestaurants meiner Familie.«

Sie hatten zwanzig Minuten warten müssen, bis ein Tisch im Garten des Restaurants frei geworden war. Mehrere Besteckssätze lagen auf der frisch gestärkten weißen Decke. Die Servietten waren aus Stoff und standen, zu auffliegenden Vögeln gefaltet, in den Wassergläsern.

Meher schaute in die Karte: »Was magst du? Lamm, Huhn? Vielleicht Ziege? Und lieber gegrillt oder als Curry? Biryani?«

»Ich kenne mich nicht aus, bestell einfach.«

»Daal – willst du Daal?«

»Ich probier' alles.«

»Scharf?«

»Mittelscharf, würde ich sagen.«

Der Kellner brachte einen knallroten Fruchtcocktail mit Crushed Ice als Willkommensgruß des Hauses.

»Dann vielleicht Chicken Tangari Kebab und Khatti Daal. Das ist mit Tamarinde, ein bisschen säuerlich. Und Raita – also Joghurt. Vielleicht mit Auberginen. Willst du Brot oder Reis?«

»Was isst man normalerweise dazu?«

»Ich würde Brot nehmen. Naan.«

»Dann das.«

»Wein gibt es leider nicht. Aber frische Säfte. Granatapfel ist gut. Oder Grapefruit.«

»Trinkst du Alkohol?«

»Klar.«

»Ein schöner Mann«, dachte sie. Das Blau seiner Augen wirkte im Licht der Kerze, als wäre es aus einem seltenen Stein mit geheimnisvollen Einschlüssen geschnitten.

Sie nahm eine Zigarette aus seiner Packung, zündete sie an, blies ihm den Rauch aus gespitzten Lippen direkt ins Gesicht. Lachte.

Er schüttelte den Kopf, schaute auf ihre Hände, als wollte er danach greifen, suchte ein Thema, das sie dazu brachte zu reden, weil er ihre Stimme hören wollte, den dunklen melodischen Klang mit dem leichten Akzent.

Er dachte an seine Frau, die immer etwas zu besprechen hatte – Probleme, die Geld, die Organisation des Haushalts und vor allem die Kinder betrafen. Alles war irgendwie wichtig, in Wirklichkeit aber bedeutungslos und schon lange ohne Zwischentöne.

»Ist es nicht schwierig, dass die Miniaturen … Also, dass das Malen selbst als Vorgang so ganz unkörperlich ist?«

»Genau das gefällt mir, die totale Konzentration auf diese sehr kleine Fläche. Du schaust wie durch ein Mikroskop auf eine Welt, die ganz für sich allein existiert. Ich werde ruhig dabei, während mich sonst alles immer irgendwie nervös macht.«

Roland konnte sich nicht erinnern, wann ihn zuletzt eine Frau derart angezogen hatte. Es war unsinnig, vielleicht sogar gefährlich. Nach allem, was er wusste, hatten Brüder und Väter hier keine Scheu, die Liebhaber ihrer Schwestern oder Töchter zu töten.

Sie aßen lange, das Essen schmeckte großartig, unterhielten sich über Gott und die Welt, die Kunst und die Liebe.

Meher dachte: »Er ist der erste Mann, der versteht, warum ich male«, während Roland sich vorkam, als wäre er in einen orientalistischen Traum versetzt worden.

Nachdem er bezahlt hatte, gingen sie hinaus, um auf den Careem-Fahrer zu warten. Der Mond stand als unscharfe Sichel hinter warmer Feuchtigkeit und Staub. Zahlreiche Bäume warfen Nachtschatten auf meterhohe Mauern, hinter denen sich die Häuser und Gärten wohlhabender Leute verbargen. Meher gestikulierte unablässig. Anders als er hatte sie keine Scheu, ihn dabei zu berühren. Immer wieder legte sie ihre Hand auf seinen Arm, einmal drückte sie ihm kurz die Finger zusammen.

Aus ihrem Telefon tönte ein helles »Pling«.

»Der Wagen müsste hier sein«, sagte sie. »Weißer Toyota, LEA-3504. – Da vorne.«

Sie öffnete die Tür, sagte »Salam aleykum«, begann dem Fahrer den Weg zu erklären. Es dauerte eine Weile, weil er erst sie zu Hause absetzen und danach Roland zu seinem Guesthouse fahren sollte.

Sie lehnte sich zurück. Ihre Hand stieß leicht gegen seine.

»Im Grunde ist mein Leben wahnsinnig langweilig, wenn ich nicht male«, sagte sie. »Wir hängen zusammen ab, trinken, werfen irgendwelches Zeug ein, es ist schon lustig, aber irgendwie auch immer dasselbe. Im Grunde habe ich es satt, und eigentlich will ich etwas ganz anderes.«

»Was stellst du dir vor?«

»Jedenfalls nicht, was sich die meisten in meinem Alter wünschen: heiraten und Kinder kriegen. Dazu habe ich überhaupt keine Lust.«

»Welche Alternativen gäbe es denn?«

»Keine. Jedenfalls nicht, solange ich bei meinen Eltern wohne, und ich kann dort erst ausziehen, wenn ich verheiratet bin. Man kommt da nicht raus, jedenfalls weiß ich nicht, wie.«

»Wenn du deine Abschlussprüfung gemacht hast, könntest du versuchen, ein Stipendium im Ausland zu bekommen, in Deutschland zum Beispiel. Eventuell kann ich dir helfen.«

Das war gelogen, vielleicht auch nicht – er könnte sich zumindest erkundigen.

»Darüber habe ich auch schon nachgedacht. Wenn es richtig offiziell wäre, würden es meine Eltern vielleicht sogar erlauben.«

Der kleine Finger ihrer rechten Hand schob sich über seinen linken. Draußen herrschte immer noch dichter Verkehr, Autos, Busse, zahllose chinesische Motorräder, ab und zu ein Pferdefuhrwerk. Sie sagte irgendetwas zu dem Fahrer, der kurz darauf in ein kaum beleuchtetes Viertel abbog. Auch hier Villen hinter hohen Mauern, vor einigen saßen oder standen Bewaffnete.

»Ich bin jetzt gleich zu Hause«, sagte sie. »Der Fahrer hat mir versichert, dass er weiß, wo er dich hinbringen muss.«

Im selben Moment beugte sie sich zu ihm herüber und küsste ihn auf den Mund, fordernd, zugleich warm und weich, ihre Zunge glitt kurz und entschlossen zwischen seine Lippen. Als der Wagen anhielt, hatte sie sich schon wieder zurechtgerückt und stieg aus. »Wir sehn uns«, rief sie und schlug die Tür zu.

Meher nahm den Schallschutzkopfhörer ab und ließ sich auf einen der fahlgrünen Cordsessel im Clubraum fallen. Die Glock ihres Vaters lag vor ihr auf dem Tisch. Er hatte sie vor zehn oder fünfzehn Jahren gekauft und wusste inzwischen wahrscheinlich nicht einmal mehr, dass er sie überhaupt besaß, geschweige denn, dass Meher sie in ihrem Schrank aufbewahrte. Sie hatte die Schachtel mit der Waffe zwischen Papieren, Schreibgeräten, Werkzeug in einer Kommode gefunden, als sie nach Fotos ihrer Großeltern gesucht hatte, und mitgenommen.

Nurjehan kam mit zwei Flaschen eiskalter Cola und setzte sich neben sie.

»Du hast schon mal besser getroffen«, stellte sie fest, aber eigentlich war es eine Frage.

Meher grinste: »Ich war woanders.«

»Du bist schon seit Tagen woanders.«

»Gut möglich.«

»Wegen ihm?«

»Muss wohl.«

»Hast du was mit ihm angefangen?«

»Sieht so aus.«

Meher zog ein Handtuch aus ihrer Tasche und wischte sich den Schweiß von der Stirn.

»Ach du Schande.«

»Ja. Vielleicht.«

»Wann?«

»Vor fünf Tagen.«

»Du wolltest so was doch nicht mehr machen.«

»Diesmal ist es anders.«

»Den Satz hab' ich schon mindestens fünfmal gehört.«

Meher sah aus dem Fenster auf die Schießanlage, wo zwei Frauen um die vierzig auf die Zielscheiben schossen, kleine Staubwolken stiegen aus dem hohen Erdwall, wenn sie nicht trafen. Sie schossen schlecht.

»Er ist nicht wie die pakistanischen Jungs, die ein bisschen Spaß haben wollen, und wenn du dich darauf einlässt, war's das.«

»Hast du nicht gesagt, dass er verheiratet ist?«

»Schon. Aber er ist unglücklich in seiner Ehe. Wahrscheinlich trennt er sich von seiner Frau.«

»Wegen dir.«

»Er hatte es sowieso vor, sonst hätte er den Lehrauftrag hier gar nicht angenommen.«

»Dasselbe würde dir ein verheirateter Pakistani auch erzählen, wenn er dich ins Bett bekommen will.«

»Ich habe noch nie jemanden getroffen, der so sehr versteht, was ich mit meinen Bildern will.«

»Habt ihr Sex?«

Meher verdrehte die Augen: »Lass uns fahren und was rauchen.«

»Also ja.«

»Es ist ziemlich gut mit ihm. Alles.«

Die Atelierwände waren in leuchtendem Rot gestrichen, und Roland fragte sich, welchen Einfluss das auf Naseers Farbwahl hatte. Er selbst hätte so niemals arbeiten können.

»Pass ein bisschen auf«, sagte Naseer unvermittelt und rührte den Tee um, ehe er ihm die Tasse gab.

Roland spürte, dass ihm der Schweiß ausbrach, und wandte sich einem halb fertigen Bild zu, auf dem Naseer im Profil lag wie der Christus von Holbein, den sie sich in Basel zusammen angeschaut hatten.

»Wegen was jetzt? – Habe ich irgendeinen Fehler gemacht?«

»Ich hab euch neulich gesehen. Meher und dich. Im Basar. Ihr hattet es ziemlich eilig.«

»Ach so, das… Sie hat mir geholfen, ein paar Sachen einzukaufen.«

»Es wird halt geredet.«

Roland zögerte, was er Naseer sagen sollte, zumal er nicht einschätzen konnte, welche Konsequenzen ihm drohten, wenn seine Affäre mit Meher öffentlich wurde, und trotz aller Freundschaft gehörte Naseer zum Lehrkörper des Colleges.

»Wir unterhalten uns intensiv über unsere Arbeit. Ich schätze wirklich sehr, was sie macht, auch was sie zu meinen Zeichnungen sagt. Sie hat einen extrem präzisen Blick.«

»Ich weiß.«

Er überlegte, Naseer zu fragen, was schlimmstenfalls passieren konnte, doch das wäre einem Eingeständnis gleichgekommen.

»Weißt du, Meher hat eine Menge Probleme«, fuhr Naseer fort, »Stimmungsschwankungen und dergleichen. Manchmal redet sie tagelang mit niemandem, dann wieder ist sie völlig aufgekratzt, albert herum, wirft sich irgendjemandem an den Hals.«

»Ich hatte so was vermutet und dachte, dass ich sie zumindest in ihrer Arbeit bestärken könnte. Daran zweifelt sie ja auch permanent.«

»Versteh mich nicht falsch: Es kommt hier schon auch vor, dass Lehrer was mit Studentinnen anfangen. Aber ich hab gesehen, wie sie dich anschaut, und es kann einfach sein, dass es sie völlig aus der Bahn wirft, wenn du zurückfliegst.«

Im College gingen Meher und Roland sich daraufhin aus dem Weg. Tagsüber verständigten sie sich mit Textnachrichten, nachts telefonierten sie, drei oder vier Abende in der Woche verbrachten sie zusammen. Meist trafen sie sich in seiner Wohnung, manchmal gingen sie essen oder schauten sich Ausstellungen an. Oft verbrachten sie die Stunden einfach im Bett, liebten sich, redeten, tranken Wein, den er besorgt hatte, liebten sich wieder. Es endete immer gleich: Meher wurde hektisch: »Ich muss los!«

»Es ist gerade mal neun.«

»Bis ich jetzt zu Hause bin, ist es zehn. Und ich war diese Woche schon zweimal nach elf zu Hause. Irgendwann gibt es dann wieder Geschrei, und da habe ich keine Lust drauf.«

Sie zog ihr Telefon aus der Tasche, öffnete die Careem-App und buchte einen Wagen.

»Du bist eine erwachsene Frau und bereitest deine Prüfung vor.«

»Ich kann nicht immer nur lügen. Ich lüge sowieso schon viel zu viel.«

»Musst du selber wissen.«

»Du erzählst deiner Frau ja auch nicht von mir.«

»Das ist alles nicht einfach. Auch für mich nicht.«

»Natürlich ist es einfach für dich: Du hast eine nette Affäre, aber ich sitze in meinem Scheißleben mit irgendwelchen Hoffnungen, die sich doch nicht erfüllen.«

»Selbst wenn ich mich von meiner Frau trenne, was an sich schon eine Menge Komplikationen mit sich bringen würde, auch wegen der Kinder … – Dann verbietet dein Vater dir, mich zu heiraten. – Würdest du wegen mir mit deiner Familie brechen? Nein, würdest du nicht. Du verbringst ja nicht mal eine Nacht mit mir.«

»Ich bekäme das schon irgendwie hin.«

»Und wenn nicht?«

»Ich muss runter, der Fahrer ist da.«

Sie lief zur Tür, drehte sich noch einmal um, küsste ihn auf die Wange und ging.

Sie waren mit der Riksha gefahren, fast eine Stunde. Die Viertel waren immer ärmlicher geworden, am Straßenrand hatten ganze Ziegenherden zum Verkauf gestanden, es waren mehr Eselskarren und Pferdefuhrwerke als Autos unterwegs gewesen. Schließlich hatten sie den Ravi überquert. Auf der einen Seite der Brücke lagerten Hunderte von Büffeln am Ufer, auf der anderen unzählige Schwarzmilane.

Im mächtigen Eingangstor des Grabmals Jahangirs saßen zwei Männer an einem Tisch und verkauften Eintrittskarten. Daneben stand ein Polizist mit Barett und Pistole. Meher und Roland waren die einzigen Besucher. Es war ihre Idee gewesen, hierher zu fahren, damit sie mal wieder etwas anderes sähen als Rolands Wohnung, und hier draußen träfen sie mit Sicherheit niemanden. Einen Mann, der hartnäckig versuchte, sich ihnen als Führer anzudienen, wimmelte sie ab.

Sie schlenderten durch die ausgedehnten Anlagen. Hier und da arbeiteten Gärtner in den Beeten, ein Träger mit einem riesigen Ballen abgeschnittener Zweige auf dem Kopf kam ihnen entgegen. Es herrschte vollkommene Ruhe.

»Jahangir war ein großer Förderer der Malerei«, sagte Meher. »Und er soll riesige Mengen Opium und Branntwein zu sich genommen haben. Ansonsten weiß ich nicht viel über ihn …«

»Es ist wunderbar hier. – Warum kommt niemand hierher? Ich meine, in der Stadt ist überall Gedränge und Lärm, hier kann man ja sogar fast allein sein.«

»Vielleicht, weil die Leute gar nicht auf die Idee kämen, dass Alleinsein schön ist.«

»Oder Paare, die nicht wissen, wo sie sonst hin sollen.«

Sie durchquerten einen weiteren Torbau, dahinter führte ein gepflasterter Weg zwischen kugelförmigen Büschen auf das eigentliche Mausoleum mit seinen vier schlanken Minaretten zu.

Roland fotografierte Meher in einem fort. Das hatte er vorher nie gemacht, und Meher zierte sich erst, wurde dann ärgerlich, ließ sich jedes Bild zeigen, nahm ihm immer wieder die Kamera aus der Hand und löschte die meisten.

Als sie die Treppen zum Grabmal hinaufgestiegen waren, sagte sie: »Hör jetzt auf damit, ich will es nicht.«

»Du siehst aus wie die Fürstin, der das alles hier gehört.«

»Wie die Witwe.«

Sie drehte sich weg.

»Was hast du dagegen, dass ich dich fotografiere.«

Er merkte, dass ihre Stimmung gekippt war, steckte die Kamera in die Tasche zurück, bemühte sich witzig zu sein, doch sie reagierte nicht darauf.

»Bastelst du schon an deinem Erinnerungsalbum? Da darf ich natürlich nicht fehlen.«

»Unsinn.«

Sie traten in den Raum, wo der Sarkophagaufbau mit seinen Marmor- und Edelsteinintarsien schimmerte wie ein kostbarer Opferplatz.

»Es ist besser, dass nicht Dutzende Bilder von mir auf deiner Kamera sind, wenn du nach Hause kommst.«

Nurjehan steuerte den Wagen, während Meher neben ihr einen Joint drehte.

»In der unteren Klappe ist Bier.«

Es war halb neun und draußen längst dunkel. Im Radio lief Mehdi Hassan, »Mohabbat Karney Walay Kam Na Hongay«. Meher drehte die Musik lauter. Sie hatten kein Ziel außer der Fahrt selbst durch den Tunnel aus Lichtern und Bewegungen hinter den Fensterscheiben.

Meher fuhr mit der Zunge über den Klebefalz, rauchte den Joint an, reichte ihn Nurjehan, nahm eine Bierdose aus dem Handschuhfach, zog den Verschluss auf und trank.

»Wie kommt es, dass du heute Abend Zeit hast?«

»Wieso soll ich keine Zeit haben?«

»Du hattest so gut wie nie Zeit in den letzten Wochen.« Sie gab Meher den Joint zurück.

Mehdi Hassans Stimme wurde immer zerbrechlicher, schwebender, als klänge sie aus weiter Ferne herüber.

»Es ist sinnlos.«

Die Musik endete, der Moderator sagte: »Hallo und willkommen ihr da draußen, ihr hört die Ghasel Nacht bei Sur aur Rag auf Radio FM 99. Es ist nicht mehr so heiß in Lahore, aber die Atmosphäre ist voller Liebe, und damit das so bleibt, habe ich jetzt den wunderbaren Nusrat Fateh Ali Khan für euch mit »Tumhein Dillagi Bhool Jani Pare Gi«.

»Auch wenn das klugscheißerisch klingt, aber das hätte ich dir vorher sagen können.«

»Nicht so, wie du denkst.«

»... dass er mal was anderes probieren wollte, seinen Spaß hatte und sich jetzt wieder auf sein ruhiges Zuhause in Deutschland freut.«

»Hör auf damit.«

»Ich bin deine Freundin, also sag ich dir ehrlich, was ich denke.«

»Du kennst ihn nicht, und weißt nicht, wie es ist, wenn wir zusammen sind. Er versteht, was ich denke, bevor ich es sage, und umgekehrt.«

»Er guckt allen auf den Arsch. Das habe ich wohl gesehen.«

»Das mache ich auch. Wir sind Maler, Augenmenschen, wir leben vom Hinschauen.«

»Schwachsinn.«

»Und er ist der erste Mensch, bei dem ich mich wegen nichts von all dem schäme, was in meinem Kopf rumspukt – bei gar nichts.«

Sie leerte die Bierdose, drehte das Fenster ein Spaltbreit hinunter und warf den Rest des Joints auf die Straße.

»Dein Vater wird nie zulassen, dass du ihn heiratest. Ein geschiedener Deutscher, fünfzehn Jahre älter als du …«

»Dreizehneinhalb.«

»Er ist nicht einmal Moslem.«

»Wenn er wirklich will, dass wir zusammen sind, gibt es für alles eine Lösung … Pass auf!«

Ein Bus neben ihnen zog scharf nach rechts, Nurjehan trat auf die Bremse, riss das Steuer zur Seite, hupte: »Idiot! Wichser!« Dann fing sie an, albern zu kichern.

»Ich hätte die Klappe halten sollen«, sagte Meher.

Das Radio war einen kurzen Moment still, ehe der Moderator erneut zu reden anfing: »Das war der immer noch unerreichte Nusrat Fateh Ali Khan …– Ihr hört Radio FM 99, ich bin Ammar Xulfi, und das nächste Stück zählt zu meinen all time favorites, Farida Khanum, die Königin des Ghasel: »Wo Ishq Jo Hum Se Rooth Gaya.«

»Entschuldige. Ich kann das jetzt nicht«, sagte Meher und schaltete die Musik aus.

Nurjehan sah, dass ihr eine Träne die Wange hinunterlief.

»Hat er denn inzwischen mit seiner Frau gesprochen?«

Meher öffnete die nächste Dose Bier.

»Er sagt, dass es nicht fair wäre am Telefon.«

»Nette Ausrede.«

»Weil er eben nicht abgewichst ist.«

»Glaubst du das wirklich?«

»Ja. – Nein.«

»Dann beende es, bevor er zurückfliegt – bevor du komplett durchdrehst.«

Im Flur neben der Tür stand einer der beiden großen Aluminiumkoffer, fertig gepackt, der andere lag aufgeklappt auf dem Boden, voller Frauen- und Kinderkleider, obenauf ein zusammengefalteter Schal aus dem Sindh mit wollenen Stickereien und aufgenähten Spiegelchen.

Meher lag auf dem Bett, vollständig angezogen, wandte ihm den Rücken zu, ihr Oberkörper zuckte hin und wieder, aber sie gab keinen Laut von sich.

Roland legte sich zu ihr, schob den Arm um sie, sie stieß ihn zurück. Er versuchte es noch einmal, woraufhin sie heftig den Kopf schüttelte, sodass er aufgab und sich auf den Rücken drehte.

Sein Flug ging um fünf in der Frühe, jetzt war es sieben, ihnen blieben zwei, vielleicht drei Stunden, was danach sein würde, wusste er nicht.

Er starrte die Decke an, wo der Ventilator surrend die Luft in Stücke hackte.

»Meher, ich liebe dich, glaub mir, es wird einen Weg geben, selbst wenn du ihn jetzt nicht siehst und ich auch nicht.«

Sie wischte ihr Gesicht in den Kissen ab, setzte sich auf: »Ich weiß nicht, was du dir vorstellst. Es ist mir auch egal. Ich erwarte nichts mehr von dir. Du wirst gehen, und das war's, zumindest für mich.«

Er wollte weder, dass sie weinte, noch dass sie so tat, als hätten sie einfach eine banale Affäre gehabt.

»Ich habe mit den Leuten der Ejaz-Art Gallery gesprochen, vielleicht machen wir eine Ausstellung nächstes Frühjahr. Du bist der einzige Grund, warum ich das versuche.«

»Vielleicht kommst du wieder, vielleicht nicht. Bis dahin gibst du den lieben Papa, schläfst mit deiner Frau, und für mich geht alles genauso beschissen weiter wie bisher. Großartiger Plan.«

Er stand auf, ging an den Schrank, nahm ein Hemd heraus, faltete es zusammen, legte es in den Koffer, zog das nächste vom Bügel, hielt inne.

»Keine Ahnung, was ich hier mache.«

»Du bist vernünftig und tust, was du tun musst. Genau wie ich.«

»Ich weiß nicht, ob das vernünftig ist, auf jeden Fall ist es falsch.«

»Glaubst du deine schlauen Sprüche eigentlich selbst?«

Ihr Handy klingelte. Sie sprach Urdu, ihre Sätze klangen abgehackt, dann schaute sie auf die Uhr, nickte und sagte: »Bis gleich.«

»Wer war das?«

»Nurjehan. Sie holt mich in zwanzig Minuten ab.«

»Warum jetzt schon? Es ist gerade mal acht. Wir haben doch noch Zeit.«

»Um uns weiter zu quälen? Besser wir hören auf. Dann ist es vorbei. Du kannst in Ruhe packen, und ich denke darüber nach, was ich mit meinem Leben mache.«

»Ich wollte dir noch eine Zeichnung schenken.«

»Weil sie nicht mehr in deinen Koffer passt?«

»Sei nicht so. Es ist das Persönlichste, was ich dir geben kann.«

»Danke, sehr nett von dir, aber ich hab genug bemaltes Papier zu Hause.«

Sie ging zum Tisch, wo der Stapel mit seinen Zeichnungen lag, nahm eine Zigarette, hielt ihm die Packung hin: »Abschiedszigarette? Hilft nicht, ist aber egal.«

»Bitte, such dir ein Blatt aus.«

»Nein.«

Eine Weile standen sie schweigend da.

»Es ist nicht vorbei«, sagte er.

Sie schüttelte den Kopf. Ihr Handy brummte kurz: »Das ist Nurjehan.«

Er trat auf sie zu, um sie zu umarmen, doch sie drehte sich um, ging zur Tür, ohne ihn noch einmal anzusehen: »Mach's gut.«

Erst bei seinem dritten Versuch nahm sie das Telefon ab.

»Hast du schon geschlafen?«, fragte er.

»Nein.«

»Was machst du?«

»Nichts.«

Ihre Stimme klang klar – nicht, als ob sie gerade geweint hätte.

»Ich wollte dir noch einmal sagen, dass ich dich …«

»Spar es dir für deine Frau auf.«

»… und dass, so wie du gegangen bist … – Dass es nicht das letzte Wort war.«

Sie schwieg.

»Ich habe versprochen, dass ich alles versuchen werde, so schnell wie möglich zurückzukommen, dass ich mir etwas überlege, wie wir zusammen sein können.«

Er hörte, dass sie mit irgendetwas hantierte, Geräusche von Bewegungen, die er nicht einordnen konnte.

»Sag doch was.«

»Wusstest du eigentlich, dass ich eine Pistole habe?«

Es dauerte einen Moment, bis er den Satz begriff.

»Wieso hast du eine Pistole? – Bitte, Meher, spiel nicht solche Spielchen mit mir.«

»Ich gehe mit Nurjehan zum Schießen. Es macht Spaß.«

Ihm wurde abwechselnd heiß und kalt.

»Das glaube ich dir nicht.«

»Sie gehört meinem Vater. Er hat sie sich vor Jahren gekauft, weil er sich damit sicherer fühlt. Und jetzt hab ich sie.«

»Weiß er das?«

»Natürlich nicht.«

Er überlegte, wen er anrufen könnte, um an die Nummer ihrer Eltern zu kommen, schaute auf die Uhr, es war halb eins. Und sowieso würde es viel zu lange dauern.«

»Ich schieße gut.«

»Das glaube ich dir.«

»Willst du sie hören?«

»Nein, um Gottes willen, was hast du vor – du meinst das nicht ernst.«

»Ich führe die Pistole einer guten Bestimmung zu.«

»Es gibt keine guten Bestimmungen für Pistolen.«

Sie lachte laut auf.

»Natürlich gibt es die.«

»Dann komm her und erschieß mich. Ich hab' es verdient.«

»Keine Lust.«

»Mach keinen Quatsch, Meher, ich setze mich in einen Wagen und fahre zu dir, wir sprechen mit deinen Eltern.«

»Sie schlafen schon, und du musst in einer Stunde zum Flughafen.«

»Es gibt immer einen Weg...«

»Nein.«

»Sag mir, was ich tun soll, bitte!«

»Komm gut nach Hause«, sagte sie und legte auf.

Konterrevolution

Staub ist kein Anfang, nicht einmal in Kairo.

Ashraf sagte: »Wir trinken hier was, danach gehen wir zu Emad. Bei ihm laufen gerade alle Fäden zusammen.«

Die Mauer auf der anderen Seite, dem Straßencafé gegenüber, war mit Schablonengraffiti besprüht: Köpfe von Aktivisten und Opfern, arabische Schriftzüge, Symbole, deren Sinn ich nicht verstand. Ein dicker Junge ging von Tisch zu Tisch und schluckte Feuer. Keiner der Gäste gab ihm Geld, sei es, weil sie selbst nichts hatten oder ins Gespräch vertieft waren oder weil sie diese Art, sich den Lebensunterhalt zu verdienen, nicht mochten.

Ich bestellte Limonade mit frischer Minze. Mohammed nahm ebenfalls Limonade, Ashraf Kaffee und eine Wasserpfeife, den Tabak mit Apfelaroma. Eine graue Katze stolzierte vorbei, sprang auf die Motorhaube eines parkenden Wagens und verschwand im Dunkeln.

»Wie hat dir die Ausstellung gefallen?«, fragte Ashraf.

»Ich mochte die Zeichnungen von dieser Amira.«

Es war offensichtlich, dass weder Ashraf noch Mohammed damit etwas anfangen konnten.

Der Kellner brachte die Getränke, kurz darauf kam der Wasserpfeifenspezialist, arrangierte glühende Kohlen in dem mit Alufolie ausgeschlagenen Keramikkopf. Der

Rauch roch wie das Shampoo, mit dem ich mir als Schüler jahrelang die Haare gewaschen hatte. Ich trank einen Schluck Limonade, fragte mich, ob sie für das zerstoßene Eis Flaschen- oder Leitungswasser benutzten. Ohnehin war es jetzt zu spät. In diesem Moment fiel der Strom aus. Um uns herum nur noch Schwärze. Am anderen Ende der Straße leuchteten vereinzelt Notlampen, gespeist von Batterien oder Dieselgeneratoren. Das Orangerot der glühenden Kohlen auf Ashrafs Wasserpfeife schwoll im Rhythmus seiner Züge an und ab, als wäre sie selbst ein atmendes Wesen.

»Das ist normal zurzeit«, sagte Mohammed. »Es kann eine Stunde dauern.«

Ich saß im Zentrum einer Stadt von sechzehn oder achtzehn Millionen Einwohnern und sah kaum die Hand vor Augen. Sicherheitshalber zog ich meine Tasche vom Boden auf den Schoß und hielt sie fest.

»Daran siehst du die Kompetenz unserer neuen Regierung«, sagte Ashraf.

»Sherin glaubt, das Militär würde die Stromversorgung gezielt kappen, genauso wie sie Benzin zurückhalten, damit die Leute unzufrieden sind.«

»Kann schon sein. Vielleicht sind das aber auch Gerüchte, die die Muslimbrüder streuen, um von ihrer eigenen Unfähigkeit abzulenken.«

Diesmal dauerte der Ausfall nicht lange. Als es wieder hell wurde, sagte ich: »Ich schau noch mal, ob sie jetzt da ist«, stand auf und stieg das senfgelb gestrichene Treppenhaus hinauf in die Galerie, um eine Zeichnung von dieser

Amira zu kaufen. Vorhin hatte niemand gewusst, wohin sie gegangen war und wann sie wiederkam – ob überhaupt. Nicht einmal eine Preisliste hatte ausgelegen.

Ich schaute mich um. Einer der Kuratoren deutete auf die schmale, in enge schwarze Hosen, schwarzen Pulli gekleidete Frau, die auf dem Fensterbrett in der Ecke hockte. Amira sah nur kurz von ihrem Smartphone auf, als ich »Hallo« sagte.

»Sind das deine Zeichnungen?«

Sie nickte und schrieb mit beiden Daumen etwas in ein Chatfenster.

»Ich interessiere mich für das Blatt, wo das Gewand der Figur unten zu so etwas wie einem Tierschädel ausläuft…«

»Wahrscheinlich verkaufe ich es nicht.«

»Wenn du es dir anders überlegst, wie teuer wäre es dann?«

Sie zuckte mit den Schultern: »Du kannst mir deine E-Mail-Adresse dalassen.«

Ich gab ihr meine Karte, stand eine Weile ziemlich dämlich herum, während sie grinsend den Kopf schüttelte, laut über einen Kommentar lachte, den ihr gerade jemand geschrieben hatte.

»Warst du erfolgreich?«, fragte Ashraf, als ich an den Tisch zurückkehrte.

»Eher nicht.«

Ich trank den Rest meiner Limonade.

Ashraf bezahlte, wie er immer bezahlte, wenn wir zusammen ausgingen. Ich war sein Gast und hatte kein

Recht, Geld auszugeben. Wir gingen an seinem Wagen vorbei. »Lohnt nicht«, sagte er. »Es sind nur ein paar Minuten zu Fuß.«

Auf den Straßen herrschte Leere, obwohl es noch nicht einmal neun war. Eigentlich hätten um diese Zeit Touristenscharen die Restaurants und Einheimische die Teehäuser bevölkern müssen, aber Reiseveranstalter mögen keine Revolutionen, ganz gleich, wie sie ausgehen, und islamistische Regierungen mögen keine Leute, die nachts auf der Suche nach Spaß um die Häuser ziehen.

Vor hundert Jahren hatte Downtown Kairo ausgesehen wie Paris oder London. Mittlerweile verfielen die Gebäude, Stuck- und Steinornamente waren großflächig aus den Fassaden gebrochen, viele Balkone wurden von Gerüststangen gestützt.

»Hast du Emad schon mal getroffen?«, fragte Ashraf.

»Bis jetzt nicht. Aber viel von ihm gehört.«

»Gutes oder Schlechtes?«

»Politisch nur Gutes, geschäftlich dies und das.«

Mohammed lachte.

»Während der Revolution war sein Verlag so etwas wie das Zentrum der Bewegung. Und jetzt müssen wir eben wieder von vorn anfangen.«

»Was wollt ihr machen?«

»Kämpfen.«

Das Gebäude, in dem sich Emad Gamals Verlag befand, trug noch Reste einer Art-déco-Fassade. Die Wände im Foyer waren mit schwarzem und weißem Marmor ausgekleidet, Treppengeländer und Aufzugkäfig aus kunstvoll gebogenem Schmiedeeisen. Allerdings war der Aufzug außer Betrieb. Im Licht einzelner Glühbirnen, die nackt von der Decke hingen, stiegen wir hinauf in den dritten Stock. Ashraf klopfte. Nach einer Weile öffnete eine junge Frau, drehte sich um, noch während er mit ihr redete, und ging zurück an ihren Schreibtisch. Ein strenger Geruch aus Rauch, saurem Schweiß und Tiersekret stand in der Luft. Zwei weiße Hunde trotteten heran, nahmen uns ohne Interesse zur Kenntnis. Der eine sah aus wie ein zu klein geratener Retriever, der andere wie ein explodiertes Wollknäuel.

Der ganze Raum war mit Büchern vollgestopft. In der Mitte lagen sie in Stapeln auf einem riesigen Tisch, auf dem Boden Buchtürme, an den Wänden füllten sie Regale bis unter die Decke. Neuerscheinungen und Bestseller wurden frontal präsentiert, die meisten standen Rücken an Rücken nebeneinander, in manchen Fächern teilten sie sich den Platz mit Zeitschriften, Manuskriptpacken, Bergen von Korrespondenz. Dazwischen Drucker, alte Telefone, ein Tonbandgerät samt einer Kiste mit Bändern.

Die junge Frau, die uns geöffnet hatte, wurde zur Hälfte von den Papierstößen auf ihrem Schreibtisch verdeckt und hatte sich wieder ihrem Computer zugewandt. Hinter ihr war das Plakat eines jungen Dichters auf ein altes Fenster geklebt, das jemand irgendwo ausgebaut und zur Dekoration vor die Wand geschraubt hatte. Der Dichter trug einen schwarzen Trenchcoat, wie ihn Belmondo Anfang der 1970er angezogen hätte. Aus dem hochgeklappten Kragen ragte ein Palästinensertuch heraus und trug den scharf geschnittenen Kopf mit den dunklen Locken wie ein

Sockel die Büste. Mit wissendem Blick fixierte er etwas in weiter Ferne – vermutlich die Zukunft.

Am gegenüberliegenden Ende der schmalen Zimmerflucht aus drei ineinander übergehenden Räumen saß die sehnige Gestalt Emad Gamals hinter einem zweiten Schreibtisch, gestikulierte, das Telefon am Ohr, in der anderen Hand eine Zigarette. Er erinnerte an einen Marabu. Vor ihm stand eine venezianische Karnevalsmaske, der jemand einen Feuerwehrhelm und eine Gasmaske übergezogen hatte, daneben ein Rahmen mit dem Foto einer Filmdiva aus der Zeit, als die Diven noch üppig gewesen waren und ihre Kunstwimpern vor dem Ankleben in Mascara ertränkt hatten.

Emad Gamal winkte uns zu, legte die brennende Zigarette im Aschenbecher ab, vergaß sie über dem nächsten Gedanken und friemelte sich, während er weitersprach, einhändig eine neue aus der zerknitterten Packung.

»Wir planen große Aktionen«, sagte Ashraf. »Dagegen wird die Revolution wie ein Kindergeburtstag aussehen. Du kannst dich auch beteiligen.«

»Ich bin Deutscher.«

»Wenn wir diese Leute wieder los sind, wird ganz Ägypten dir dankbar sein.«

Ich wusste zu wenig, um eine Meinung zu haben, geschweige denn, um mich an politischen Aktionen zu beteiligen.

»Das, was jetzt vor uns liegt, die zweite Stufe der Revolution, ist noch wichtiger als die erste – wenn wir das nicht schaffen, war der ganze arabische Frühling umsonst.«

In diesem Teil der Verlagsräume gab es statt Regalen schwarze Holzbänke mit rotweiß gestreiften Rückenpolstern. An einer Wand hingen darüber mehrere Bilder: ein Foto von Demonstranten im Tränengasnebel; zwei gebeugte Figuren, die Fische im Arm hielten wie Eltern ein totes Kind; eine Collage, die Emad Gamal mit einem stilisierten Hund zwischen Blüten in kindlich expressionistischem Stil zeigte.

Er legte sein Telefon vor sich auf den Tisch: »Mona ist auf dem Weg«, sagte er. »Setzt euch, wollt ihr Tee?«

Ohne auf eine Antwort zu warten, beugte er sich hinunter, tauchte mit einer Flasche Whisky wieder auf, schenkte sich großzügig ein, stellte sie an ihren Platz zurück und begann, eine Nachricht in sein Telefon zu tippen.

Über dem Durchgang war ein Fernseher an die Wand montiert, auf dem Nachrichten liefen: Der Präsident besuchte einen großen landwirtschaftlichen Betrieb, deutete feierlich auf eine Reihe neuer Traktoren der Firma John Deere, deren Hinterräder die Köpfe der versammelten Landarbeiter und Direktoren überragten.

Nach einer Weile legte Emad Gamal sein Telefon beiseite. »Kannst du Tee bringen«, rief er der jungen Frau am anderen Ende der Flucht zu, die wortlos aufstand und rechts in einen schmalen Flur bog. Sie war schön, doch niemand schien sich dafür zu interessieren – nicht einmal sie selbst.

Er wandte sich Ashraf und Mohammed zu, brachte sie auf den neuesten Stand der Aktionen. Seine Stimme klang bedeutungsvoll, auch wenn ich nur einzelne Worte verstand, immer wieder »Tamarod – Rebellion«. Mit großer Geste hob er einen Packen kopierter Formulare hoch und wedelte damit, kämpferisch, siegessicher.

»Wir haben schon über elf Millionen Unterschriften«, sagte Ashraf. »Dreizehn brauchen wir, dann können wir ihn absetzen.«

»Wieso dreizehn?«

»So viele Leute haben ihn letztes Jahr gewählt. Wenn wir mehr Stimmen zusammenbekommen, muss er gehen.«

»Und das macht er dann auch?«

»Ihm wird nichts anderes übrig bleiben, weil er dann quasi wieder abgewählt ist.«

»Gibt es einen Paragraphen in der ägyptischen Verfassung, der das festlegt?«

»So funktioniert Demokratie: Wenn man keine Mehrheit mehr hat, ist man raus. Hab ich recht?«

»Na ja …«

Er lachte: »Du wirst sehen, dass es genau so kommt.«

Der Puschelhund sprang zu Mohammed auf die Bank, er stank widerlich. Mohammed fuhr ihm durchs Fell, roch dann an seiner Hand und wischte sie sich an der Hose ab.

Es klopfte. Eine grell geschminkte Frau Ende dreißig mit geglätteten platinblonden Haaren kam herein, rief einen kurzen Gruß, hinter ihr knallte die Tür ins Schloss. Beide Hunde liefen ihr ein Stück entgegen, vergaßen dann aber, was sie gewollt hatten.

»Das ist Mona Arif«, raunte Ashraf mir zu. »Sie hat bis vor Kurzem die Hauptnachrichtensendung moderiert, jetzt lässt man sie nicht mehr auf den Schirm. Wahrscheinlich fliegt sie demnächst ganz raus.«

Mona rollte entnervt die Augen, seufzte laut, warf ihre Handtasche auf die Bank – einen weichen Sack aus schwarzem Leder mit geflochtenen Bändeln und goldenem Gucci-Verschluss. Ihre Oberlippe war noch größer und praller als die von Angelina Jolie.

Sie begrüßte Emad Gamal, Ashraf und Mohammed mit Küsschen rechts und links, gab mir die Hand, ließ sich neben ihre Tasche fallen, streifte die Sandalen ab, zog ihre Knie an den Bauch und begann zu schimpfen.

Ashraf warf ironische Bemerkungen ein, nach einer Weile beugte er sich zu mir herüber: »Sie dürfen nicht mehr berichten, was im Land los ist. Das Einzige, was jetzt in den Nachrichten läuft, ist Mursi: Mursi mit dem Mufti, Mursi mit dem türkischen Präsidenten, Mursi weiht eine öffentliche Toilette ein, Mursi isst ein Shawarma-Sandwich. In den Redaktionen werden jeden Tag Leute entlassen und durch seine Propagandaspezialisten ersetzt. Aber das Volk will das nicht.«

»Das Volk hat ihn doch gewählt.«

»Es war vielleicht *die Mehrheit*, aber nicht *das Volk*. Die Muslimbrüder haben den Leuten auf dem Land, die nicht lesen und nicht schreiben können, wer weiß was versprochen, dass in Ägypten wieder der wahre Islam herrschen wird, wenn sie an der Macht sind, dass wir dann wieder von Gott gesegnet werden und zu alter Größe zurückfinden…«

Die schöne junge Frau kam mit einem Tablett Tee

aus dem Flur zurück, fragte Mona: »Wieviel Zucker?« – »Einen« –, gab ihn ins Glas, rührte sorgfältig um und stellte es vor ihr auf ein Tischchen. Danach Ashraf, dann ich, zum Schluss Mohammed. Emad Gamal blieb beim Whisky.

Ashraf grinste, nachdem sie gegangen war: »Wie findest du sie?«

»Wen?«

»Emads Tochter.«

»Hübsch.«

»Sie heißt Rania.«

»Schöner Name.«

Er wandte sich wieder der Diskussion zu. Alle redeten gleichzeitig, während oben stumm der Fernseher lief und den Präsidenten bei einer Marineeinheit am Roten Meer zeigte. Zwei weitere Männer kamen herein, ein älterer mit grauem Bart – »der berühmte Dichter Mahmoud Zafiri«, flüsterte Ashraf –, außerdem ein jüngerer Zeitungsjournalist, der bereits entlassen worden war. Sie erörterten die Lage, bestärkten sich gegenseitig, stritten über Einschätzungen, Maßnahmen, die Wahrheit, während ich dasaß, abwechselnd Rania zusah, die sich die Fingernägel feilte, und den Hunden, die nebeneinander auf dem Boden lagen beziehungsweise balgten: Der Retriever-Verschnitt wollte schlafen, das Wollknäuel spielen. Immer wieder zwickte es ihn ins Bein, stupste ihn mit der Schnauze in die Flanke. Ich sah, wie Rania, die Nagelfeile noch in der Hand, von ihrem Schreibtisch aufschaute und ebenfalls die Hunde betrachtete. Erstmals, seit wir gekommen waren, lächelte sie, nur für sich, stand auf, ging um den Tisch herum, schnappte sich das stinkende Knäuel, setzte sich auf einen Korbstuhl, drückte den Kopf des Tieres an ihre Wange und ließ sich sogar das Gesicht lecken.

Die Diskussionen wurden lauter, zugleich ausgelassener, selbst Mona Arif lachte, schrill und mit höhnischen Untertönen, aber immerhin lachte sie, obwohl sie im Moment sicher keinen Grund dazu hatte.

»In zehn Tagen geht es los«, sagte Ashraf. »Wir werden erneut den Tahrir-Platz besetzen, und bis dahin werden wir mehr als die dreizehn Millionen Unterschriften haben, und dann schicken wir Mursi und seine Clique in die Wüste.«

»Und was, wenn sie euch zusammenschießen?«

»Es wird sicher Tote geben. Aber Tote gibt es jetzt auch: Kopten, Intellektuelle, Schiiten. Die Imame der Muslimbrüder verbreiten Hass, wo sie nur können. Jeden Freitag wiegeln sie in den Moscheen die Leute auf, anschließend werden die alten Sufi-Schreine zertrümmert oder Frauen verprügelt, die sich nicht verhüllen. So etwas gab es nie zuvor in Ägypten. Bei uns haben immer alle friedlich zusammengelebt. Und wenn du dir alte Filme anschaust: Da trug keine Frau Kopftuch ... oder höchstens die Bäuerinnen auf dem Land. Aber Mursi wird sich nicht trauen, Panzer auffahren zu lassen, wenn das Volk, das wirkliche Volk, sich noch einmal erhebt, weil die Armee sich dann nämlich gegen ihn wenden würde.«

»Sicher?«

»Die ägyptische Armee ist eine Armee des Volkes. Im Moment lässt sie ihn gewähren, aus Respekt vor der Demokratie. Aber das kann sich schnell ändern.«

»Dann hättet ihr wieder eine Militärdiktatur, genau wie vorher.«

»Übergangsweise, bis die regulären Parteien sich neu aufgestellt haben. Demokratie geht nicht von heute auf morgen. Das hat man ja letztes Jahr gesehen.«

»Ich weiß nicht.«

»Du bist Deutscher. Ihr hattet Hitler. Habt ihr ihn damals gewählt oder nicht?«

Ich wollte nicht über Hitler reden, allein schon, weil sich meist einer fand, der überzeugt war, dass er irgendwie doch auch ein großer Mann gewesen sei.

»Schon ...«

»In einer demokratischen Wahl hat die Mehrheit der Deutschen für ihn gestimmt, richtig?«

Ich nickte.

»Würdest du nicht sagen, dass es besser für Deutschland und die ganze Welt gewesen wäre, wenn ihr Hitler nach einem Jahr aus dem Amt gejagt hättet. Wahlen hin, Wahlen her. – Notfalls auch mit Hilfe der Armee.«

Es war Jahrzehnte her, dass ich mich mit den Umständen von Hitlers Machtergreifung hatte beschäftigen müssen: »Ich meine – wenn ich mich richtig erinnere –, dass Hitler nicht gleich die absolute Mehrheit hatte, aber dann ist es ihm mit Hilfe irgendwelcher Gesetzeslücken und Notstandsmaßnamen gelungen, das Parlament dazu zu bringen, sich selbst abzuschaffen.«

»Das macht Mursi gerade auch.«

»Sowieso sind historische Vergleiche immer schwierig, gerade wenn es um Hitler geht.«

»Ich weiß, ihr Deutschen seid sehr stolz darauf, dass er absolut unvergleichlich ist: der Böseste der Bösen. Und damit das so bleibt, brauchen wir die ägyptische Armee, bevor Mursi ihn überholen kann.«

Er lachte laut.

Ich nickte, weil mir alles, was ich hätte entgegnen können, mindestens so falsch wie richtig vorkam, vor allem, weil ich weg von Hitler wollte, bevor jemand Israel oder die Juden ins Spiel brachte.

»Und wie macht ihr das jetzt mit eurer Unterschriftenkampagne?«

»Wir haben die Zettel …«

Er stand auf und holte einen von den kopierten Bögen, die auf Emad Gamals Schreibtisch lagen. Emad Gamal telefonierte längst wieder, schaute nur kurz auf.

»Es sind Hunderte Leute damit auf den Straßen, allein hier in Kairo. Es gibt Cafés, Läden, wo du sie ausfüllen kannst, und es werden jeden Tag mehr.«

Mona nahm sich auch einen Bogen vom Tisch. Anscheinend hatte sie noch nicht unterschrieben. Ashraf gab sich empört, machte sich dann aber über sie lustig. Sie rollte die Augen. Offenbar gab es keinen konkreten Grund, sie hatte es einfach vergessen, verschoben, war immer, wenn sie jemanden mit den Zetteln getroffen hatte, gerade in Eile gewesen oder zu erschöpft oder zu resigniert. Vielleicht hatte sie auch gewartet, bis sie sicher gewesen war, dass sie ihren Job ohnehin verlieren würde, unabhängig davon, ob sie unterschrieb oder nicht. Jedenfalls war es ihr peinlich, was sie mit schriller Stimme und ausladenden Gesten überspielte. Plötzlich zeigte sie auf Rania, stieß einen kurzen Schrei aus und schlug sich die Hände vor den Mund: Rania hatte einen kleinen Gummiball an einer Strickschlaufe aus dem Regal gezogen, und der stinkende Puschelhund verbiss sich so fest in den Ball, dass sie ihn daran vom Boden heben konnte.

»Du solltest ihn für Hundekämpfe anmelden«, rief Ashraf, doch Rania reagierte nicht.

Mona kramte einen Kugelschreiber aus ihrer Handtasche und begann den Bogen auszufüllen. Anschließend stand sie auf, um ihn Emad Gamal auf den Tisch zu legen, doch Ashraf hielt sie am Arm, hatte schon seine Handykamera gezückt: »Warte, wir machen ein Foto für Facebook.«

Sie duckte sich, versteckte ihr Gesicht hinter dem Zettel: »Stopp! – Nicht so!«, griff noch einmal in ihre Tasche und zog sich die Lippen nach, ehe sie das Blatt wie die Schiefertafel bei einem Polizeifoto beidhändig vor ihre Brust hielt und eine düster-ironische Miene aufsetzte. Nachdem Ashraf das Bild gemacht hatte, brach sie wiederum in lautes Gelächter aus, hielt inne, sagte: »Es ist überhaupt nicht lustig.«

»Natürlich ist es nicht lustig«, sagte Ashraf und wandte sich mir zu: »Du kannst auch einen Zettel ausfüllen und ein Foto machen.«

Er war aufgestanden und an Emad Gamals Schreibtisch getreten: »Jede Stimme zählt.«

»Aber meine doch nicht. Ich hab ja auch nicht gewählt, letztes Jahr.«

»Es ist nur symbolisch. Du gibst den Leuten damit das Gefühl, dass sie nicht allein sind. Es sind ja kaum noch Europäer hier. Und eure Regierungen behandeln Mursi, als wäre er ein ganz normaler Präsident.«

Er hielt mir einen der Bögen hin, das Wort »Rebel...« in fetten grauen Buchstaben bildete die Hälfte der Überschrift.

»Gerade die jungen Leute, die unter Einsatz ihres Lebens Mubarak aus dem Amt gejagt haben, fühlen sich vom Westen komplett im Stich gelassen. Und dann wundert ihr euch, wenn sie am Ende diesen Hetzern hinterherlaufen und sich in die Luft sprengen.«

Ich kannte Ashraf seit Jahren, er war mein bester Freund in Ägypten, trotzdem war ich nicht sicher, ob es nicht besser wäre, Mursi eine Amtszeit lang zu ertragen. Und ich wollte auch nicht mit meinem Bild auf den Internetseiten der ägyptischen Opposition erscheinen. Vielleicht käme die Regierung plötzlich auf die Idee, dass es sinnvoll wäre, irgendeine Form von Exempel an mir zu statuieren, dem Ausländer, der meinte, sich in die innerägyptischen Angelegenheiten einmischen zu müssen.

»Ich weiß ja nicht mal, was ich da unterschreibe.«

»Hier steht: *Wir lehnen dich ab: weil es immer noch keine Sicherheit im Land gibt... weil die Armen immer noch keine Perspektive haben... weil wir immer noch im Ausland um Geld betteln... weil die Märtyrer der Revolution keine Gerechtigkeit bekommen haben... weil man uns unsere Würde geraubt hat... weil die Wirtschaft zusammengebrochen ist und weil Ägypten immer noch den*

Amerikanern in den Arsch kriecht … das mit dem Arschkriechen ist hier ein bisschen netter formuliert. Irgendetwas dabei, was nicht stimmt?«

»Klar – nein.«

Ich lächelte, warf einen Blick in Richtung der schönen Rania, die mit ihren Hunden beschäftigt war und sich nicht im Geringsten dafür interessierte, wer diesen Zettel unterschrieb und wer nicht.

»Letztendlich kann ich vieles von dem, was hier passiert, gar nicht beurteilen.«

»Wir haben schon hundertmal über diese ganzen Sachen geredet. Und meistens, wenn wir über Politik reden, stimmst du mit mir überein, oder nicht?«

»Meistens.«

»Dann ist es doch eindeutig: Du siehst, dass alle unsere Gründe gegen Mursi stichhaltig sind, und als Mensch stehst du sowieso auf unserer Seite.«

Wenn ich jetzt sagte, dass ich lieber neutral bleiben würde, wäre er sicher persönlich enttäuscht und käme wieder mit Hitler. Würde ich so etwas wie Angst vor staatlichen Maßnahmen anführen, müsste ich erst recht unterschreiben, es sei denn, ich wollte als Opportunist dastehen, der aus der deutschen Geschichte nichts gelernt hätte.

»Ich kann es sowieso nicht auf Arabisch ausfüllen.«

»Ich mach das für dich.«

Er schnappte sich einen Stift und trug meinen Namen ein, sah mich triumphierend an.

Ich wurde rot.

»Was ist deine Personen-ID?«

»Passnummer?«

»Nein, persönliche Identifikationsnummer.«

»Hab ich nicht. Höchstens die Passnummer, aber die weiß ich nicht auswendig.«

»Ich schreibe einfach irgendeine hin. Spielt ja keine Rolle.«

Immerhin würde mich kein Geheimpolizist anhand dieser Nummer identifizieren und für meinen Namen gab es auf Arabisch verschiedene Schreibweisen.

»Du wohnst in Berlin – welches Bundesland? Sachsen?«

»Auch Berlin.«

»Schon fertig. Jetzt musst du nur noch unterschreiben.«

Er reichte mir das Blatt samt Stift. Alle starrten mich an, außer Emad Gamal, der noch immer oder schon wieder telefonierte, und Rania, die jetzt beide Hunde auf dem Schoß hatte und ihnen eine Geschichte erzählte.

Ashraf richtete seine Kamera auf mich, knipste eine ganze Serie, während ich meinen Namen auf das Blatt setzte. Die anderen applaudierten. Ich hatte keine Ahnung, wo mein Zettel schließlich landen würde, im Zweifel würde er einem der unzähligen Spitzel in die Hände fallen.

»Jetzt halt es hoch, schön vor die Brust, so wie Mona eben, auch wenn es bei ihr natürlich besser aussah.«

Er knipste erneut mehrere Bilder, zeigte mir das, was seiner Ansicht nach am besten geworden war. Ich sah aus wie ein Mann, den sie frisch verhaftet hatten und der wusste, dass alle Indizien gegen ihn sprachen. Mir lag auf der Zunge zu sagen: Nein, ich möchte nicht, dass du es irgendwo hochlädst, aber es wäre zu peinlich gewesen, ein

Deutscher, der sich weigerte, ein lächerliches kleines Zeichen gegen Hitlers Nachfolger in Ägypten zu setzen.

»Schau«, sagte Ashraf und hielt mir erneut sein Smartphone hin, wo mein bescheuertes Foto jetzt vom Design der Facebook-Seite gerahmt war und schon drei *likes* hatte. Sicher war es auch auf dem Bildschirm irgendeines Geheimpolizisten aufgetaucht, der nichts anderes zu tun hatte, als von morgens bis spät in die Nacht zu notieren, wer die Rebellion-Bewegung aktiv unterstützte. Jetzt also zur Abwechslung ein Ausländer, einer von diesen westlichen Ungläubigen, die den Islam ausrotten und durch ihre Ideologie des Geldes und der Gottlosigkeit ersetzen wollten.

Mir war leicht übel, was auch daran lag, dass ich seit dem Frühstück nichts gegessen und viel zu starken Tee auf nüchternen Magen getrunken hatte.

Mit siebzehn hätte ich mich nach der Unterschrift wie ein Held gefühlt und meine Haare hätten nach Apfelshampoo gerochen, jetzt schaute ich, ob wenigstens Rania gesehen hatte, dass ich die Arbeit ihres Vaters aktiv unterstützte. Doch sie war offenbar gegangen und hatte die Hunde mitgenommen, während ich mit den albernen Fotos beschäftigt gewesen war.

Auf einmal schaltete Emad Gamal sich wieder in das Gespräch ein, sagte irgendetwas zu Ashraf, das wie eine Zurechtweisung klang. Ashraf widersprach. Ich hörte heraus, dass es irgendwie um mich ging. Der ältere Dichter, Mahmoud Zafiri, warf eine flapsige Bemerkung ein, während der Journalist etwas postete und Mohammed schwieg. Die anderen drei waren erkennbar verschiedener Ansicht. Emad Gamal klang ernst und entschieden, während Ashraf wiederum Hitler und die Deutschen ins Feld führte, diesmal aber mit erkennbar ironischem Unterton. Mahmoud Zafiri schien die Streitfrage ohnehin albern zu finden, was Emad Gamal keinesfalls hinnehmen wollte. Er verlangte, dass Ashraf ihm meinen Zettel gab. Ashraf zierte sich, schlug einen rhetorischen Haken nach dem anderen, doch Emad Gamal blieb dabei. Als Ashraf ihm schließlich mein Rebel-Blatt ausgehändigte, zerriss er es sorgfältig, bis nur noch kleine Schnipsel übrig waren, die er mit entschlossener Geste in den Papierkorb warf.

Beim Barte des Propheten

Ich habe den falschen Bart: einen schmalen Streifen über der Oberlippe und einen senkrechten das Kinn hinunter. Es gibt viele hier, die den falschen Bart tragen – reine Schnäuzer und Jägerbärte, Drei-Tage-Bärte und sorgfältig gestutzte, manche sind auch glatt rasiert. Der falsche Bart scheint allerdings schlimmer zu sein als gar keiner.

Abdel Aziz hat sich vorgenommen, mich zum richtigen Bart zu bekehren. Nebenbei erklärt er mir, wie und warum man mit drei Fingern der rechten Hand isst, dass man nur im Sitzen trinken soll und dass Hosenbeine nicht über die Knöchel reichen dürfen. Abdel Aziz stammt aus Djidda, hat lange als Gärtner gearbeitet, bevor er sich entschied, in Mekka zu bleiben und sich ganz der Sache des Islam zu widmen. Aber ganz gleich, was sonst noch wichtig ist: Er kehrt immer wieder zu meinem Bart zurück.

Vor vier Tagen tauchte er das erste Mal auf. Es war gegen drei Uhr in der Nacht. Ich saß allein in einer abgelegenen Ecke der großen Moschee. Ein dürrer Mann jenseits der fünfzig in weißer Galabeya marschierte mit fiebrigem Blick an mir vorbei, als sei er auf der Suche nach etwas Bestimmtem. Er sah mich im Augenwinkel, stutzte kurz, blieb stehen, sagte »As-salamu Aleykum« und setzte sich zu mir. »Wo bist du her?«, fragte er auf Arabisch und vermutete »Bosnien?«, noch bevor ich antworten konnte.

»Nein, Almaniyya, Germany.«

Er wusste nicht, dass es in Deutschland überhaupt Muslime gibt.

»Doch«, sagte ich, »ziemlich viele sogar, vier Millionen, vielleicht fünf. Die meisten stammen aus der Türkei, andere aus Nordafrika – Tunesien, Marokko.«

Er schaute ungläubig und glücklich zugleich. »Masha-Allah«, sagte er. »Wie heißt du?«

Ich hätte auf die Frage vorbereitet sein müssen, schließlich gehört sie fast schon zur Begrüßung. Ich selbst vermeide es, andere nach ihrem Namen zu fragen, und wenn sich mir jemand vorstellt, vergesse ich den Namen meist im selben Moment. Es ist eine spezielle Gedächtnisschwäche, für die ich keine Erklärung habe und die mich oft in peinliche Situationen bringt. Vielleicht liegt es daran, dass ich meinen eigenen Namen, Wolfgang, nicht besonders mag – von Anfang an nicht mochte. Ich habe auch keinen Zweitnamen, auf den ich zurückgreifen könnte. Meine Mutter wollte das nicht, weil es damals, Ende der 1960er-Jahre der Name des Taufpaten, meines Großvaters, hätte sein müssen. Das wäre »Wilhelm« gewesen. »Wolfgang Wilhelm Janssen« fand meine Mutter unmöglich, nicht nur wegen des letzten deutschen Kaisers: Sie war eine moderne Frau, und Kinder moderner Frauen hießen auf keinen Fall »Wolfgang Wilhelm«. Hätte sie sich aber für einen anderen Zweitnamen entschieden, wäre mein Großvater gekränkt gewesen, und der Rest der

Verwandten hätte die falschen Schlüsse gezogen oder den Kopf geschüttelt.

Ich tat so, als hätte ich die Frage nicht verstanden, sagte, um Zeit zu gewinnen, »es gibt auch viele Moscheen in Deutschland, schon seit über hundert Jahren«, während ich hektisch darüber nachdachte, wie ich mich nennen könnte. »Mohammed«, »Sharif« oder »Brahim« schoss mir durch den Kopf … – »Brahim«, die Kurzform von Ibrahim, gefiel mir ganz gut, aber ich brachte ihn nicht über die Lippen. Irgendetwas sperrte sich – offenbar gehörte er nicht zu mir. Es ist ja ein Irrtum zu glauben, man könne seinen Namen einfach so wechseln. Wenn man ihn erst mal ein paar Jahrzehnte getragen hat, ist es fast so unmöglich wie ein neues Leben anzufangen. Ich überlegte, ob eine arabische Übersetzung von »Gang des Wolfes« oder »der wie ein Wolf geht« eine Möglichkeit wäre, aber das Wort für »Wolf« fiel mir nicht ein, und »Hund« galt als schwere Beleidigung – niemand würde »kalb« in einem Namen verwenden, weder für sich selbst noch für sein Kind.

Er versuchte es auf Englisch: »What's your name?«

Mir blieb keine Zeit mehr. Ich brauchte jetzt sofort einen islamischen Namen, sonst würde ich mich verdächtig machen. Zwar hatte ich keine Ahnung, wer der Mann war, aber er benahm sich so, als ob er Befugnisse hätte, und ich wollte auf keinen Fall von der Religionspolizei verhört werden, dafür war mein Arabisch zu schlecht.

Ich weiß bis heute nicht, wie es passiert ist, dass ich plötzlich »Abdel Haqq« sagte. Genau genommen hörte ich es mich sagen, es waren meine Lippen, die sich bewegten, und im Ohr meine Stimme, wie sie für mich selbst klingt. »Das darf doch nicht wahr sein!«, dachte ich.

Er strahlte, nickte voller Bewunderung, dass ich diesen großartigen Namen hatte, der so etwas wie »Diener der Wahrheit« bedeutet, im Deutschen allerdings nach »Hack« klingt, -fleisch oder -fresse. Für eine Korrektur war es zu spät: Ich saß vor der Kaaba, und dieser Name war von irgendwoher durch meinen Hinterkopf an den kritischen Reflektionsarealen in meinem Gehirn vorbei in die Zunge geschossen und mit Hilfe Mekka'scher Luft zur entsprechenden Lautfolge geworden: »Abdel Haqq!«

»Ich heiße Abdel Aziz«, sagte er und reichte mir die Hand.

Ich versuchte mich zu beruhigen: Arabische Namen bestehen oft aus vielen Teilen, ich könnte »ibn Josef« – in diesem Fall »Yussuf« – anhängen, dann vielleicht noch »al Almani«: »Abdel Haqq ibn Yussuf Yahyahi al Almani«, aber das wäre auch nicht viel besser.

Während der nächsten halben Stunde fügte er in jeden zweiten seiner Sätze »Abdel Haqq« ein – »mit dem Bart ist es so, Abdel Haqq …«, »Abdel Haqq vergiss nicht …« –, als müsste er dafür sorgen, dass ich mich auch wirklich damit identifizierte und nicht auf die Idee käme, ihn später durch einen anderen zu ersetzen. Nach und nach fielen mir Namen wie »Fawad«, »Bilal« oder »Munir« ein, die mir alle viel besser gefallen hätten. »Wolfgang Munir Janssen«, »Munir« als »M.« abgekürzt, das alles Mögliche bedeuten konnte, im Zweifel »Maria« – da würde auch in Deutschland niemand nachfragen.

Schließlich erhob er sich feierlich und streckte mir noch einmal die Hand entgegen, sodass ich ebenfalls aufstand.

»Abdel Haqq, mein Bruder: Wir werden weitersprechen. Denk darüber nach, was ich dir über den Bart gesagt habe.«

Ich schaute auf die Uhr, es war zehn vor vier, in einer dreiviertel Stunde würde der erste Gebetsruf die Nacht beenden. Hier und da schliefen Pilger zwischen den Pfeilern, manche verrichteten zusätzliche Gebete.

Ich wollte nicht »Abdel Haqq« heißen – so nannten sich Konvertiten, die es allen beweisen mussten –, und ich wollte auch keinen Fiselbart.

Ich stand auf, schlenderte durch die weitläufigen Säulenhallen der Moschee, nahm schließlich die Teppen hinauf aufs Dach, wo um diese Zeit überhaupt niemand war. Die Reihen der rötlichen Gebetsteppiche erinnerten an die Tartanbahnen in einem Olympiastadion. Weiter vorn, als fahler Schemen vor dem nächtlichen Himmel, der 8000-Zimmer-Palast des saudischen Königs mit seinen endlosen Reihen aus lichtlosen Fenstern. Ich trat an die Brüstung. Unten umrundeten noch immer einige hundert Gläubige die Kaaba, Männer und Frauen gemischt. Von hier oben sah es aus wie ein riesiger Strudel, der zum Mittelpunkt der Erde hinunterreichte.

Gestern Nacht kam Abdel Aziz gegen zwei: »As-salamu aleykum, Abdel Haqq, wie geht es dir?«

»Alhamdulillah.«

»Du bist sehr gesegnet, dass Allah dich zum wahren

Glauben geführt hat. Das ist eine große Barmherzigkeit, Abdel Haqq. Gerade deshalb solltest du Dankbarkeit zeigen und dem Vorbild des Propheten, Sallallahu alayhi wa salam, in allem folgen. Er ist der vollkommene Mensch, und jede seiner Handlungen bezeugt es.«

Eigentlich wollte ich nur hier sitzen und diesen schwarz ummantelten Quader anschauen, der aus einem marmornen Ozean aufragte, umspült von einer Brandung aus Menschen.

»Schau«, sagte Abdel Aziz und umfasste seinen eigenen grauen Bart mit der rechten Faust, sodass unten ein knapper Zentimeter Haare herausschaute wie ein zerstrubbelter Pinsel. Er machte eine Schneidbewegung mit Zeige- und Mittelfinger: »Das ist die richtige Länge«, sagte er. »Der Prophet, Sallallahu alayhi wa salam, hat uns dieses Beispiel gegeben, damit wir Bescheid wissen. Es ist einfach – wie alles im Islam einfach ist. Einfach und logisch.«

Ich dachte, wenn ich jetzt »Warum?« frage, wird er überhaupt nie wieder aufhören zu reden, doch mein Schweigen schien ihn kaum weniger zu ermuntern. Er überschüttete mich mit einem arabischen Sermon, zitierte ein Hadith nach dem anderen, gab Erläuterungen und Beispiele: »Unterscheidet euch von den Götzendienern: Lasst den Bart wachsen und schneidet den Schnurrbart kurz.«

Dabei fuchtelte er mit den Händen in der Luft herum und riss die Augen auf, als hätte er Visionen.

Mir fiel Catweazle ein, der angelsächsische Hexenmeister, der auf der Flucht vor den Normannen in einen Waldsee gesprungen war, einen Zeittunnel erwischt hatte und

Anfang der 1970er-Jahre in einer englischen Parkanlage wieder auftauchte. Allerdings trug Abdel Aziz seine Haare kurz und ordentlich frisiert.

Ich biss mir auf die Lippe, um nicht zu grinsen, rettete mich in ein Gähnen. Abdel Aziz runzelte die Stirn, hielt mitten in seiner Rede inne und legte mir die Hand auf den Arm, halb sorgenvoll, halb beruhigend: »Abdel Haqq, mein Bruder, du hast dich aus freien Stücken dazu entschlossen, den Islam anzunehmen. Dein Glaube hat viel mehr Gewicht als meiner. Wenn ich dir also einen Ratschlag gebe, so ist es nicht aus Überheblichkeit, sondern zu deiner Unterstützung.«

Er machte eine vielsagende Pause.

»Natürlich«, sagte ich. »Kein Problem.«

»Du solltest nicht gähnen.«

»Ah. Das wusste ich nicht.«

»Deshalb sage ich es dir: ›Wenn jemand den Drang zu Gähnen verspürt‹, so überliefert Abu Huraira die Worte des Propheten, Sallallahu alayhi wa sallam, ›dann soll er es unterdrücken, solange er kann, denn wenn jemand von euch gähnt, dann lacht Sheitan über ihn.‹ Al-Buhari hat dieses Hadith für gut befunden, und er ist der zuverlässigste Gewährsmann von allen.«

»Ich werde darauf achten«, sagte ich.

Allerdings stellte sich im selben Moment, wie meistens, wenn man ans Gähnen denkt, ein unwiderstehlicher Drang dazu ein. Ich spannte meine Wangenmuskulatur, biss die Zähne aufeinander, weniger wegen Sheitans Lachen, als um Abdel Aziz nicht zu kränken. Er sah mich an, bemerkte, wie ich mich bemühte und nickte zufrieden: »Sehr gut. Du wirst alles lernen und ein leuchtendes Vorbild sein in Deutschland, sodass dort Insha Allah viele deinem Beispiel folgen und zum Islam finden.«

»Insha Allah.«

»Aber sag mir, Abdel Haqq, was hindert dich daran, den Bart so zu tragen, wie es Sunna ist? Wenn man den richtigen Weg erkannt hat, gibt es keinen vernünftigen Grund von ihm abzuweichen.«

»Es gefällt mir besser so.«

»Dir gefallen vielleicht auch seidene Kleider oder goldene Ringe, aber es hat seinen Grund, dass sie uns auf Erden verboten sind.«

»Seide am Körper fand ich immer unangenehm.«

»Masha Allah. Du siehst, Allah will dir die Dinge leicht machen. Genauso verhält es sich mit dem Bart: Er ist der natürliche Schmuck des Mannes. Wenn du ihn wachsen lässt, hast du wenig Arbeit. Du musst nicht ständig vor dem Spiegel stehen und dich mit einer nutzlosen Sache abgeben. Aber auch im Kürzen des Schnurrbarts liegt Weisheit: Er stört dann nicht beim Essen, und es ist auch besser, wenn man mit seiner Frau zusammen ist. Denk darüber nach.«

Zum Glück war er der Meinung, dass er mir mit diesem letzten Rat genug geistige Nahrung für die Nacht gegeben hatte, und verabschiedete sich.

Es wurde zusehends leer in der Moschee. Einige Meter entfernt von mir saß ein bärtiger Alter mit weißem Turban und rezitierte halblaut Quran-Verse. Sein Oberkörper bewegte sich sachte im Rhythmus der Worte, es schien, als versetzte er den gesamten Raum in Schwingung.

Plötzlich liefen von der Seite her drei Dutzend Männer ein. Sie trugen türkisfarbene Overalls und flache Kappen in derselben Farbe. Einige von ihnen sperrten ein Viertel des Hofs mit roten Bändern ab, die anderen bildeten drei Reihen. Die erste schüttete Eimer voll Seifenlauge aus, während die nächsten beiden jeweils schräg gestaffelt die Lauge mit breiten Schrubbern bis zu einer Abflussrinne im Boden schoben. Es war eine vollkommen organische Bewegung, die in unglaublicher Geschwindigkeit ablief, parallel und synchron, als würde eine Tanztheatertruppe eine geometrische Choreografie umsetzen. Im nächsten Moment rollten acht graue Reinigungsfahrzeuge auf den Hof, ebenfalls von Männern in türkisfarbenen Uniformen gesteuert, formierten sich zu einer Phalanx, die geschlossen vorrückte. Kurz vor den Stufen scherten sie abwechselnd nach links und rechts aus, fuhren ineinandergeschachtelte Bogenlinien und polierten den Marmor, bis sie sich auf ihrem eigenen Spiegelbild bewegten, während die Vorhut bereits den nächsten Abschnitt räumte und absperrte.

Ich stellte mir Abraham vor, wie er wenige Meter von mir entfernt mit seinem Sohn Ismael das Haus für den Einen Gott, das von Adam nach der Vertreibung aus dem Paradies errichtet worden war, aus grob behauenen Steinblöcken neu aufbaute: Im Zentrum der Welt stand ein leerer Raum, dessen Dach von drei schlanken Säulen im Inneren getragen wurde. Er saugte den ganzen Unsinn auf wie ein Schwarzes Loch.

Jetzt ist es halb drei am Nachmittag. Abdel Aziz hat sich gar nicht erst hingesetzt, steht da wie jemand, der entschlossen ist, seinen Auftrag auszuführen, koste es was es wolle.

»Komm mit mir, Abdel Haqq, mein Bruder«, sagt er. »Der Imam will dich treffen.«

Er wirkt angespannt.

Ich runzele die Stirn, um mein Missfallen zu bekunden, frage mich, wie zum Teufel er auf die Idee gekommen ist, ausgerechnet mich zu irgendeinem wahabitischen Glaubenswächter zu schleppen? Hier sind Tausende von Pilgern, die sich darüber freuen würden, vom diensthabenden Imam der Großen Moschee empfangen zu werden, während ich nichts weiter will als meine Ruhe und ab und zu einen Becher Zamzam-Wasser, das aus einer Quelle im Paradies stammt, was ich glaube, ganz gleich wie möglich oder unmöglich das ist, weil es genau so schmeckt.

»Wir dürfen ihn auf keinen Fall warten lassen.«

Noch immer mache ich keine Anstalten aufzustehen. Ich habe nicht um diese Audienz gebeten, und er soll merken, dass er zu weit gegangen ist. Trotzdem bleibt mir natürlich nichts anderes übrig, als der Aufforderung Folge zu leisten. Mit den Hütern der Heiligen Stätten ist nicht zu spaßen.

»Der Imam hat umfassendes Wissen über alles, was mit der Religion zu tun hat. Die Begegnung wird von großem Nutzen für dich sein.«

Ich verdrehe die Augen und schüttele demonstrativ den Kopf, bevor ich mich aus dem Schneidersitz hochschraube und ihm folge beziehungsweise zu folgen versuche: Abdel

Aziz rast in einem irrsinnigen Tempo zwischen Säulen, Pfeilern und Pilgern hindurch, als müsste er jemandes Leben retten, sodass ich Mühe habe, ihn nicht aus dem Blick zu verlieren. Schließlich steuert er auf eine Doppeltür zu, vor der gut ein Dutzend junger Männer steht. Sie unterscheiden sich lediglich durch Größe und Bauchumfang, ansonsten sehen sie wie Klone aus: weiße Galabeya und das rotweiße Tuch mit dem dicken schwarzen Kordelkranz auf dem Kopf. Alle tragen den gleichen fiseligen schwarzen Bart, und in ihren Augen flackert ein Feuer, das ich nicht mag. Ich weiß nicht, ob es sich lediglich um Ordner oder doch um Religionspolizisten handelt, jedenfalls streunen sie überall herum und achten darauf, dass niemand unangemessenes Verhalten zeigt. Sie schreiten ein, wenn jemand Fotos macht, zumindest wenn er eine richtige Kamera benutzt – vor den allgegenwärtigen Mobiltelefonen scheinen sie allmählich zu kapitulieren. Weder darf man den sechseckigen Goldkäfig der Abrahamstätte anfassen, noch sich mit der Stirn gegen die Kaaba lehnen. Verehrung steht ausschließlich Gott zu, und Gott ist in keinem Ding. Trotzdem haben sie das dicke Seidenbrokattuch, das die Kaaba umhüllt, mit einem Parfüm getränkt, das so wunderbar riecht, dass man sich die Nase mit Wachs ausgießen müsste, um nicht darin ertrinken zu wollen. Dementsprechend sind die Wächter 24 Stunden täglich im Wechselschichtdienst damit beschäftigt, Pilger zu ermahnen, wegzuzerren, manchmal sogar abzuführen.

Wir gehen zwischen ihnen hindurch. Abdel Aziz nickt nach allen Seiten. Die jungen Männer ignorieren ihn. Er gehört wohl doch keiner offiziellen Einheit an. Am Ende eines holzvertäfelten Ganges gelangen wir in ein Büro, wo drei ältere Vertreter derselben Gattung an Schreibtischen sitzen und auf ihre Handys starren. »Das ist mein Freund Abdel Haqq aus Deutschland«, sagt Abel Aziz. »Der Imam erwartet uns.«

Nur einer schaut kurz von seinem Telefon auf.

Auf der Rückseite des Raums befindet sich eine halb geöffnete Tür in ein weiteres Büro. Es ist deutlich größer und ebenso fensterlos wie das vorherige. An den Wänden stehen Bücherregale bis zur Decke, rechts und links davor Stühle aus Stahlrohr mit dunkelblauen Plastiksitzen. Hinter einem breiten, aus rötlichem Holz gefertigten Schreibtisch sitzt ein hagerer Mann Ende vierzig, ebenfalls weiß gekleidet mit rotweißem Tuch, schwarzer Kordel. Der Bart ist nicht dichter geworden während der vergangenen drei Jahrzehnte, lediglich einige graue Haare zeigen an, dass Zeit vergangen ist. Er sagt mit unangenehm hoher Stimme: »Assalamu Aleykum«.

Weder gibt er mir die Hand noch lächelt er.

»Aleykum Salam«, erwidere ich, wie es sich gehört.

Er deutet auf einen der Stühle.

Abdel Aziz sagt etwas, das ich ebenso wenig verstehe wie die Antwort des Imam. Sie klingt kühl und scharf, und Abel Aziz verlässt daraufhin den Raum.

Ich habe keine Ahnung, was ich hier soll, vor allem weiß ich nicht, was Abdel Aziz ihm über mich erzählt hat.

Der Imam schaut mich an, nickt, schreibt etwas mit einem billigen Plastikkugelschreiber auf einen Zettel. Das

Schweigen, das zwischen uns steht, fühlt sich nicht vertrauenerweckend an. Andererseits habe ich mir, abgesehen vom Schnitt meines Barts und meiner Stirn an der Kaaba, bislang nichts zuschulden kommen lassen – jedenfalls soweit ich es weiß. Der Blick des Imam fährt langsam an mir herunter, ohne dass ich seinem Gesicht etwas entnehmen könnte. Erst jetzt wird mir bewusst, wie ich angezogen bin: Ich trage ein langes orange-blau gestreiftes Hemd ohne Kragen und graue, sehr weite osmanische Hosen, die mir der türkische Sufi-Sheikh gegeben hat, in dessen Gruppe ich hier bin. Außerdem eine Art Turban – eine runde Filzkappe, um die ein langer grün karierter Schal gebunden ist.

Der Sufismus ist in Saudi-Arabien verboten. Der Großsheikh meines Sheikhs darf seit Langem nicht mehr einreisen und lässt keine Gelegenheit aus, die Wahhabiten und Salafisten zu beschimpfen, weil sie den Islam verraten haben.

»Du bist Deutscher«, stellt der Imam fest.

»Genau.«

»Aber du bist Moslem.«

»Ja«, sage ich und erschrecke, denn ein richtiger Moslem hätte nicht mit »Ja« geantwortet, sondern »Alhamdulillah« gesagt – »Gepriesen sei Gott«.

»Neu-Moslem«, werfe ich hinterher.

Das hilft meistens, denn damit ist klar, dass ich zwar guten Willens bin, aber Fehler mache, viele Fehler. Trotzdem lächeln fast alle, wenn ich es sage, weil ich als Deutscher, der zum Islam gefunden hat, so etwas wie der lebende Beweis für die unendliche Güte und Größe Gottes bin.

Der Imam lächelt nicht.

»Wie heißt du?«

»Abdel Haqq Janssen.«

»Abdel Haqq?«

»Ja.«

Er nickt.

»Ist das der Name, den deine Eltern dir gegeben haben?«

»Nein. Meine Eltern waren … Meine Eltern sind Christen. Im Christentum gibt es diesen Namen nicht.«

»Hast du ihn selbst gewählt?«

»Kann man so sagen.«

»Du kennst die Shahada, Abdel Haqq.«

Mir ist nicht klar, ob es eine Feststellung oder eine Frage ist.

»Natürlich«, sage ich und lache kurz, wie man lacht, wenn man als Achtjähriger von einem Erwachsenen gefragt wird, ob man schon lesen kann.

Er ruft »Mohammed Ibrahim« in Richtung der Tür. Im nächsten Moment kommt einer der drei Männer aus dem Nebenraum herein, noch immer das Telefon in der Hand.

»Sprich die Shahada, Abdel Haqq«, sagt der Imam.

»Klar, kein Problem«, sage ich und lache wieder, diesmal nervös, um nicht zu sagen kindisch.

Vielleicht denkt er, dass ich mich verbotenerweise hier hereingeschmuggelt habe. Ich weiß nicht, was passiert, wenn er mich zum ungläubigen Eindringling erklärt. Vermutlich würde ich in einem Gefängnis der Religionspolizei landen, und wahrscheinlich hätte die Deutsche Botschaft in Riad eine Menge Arbeit, mich dort nach einer beträchtlichen Menge von Stockschlägen oder Peitschenhieben wieder herauszubekommen. Aber natürlich kann ich die Shahada.

Der Imam schaut mich an, eher lauernd als erwartungsvoll, während ich mir innerlich den Wortlaut vorzusprechen versuche.

»Bitte.«

Wenn ich sie hier vor ihm und dem anderen Glaubenswächter aufsage, der jetzt von seinem Telefon aufschaut und mich anstarrt, bin ich auf jeden Fall Moslem, ganz gleich, ob ich es vorher war oder nicht, und eigentlich hat er dann keine Handhabe mehr gegen mich.

»La Illaha lahi …«

Falsch. Ich spüre, wie ich rot werde und dass mir der Schweiß ausbricht.

Er schließt kurz die Augen wie von einem Schmerzstich.

»La illahi la …«

Wieder habe ich mich verhaspelt.

Natürlich weiß er nicht, dass die Shahada für einen Deutschen ein Zungenbrecher ist, und wahrscheinlich kann er sich auch nicht vorstellen, dass man große Schwierigkeiten hat, sich die Lautfolge korrekt einzuprägen. Es waren die ersten Worte, die ihm ins Ohr gesprochen wurden, als er auf die Welt gekommen ist, und seitdem hat er sie hunderttausendmal gehört und gesagt.

»Sprich mir nach«, sagt er: »Ashadu an la ilaha …«

Das »Ashadu – ich bekenne« hatte ich auch vergessen.

»Ashadu an la ilaha«, wiederhole ich, während sich in meinem Kopf eine Mischung aus Scham und Panik ausbreitet.

»Ashadu an la ilaha illallah.«

»Ashadu an la ilaha illallah.«

»Wa ashadu anna Muhammadan rasulullah.«

»Wa ashadu anna Muhammadan rasulullah.«

Der zweite Teil ist einfacher. Dabei komme ich nie durcheinander.

»Jetzt vollständig.«

»Ashadu Lahilla …« – Beinahe rutscht mir ein Fluch heraus, den er zwar vermutlich nicht verstanden hätte, aber sicher läge kein Segen darauf. Ich beiße mir auf die Zunge, während mir der Schweiß in Strömen Stirn und Schläfen herunterrinnt. Er wird denken, dass es Angstschweiß ist.

Der Imam sagt nichts, schaut mich an wie einen Käfer, der auf dem Rücken liegt und sterben wird, wenn ihn niemand umdreht.

Der Mann, der Mohammed Ibrahim heißt, nuschelt irgendetwas in seinen Bart und kichert. Sein Kichern kann zynisch sein angesichts der Bestrafung, die er auf mich zukommen sieht, oder Entwarnung bedeuten, fast schon Mitleid mit dem armen Deutschen, dem das Arabisch, die Sprache, die Gott zu seiner eigenen gemacht hat, so schwerfällt.

Ich setze noch einmal an: »La ilaha …« schüttele den Kopf, jetzt fast schon verzweifelt: »Ashadu an la ilaha illallah wa ashadu anna Muhammadan rasulullah.«

Diesmal ist es richtig.

Der Imam nickt: »Alhamdulillah. – Mit wem bist du nach Mekka gekommen?«

Offenbar scheint er meiner Unfähigkeit, die Shahada im ersten Anlauf aufzusagen, nicht weiter nachgehen zu wollen. Aber natürlich kann das auch eine Fangfrage sein. Vielleicht hat mich einer der Wächter zusammen mit meinem Sufi-Sheikh gesehen. Sie sind dann die Liste mit den Turbanformen durchgegangen und haben festgestellt, dass ich wahrscheinlich einer verbotenen Sekte angehöre.

»Ich bin mit einer türkischen Pilgergruppe hier.«

Das stimmt auf jeden Fall.

Der Imam wartet, dass ich fortfahre, während Mohammed Ibrahim sich in den Nebenraum zurückzieht.

»…aus Berlin. Es sind Deutsche und Türken dabei, ungefähr halbe-halbe.«

Er nickt.

»Berlin ist die Hauptstadt von Deutschland, dort leben sehr viele türkische Muslime, es gibt eine große islamische Gemeinde.«

Anders als Abdel Aziz wirkt er nicht überrascht, aber vielleicht scheint es auch bloß so, weil er einfach überhaupt keine Regung zeigt, ganz gleich, was ich sage.

»Es gibt viele, die sich Muslime nennen, aber den Islam nicht auf die richtige Weise praktizieren«, sagt er.

Nicht nur, weil mein Arabisch genauso schlecht ist wie sein Englisch, werde ich mich auf keine Diskussion darüber einlassen, was der richtige Islam ist: »Natürlich, das habe ich auch schon gehört.«

»Darin liegt eine große Gefahr.«

Ich könnte jetzt fragen, was genau er damit meint, und einen Streit anfangen, bis er trotz meiner Shahada im siebten Versuch zu dem Ergebnis kommt, dass ich ein ungläubiger Gotteslästerer bin. Wenn man im Christentum groß geworden ist, denkt man ja immer, man sollte bereit sein, für seine Überzeugung ins Gefängnis zu gehen, notfalls zu sterben, aber irgendwie ist das der falsche Gedanke hier.

Ich habe Durst.

»Wichtig ist, dass wir genau der Sunna des Propheten, Sallallahu alayhi wa sallam, folgen und uns fernhalten von verbotenen Neuerungen und vor allem von Aberglauben.«

»Aberglaube« kann alles und nichts bedeuten, und was sind verbotene Neuerungen im Unterschied zu erlaubten? Sie benutzen Mobiltelefone und übertragen die Gebete aus der großen Moschee live in die ganze Welt, sie haben sogar eine Fußballnationalmannschaft. Das Schachspiel hingegen, das schon zur Zeit des Propheten gespielt wurde, ist neuerdings verboten. Immerhin interessiert ihn mein Bart so wenig wie die Länge meiner Hosenbeine.

»Die Türken, von denen ich den Islam lerne, sind gute Muslime, glaube ich.«

Er zeigt den Ansatz eines gequälten Lächelns, als sähe er all die Irrtümer und Abweichungen vor sich, die auf mich lauern und von denen ich nicht einmal ahne, dass es sie überhaupt gibt, weshalb ich all meinem guten Willen zum Trotz mit hoher Wahrscheinlichkeit im Feuer enden werde. Einen Moment bilde ich mir ein, so etwas wie Mitleid in seinen Augen zu erkennen, Mitleid und Trauer über all die vergeblichen Bemühungen der Menschen.

»Es ist sicher nicht leicht, in Deutschland gemäß der Sunna zu leben.«

»Ja«, sage ich, »aber auch nicht so schwer, wie man von hier aus vielleicht denkt. Im Grunde kann da ja jeder machen, was er will.«

Ich lache, halb aus Verlegenheit und halb, weil ich mir den Albtraum vorstelle, in den ihn der Gedanke stürzen wird, dass jeder macht, was er will.

»Hast du einen Quran zu Hause«, fragt er.

»Ja«, sage ich, »mehrere Exemplare sogar und verschiedene Übersetzungen, wobei ich weiß, dass es eigentlich unmöglich ist, den Quran zu übersetzen …«

»Das ist wahr, und du solltest es immer im Hinterkopf behalten, aber trotzdem ist auch wichtig, dass du die Bedeutung verstehst.«

Erneut ist da der Anflug eines Lächelns in seinem Gesicht, weniger gequält, diesmal fast schon milde. Er scheint zu dem Ergebnis gekommen zu sein, dass er mich im Rahmen seiner Möglichkeiten auf meinem Weg unterstützen sollte. Er steht auf, geht zum Bücherregal und zieht eine in schwarzes Leder mit goldener Schrift und fein ziselierten Ornamenten gebundene Quran-Ausgabe heraus.

»Ich gebe dir die Übersetzung, die wir haben anfertigen lassen, dort ist alles auf die bestmögliche Weise ausgedrückt.«

»Danke«, sage ich, »das ist wunderbar und sehr freundlich von Ihnen, vielen Dank.«

Ich bin froh, dass meine Hände etwas tun können, schlage das Buch irgendwo in der Mitte auf. Es ist Arabisch und Deutsch, auf feinstes Dünndruckpapier gedruckt. Ich lese den ersten Vers, der mir ins Auge springt: »15. Da retteten Wir ihn und die Insassen des Schiffes und machten es zu einem Zeichen für die Weltenbewohner.«

Ich spüre, wie ich eine Gänsehaut bekomme.

»Vielleicht hast du Freunde in Deutschland, die sich auch für den Islam interessieren?«

Eigentlich nicht, denke ich, behalte das aber lieber für mich, sage stattdessen: »Sicher, ich habe eine Menge Freunde.«

Er zieht zwei weitere Quran-Exemplare aus dem Regal und legt sie auf seinen Schreibtisch, ruft: »Mohammed Ibrahim, bring mir eine Tüte.«

Aus einem anderen Fach holt er eine CD-Rom: »Hier kannst du alles genau studieren, was mit der Pilgerfahrt zu tun hat. Es sind sehr viele schöne Informationen, die dir die Zusammenhänge klarmachen.«

Dazu bekomme ich eine DVD, mit deren Hilfe ich das Pflichtgebet auf die richtige Weise lernen kann, außerdem Wudu', die rituelle Waschung, und einige zusätzliche Gebete.

Er tritt an ein anderes Regal, zieht mehrere Broschüren auf Englisch heraus, weitere Bücher und Hefte: »Ich gebe dir auch etwas für deine türkischen Freunde mit. Das ist sicher sehr interessant und nützlich für sie.«

»Bestimmt ist es das«, sage ich, obwohl ich keinen

Zweifel daran habe, dass sie wahabitisches Propagandamaterial unbesehen in den Müll werfen werden.

»Hast du sonst eine Frage, die wir dir beantworten können?«

In meinem Kopf herrscht vollständige Leere.

»Im Moment nicht, glaube ich. Ich danke Ihnen wirklich sehr, dass Sie sich so viel Zeit für mich genommen haben.«

Er steht mir gegenüber, und ich sehe, dass er mit seiner Arbeit zufrieden ist. Er hat mich nicht einfach meinem Schicksal und irgendwelchen türkischen Häretikern überlassen, sondern sein Möglichstes getan, damit ich nicht verloren gehe. Alles Weitere entzieht sich seiner Verantwortung.

Mohammed Ibrahim überreicht mir die Büchertasche. Wir verabschieden uns mit zahlreichen Segenswünschen, dann bin ich entlassen.

Ich taumele durch den holzvertäfelten Gang zurück in die Hallen der großen Moschee und fühle mich, als hätte ich soeben das Abitur bestanden.

Da steht die Kaaba, von Adam errichtet, aber zweitausend Jahre vor der Schöpfung erschaffen, ehe Gott das Land vom Wasser schied. Keine Fragen, keine Antworten.

Abdul Aziz sitzt wenige Meter von der Tür entfernt an einen Pfeiler gelehnt und springt sofort auf, als er mich sieht.

»Abdel Haqq, mein Bruder …«

Er deutet mit dem Zeigefinger erst auf seinen Bart, dann auf mein Gesicht.

Ich lache laut, obwohl er mich neulich erst ermahnt hat: »›Wenn ihr wüsstet, was ich weiß, würdet ihr wenig lachen und viel weinen‹.«

»Ich habe es dir gesagt, Abdul Haqq: Wenn der Imam dir die Weisheit hinter der Sunna des Propheten, Sallallahu alayhi wa sallam, erläutert, siehst du, dass es keinen Grund gibt, davon abzuweichen.«

»Alhamdulillah«, sage ich.

Der kleine Derwisch

Es regnet. Die Straße fällt steil ab. Zwischen den Pflastersteinen mäandern Rinnsale. Wo sie aufgehalten werden von Vorsprüngen, Schlaglöchern, bilden sich kleine Strudel mit weißlichen Schaumblasen. Die Steine sind glatt. Ich gehe vorsichtig, rutsche trotzdem aus, fange mich mit einer Hand am Dach eines parkenden Wagens. Bleibe stehen, um ein lila gestrichenes Haus zu fotografieren. Vor dem Erker im zweiten Stock ist lila geblümte Bettwäsche aufgehängt. Die Fenster über dem Wäschegestänge werden geöffnet, eine Frau mit rundem Gesicht, nachlässig gebundenem Dutt beugt sich heraus, fühlt, wie weit die Laken im Regen schon getrocknet sind. Sie trägt eine lila gepunktete Kittelschürze. Sogar der Firmenname im Inneren der Satellitenschüssel ist lila.

Irgendetwas muss sich ändern.

Die meisten Geschäfte sind geschlossen, die Rollläden heruntergelassen, mit Ketten an Ösen im Boden befestigt. Lediglich ein Trödler hat geöffnet, zieht aber trotz des Regens keine Kunden an. In seinem Laden das übliche Sortiment: Stühle mit aufgeschlitzten Samtpolstern, verschiedene Leuchter, Armaturen aus Messing, Ölbilder und Kunstdrucke in angeschlagenen Holzrahmen, Teppiche, Keramiken. Ich gehe hinein, schaue mich um, ob sich irgendein Gegenstand findet, dessen Besitz sich lohnt.

Zwischen Aschenbechern mit Markenaufdruck steht eine flache Schale voll alter Silberringe. Es sind Hunderte, vielleicht mehr als tausend. Ich habe bereits einen Ring mit Türkis am rechten Mittelfinger, am linken einen breiten ohne Stein, daneben, am Ringfinger, steckt ein osmanischer mit leuchtend rotem Karneol.

Der Prophet hat einen Silberring getragen. Es wird empfohlen, seinem Beispiel zu folgen. Umstritten ist, welchen Finger welcher Hand er genommen hat. In Kairo hat mich jemand darauf hingewiesen, dass der Türkis an meinem Zeigefinger verboten ist, »haram«, ganz gleich ob rechts oder links. Ich habe ihn dann umgesteckt, um den Mann zu beruhigen, es dabei belassen. Mindestens einer ist immer noch falsch.

Ich ziehe meine Hand wie eine Harke durch die Schale, um die unteren Ringe nach oben zu befördern. Der Händler sitzt, halb verdeckt von einem Vitrinenschrank mit Kleinkram, an einem übervollen Schreibtisch, tippt Nachrichten in sein Telefon, ohne mich zu beachten. Soweit ich sehe, ist kein Ring für mich dabei. Ich trete an das Regal, hebe hier und da eine Schüssel heraus, dann einen kupfergetriebenen Mokkakocher. Zu Hause habe ich schon vier in verschiedenen Größen, zwei aus Messing, einer aus Edelstahl, einer mit Emaillebeschichtung. Dieser hier ist allerdings besonders schön, schwerer als meine, auch als die, die es im Basar, in den Souvenirshops gibt. Man sieht, dass eine Hand den Hammer geführt hat, keine Maschine.

Der Regen nimmt zu.

Ich könnte nach dem Preis fragen, dann begänne ein Gespräch, an dessen Ende ich das Ding kaufe oder nicht kaufe. Ich will aber kein Gespräch führen. Ebenso wenig will ich, dass der Händler denkt, ich wäre nur in seinem Laden, um nicht nass zu werden.

Solche Gedanken führen zu nichts, außer dass man herumsteht und aussieht wie jemand, der Hilfe braucht.

Ich suche die richtige Formulierung für die Frage, überlege, ob ich sie englisch oder deutsch stellen soll. Wenn der Händler zu mir herüberschauen würde, sähe er, wie meine Wangen Bewegungen vollführen, als würde ich kauen.

»How much is this?«

Er steht auf, kommt einige Schritte auf mich zu, was unnötig ist, ich hätte ihn auch verstanden, wenn er an seinem Schreibtisch sitzen geblieben wäre.

»It's antique Ottoman«, sagt er.

Im Grunde will ich gar nichts kaufen, ich will nicht einmal hier sein, ich bin nur durch diese Straße gekommen, weil sie der kürzeste Weg zu einer großen Sinan-Moschee ist, die keine zentrale Kuppel hat, sondern sechs gleichwertige kleinere, in einem Rechteck angeordnet, zwei mal drei oder drei mal zwei.

»Eighty Lira.«

Knapp fünfundzwanzig Euro. Weniger, als ich erwartet habe. Sicher gäbe es Verhandlungsspielraum, wenn einer in der Stimmung wäre, zu verhandeln.

Ich nicke, stelle den Kocher zurück ins Regal.

»How much do you want to pay.«

Er denkt, es ginge um Geld. Natürlich denkt er das, er ist Händler, Geld ist seine Hauptkategorie.

»I just have a look.«

Einen gebrauchten Regenschirm hätte ich genommen. Vielleicht auch nicht. Unter Schirmen wird die Luft schnell stickig.

Ich muss das Geschäft verlassen, schaue auf die Uhr, damit es wirkt, als hätte ich einen Termin. Zwanzig nach elf. Im Grunde wäre es egal, wann ich bei der Moschee eintreffe, aber um kurz vor halb eins beginnt das Mittagsgebet, dann sind viele Männer dort. Ich bin nicht gern mit vielen Männern in einem Raum.

»Thank you – bye.«

Ich frage mich, warum man sechs mittelgroße Kuppeln zu einem Rechteck anordnet, wenn man in der Lage ist, eine einzige zu bauen, die alles überwölbt wie der Himmel. Möglicherweise hatte Sinan Langeweile oder der Auftraggeber wollte, dass man seine Moschee nicht mit der eines anderen verwechselt. Manche Leute kommen auf solche Ideen, während die meisten froh sind, wenn sie das kriegen, was die anderen auch haben.

Weiter unten ist Wochenmarkt. Eine Frau in hellblauem Popelinemantel beugt sich über eine Auslage mit Obst, nimmt Maulbeeren in Augenschein, Aprikosen, Pfirsiche. Der kurze Griff, mit dem sie den Reifegrad der Früchte prüft. Sie hat ein schwarzes Dreieckstuch bis hinauf über den Mund gezogen und dort mit einer langen, senkrechten Nadel zusammengesteckt. Das scheint gerade Mode zu sein. Als ich das letzte Mal hier war, vor vier Jahren, ist es mir nicht aufgefallen. Ich bin sicher, dass ich es mir gemerkt hätte, weil ich an Hannibal Lecter denken muss, und ich denke sonst nie an Hannibal Lecter.

Der ganze Blödsinn, der einem von morgens bis abends durch den Kopf schießt.

Die Kurtuluş Deresi Caddesi am Fuß des Hügels ist vierspurig und wird in der Mitte von einem hüfthohen Gitterzaun geteilt. Die Autos kommen mit hoher Geschwindigkeit. Ich passe eine Lücke ab, klettere umständlich über den Zaun, warte auf eine weitere Lücke, erreiche die andere Seite.

Eine Großbaustelle zieht sich den gegenüberliegenden Hang hinauf, mehrere Kräne stehen still. Auf den Schultern dringt das Wasser jetzt bis zur Haut. Ich stelle mich unter das Vordach eines Toyota-Händlers. Sobald ich mich nicht bewege, fange ich an zu frieren.

Eine Frau, die abgereist ist; ein Todesfall – solche Erklärungen legt man sich dann zurecht.

Ich gehe weiter, vorbei an einer Tankstelle, einem Supermarkt.

Pir Seyyid Hasan Hüsameddin Uşşaki (K.S.A.) Türbesi steht auf einem braunen Schild über einem Pfeil, der rechts in eine kleine Straße weist. Braune Schilder mit weißer Schrift stehen für Kulturdenkmäler und Pilgerstätten. *Türbesi* heißt Heiligengrab. Es sind gute Plätze, wenn man nicht weiß, was man denken soll.

Linker Hand eine Bäckerei, danach eine weitere Baustelle, auf der nicht gearbeitet wird, gefolgt von einem Laden für Sanitärbedarf, Gartengerät, Gummistiefel, der

Werkstatt eines Dachdeckers, in dessen Hof sich Ziegelstöße aneinanderreihen.

Nach einer Mauer mit vergitterten Fenstern unter einem halbrunden Plastikvordach das grün-goldene Eingangstor zum Grab des Pir. Rechts ist eine Tafel angeschraubt, die über sein Leben informiert, allerdings nur auf Türkisch. Das Wort *Tasavvufun* kenne ich, es bedeutet *Sufismus*, dann *Hicri 880 (Miladi 1473)*, am Ende des Textes die *121* gefolgt von *Konya Hicri 1001 (Miladi 1593)*. Soweit ich weiß, markiert *Hicri* die Jahreszahlen des islamischen Kalenders, *Miladi* die des gregorianischen. Dann wäre der Pir hunderteinundzwanzig Jahre alt geworden.

Ich trete ein, ziehe meine durchnässten Schuhe aus, stelle sie in ein Regal unmittelbar neben der Tür. Ein Mann mit weißer Kappe und Schnauzer sitzt hinter einer halb geöffneten Glasscheibe wie an einem Schalter und liest. Vor ihm liegen Stapel mit kleinen Büchern und Broschüren, ebenfalls nur auf Türkisch. Er schaut kurz auf, nickt mir zu, keine Verwunderung in seinem Gesicht.

Rechts führt ein Durchgang in einen hohen, bis zur Decke mit dunklen blau-grünen Fliesen ausgekleideten Raum, in dessen Mitte sich ein zeltartiger Sarkophag befindet. In einer Vitrine vor dem Sarkophag ist ein riesiger grüner Turban ausgestellt. Rechts davon hängt eine türkische Fahne rot und schlaff von ihrer Stange.

Ich entscheide mich für die Tür gegenüber, dahinter befindet sich eine kleine Moschee. Sie ist mit rosafarbenem Teppichboden ausgelegt, den ein loses Muster aus weißen handtellergroßen Blüten durchzieht. Zu beiden Seiten des

Mihrāb stehen Bücherschränke. Entlang der rechten Wand drei weitere Grabmäler, geschmückt mit Tüchern und Blumensträußen. Auch hier die düsteren Fliesen, nur für die Gebetsnische haben sie hellere gewählt, himmelblaue und preußischblaue Blattranken, von einem Netz aus purpurnen Tulpen geordnet.

Ich setze mich in der Ecke auf den Boden, lehne mich gegen die Wand. Die Nässe in meinen Kleidern nimmt Körpertemperatur an, ein unangenehmes Gefühl, als hätten sich Hautschichten abgelöst. Erst jetzt sehe ich den Alten, der mir schräg gegenüber im Halbdunkel hockt. Er ist vollständig in Schwarz gekleidet, trägt eine hohe runde Kappe, eine wollene Weste über einem Hemd mit Stehkragen, weite osmanische Hosen. Die Füße hat er zum Schneidersitz untergeschlagen. Obwohl wir nur vier oder fünf Meter voneinander entfernt sind, scheint er mich nicht wahrzunehmen.

Bestimmt ein Derwisch, der diesem hundertzwanzigjährigen Pir nachfolgt, denke ich. Vielleicht verbringt er sein Leben hier, nachdem die Kinder das Haus verlassen haben – oder weil seine Frau ihm auf die Nerven geht mit ihren ewigen Sorgen.

Wenn er ein Derwisch ist, weiß er vielleicht etwas, das ich auch wissen möchte. Oder er hat einen Satz für mich.

Der richtige Satz zum richtigen Zeitpunkt kann manchmal etwas bewirken.

Er zieht ein kleines, ebenfalls schwarzes Kunststoffetui aus der Westentasche, klappt es auf, hält es sich vors Gesicht. Der Art, wie seine Pupillen sich bewegen, entnehme ich, dass er in einen Spiegel schaut. Er scheint nicht zufrieden mit dem, was er sieht. Obwohl sein weißer Bart präzise in Form gebracht ist – an den Seiten kürzer, sodass die scharfkantigen Wangenknochen betont werden, unterhalb des Kinns zu einem vollendeten Rundbogen getrimmt –, holt er eine kleine Schere aus der anderen Tasche und beginnt, einzelne Haare zu schneiden. Er wählt sie genau aus, wägt ab, legt den Kopf zur Seite, dann ein wenig in den Nacken, um jedes Haar, das ihm zu lang vorkommt, aus mehreren Perspektiven in Augenschein zu nehmen, bevor er es mit der äußersten Spitze der Schere kürzt.

Es ist ein Vorgang, der viel Zeit und seine gesamte Aufmerksamkeit verlangt.

Ich bezweifle, dass ein echter Derwisch so viel Mühe auf die Pflege seines Bartes verwenden würde. Andererseits muss man doch irgendetwas tun, wenn die Tage kein Ende nehmen.

Schließlich lässt er die Schere sinken, prüft noch einmal das Ergebnis, ehe er sie zurück in die Weste gleiten lässt und aus der Hosentasche einige Münzen zutage fördert.

Wahrscheinlich lebt er von Almosen. Er hält die Münzen in der flachen Hand, schiebt sie mit spitzem Zeigefinger hin und her, nimmt einzelne heraus, betrachtet sie ebenso genau wie vorher den Bart im Spiegel. Einige dreht er um, bevor er sie zurücklegt. Seine Bewegungen wirken konzentriert, als würde er einen bestimmten Zweck verfolgen. Offensichtlich geht es ihm aber nicht darum, einen Überblick über seine Barschaft zu gewinnen. Er richtet sich auf, beginnt, die Geldstücke nach einem bestimmten

System auf dem Teppich zu verteilen, wobei ich mir nicht sicher bin, ob er dessen Blütenmuster in die Überlegungen mit einbezieht. Es dürften zehn, vielleicht zwölf Münzen unterschiedlicher Größe sein. Wahrscheinlich eher zwölf: Im Dezimalsystem sind nur wenige Geheimnisse verborgen. Die Punkte, an denen er sie positioniert, könnten ein Vieleck oder eine Kreislinie markieren, von dort schiebt er einige ins Innenfeld, schüttelt den Kopf, nimmt erst eine, dann eine weitere wieder weg, legt sie außerhalb der Begrenzung zu einer Zweiergruppe, offensichtlich aufeinander bezogen, aber auch in Zusammenhang mit dem Vieleck beziehungsweise Kreisfragment. Möglich, dass es sich um ein Modell bestimmter Planetenkonstellationen handelt oder um geometrische Proportionen, die mit den Maßverhältnissen des Geistes in Verbindung stehen. Er hält inne, überlegt. Mit einem schnellen Wischer der rechten Hand sammelt er sie alle wieder ein und beginnt von vorn.

Das Gedankengebäude, an dem er arbeitet, scheint komplex oder kompliziert und von großer Wichtigkeit. Noch immer nimmt er keinerlei Notiz von mir, was normal ist, wenn es sich um einen Mann des Wissens handelt, aber auch, wenn er verrückt ist.

Ich kann nicht erkennen, worin der Unterschied zwischen der neuen Anordnung der Münzen und der vorherigen besteht. Auch diesmal schiebt er einige von ihrem ursprünglichen Platz hierhin und dorthin, ohne dass er mit dem Ergebnis seiner Entscheidungen zufrieden ist. Plötzlich ändert sich sein Gesichtsausdruck, er runzelt die Stirn, wirkt seltsam angespannt, schüttelt den Kopf, als würde er sich ärgern. Offenbar war der Ansatz falsch, oder er hat festgestellt, dass sich das Problem auf diese Weise nicht lösen lässt. Diesmal nimmt er die Geldstücke einzeln mit Daumen und Zeigefinger, legt alle erneut auf die flache Hand, ehe er sie zurück in die Hosentasche steckt.

In einer eleganten Bewegung steht er aus dem Schneidersitz auf. Jetzt erst sehe ich, wie klein er ist. Er reicht mir höchstens bis zur Schulter, ein winziges, hageres Männchen ganz in Schwarz mit einem weißen, im Halbdunkel leuchtenden Vollbart.

Wenn er ein Meister ist, wäre es peinlich und sinnlos, ihn mit einer Frage zu behelligen. Wenn er den Verstand verloren hat, ebenfalls.

Er wendet sich Richtung Mekka, beginnt das Mittagsgebet, obwohl noch kein Muezzin zu hören war. Ich schaue auf die Uhr, es ist kurz nach zwölf – er dürfte mindestens zehn Minuten zu früh sein. Ich zähle mit: Zwanzigmal berührt seine Stirn den Boden.

Nach dem letzten »Salam aleykum« zur linken Seite, Frieden und Barmherzigkeit für Menschen und Geister, rutscht er an seinen vorherigen Platz zurück, kramt eine Gebetskette aus der Tasche, lässt die Perlen durch die Finger gleiten, während seine Lippen sich lautlos bewegen. Er hebt den Kopf und sieht mich an. Ich weiche seinem Blick aus, glaube aber nicht, dass es der Blick eines Verrückten ist.

Woran würde ich erkennen, wenn er ein Meister wäre, der die Herzen lesen kann und weiß, was darin nicht stimmt?

Er steht auf, kommt auf mich zu. Ich erschrecke, denke kurz, er will etwas von mir, doch im letzten Moment biegt er ab, geht an mir vorbei in den halb abgetrennten hinteren Teil der Moschee. Ein altes Sofa steht dort, mit Tüten bepackt, mehrere Stapel Stühle, Zementsäcke. Offenbar dient der Raum hauptsächlich als Lager.

Das Rascheln von Papier und Plastik. Gegenstände werden umgeräumt. Jetzt erst höre ich von draußen die scheppernde Stimme des ersten Muezzin, der zum Mittagsgebet ruft, gefolgt von einem weiteren, dritten, vierten … Ein echter Meister würde sein Gebet nicht vor der Zeit verrichten. Andererseits habe ich gelesen, dass solche Leute manchmal gezielt Verwirrung stiften, damit sich niemand auf seinen Gewissheiten ausruht.

Plötzlich steht er vor mir und sagt etwas, als würden wir uns kennen. Seine Stimme ist weder leise noch laut, weder zornig noch bittend. Ich verstehe kein Wort, was ihn nicht zu irritieren scheint. Er will etwas Bestimmtes, ich habe keine Ahnung was, sage: »Sorry, I don't understand. No Turkish.«

Er wiederholt mehrfach denselben Satz, deutet auf meine rechte Hand. Ich will aufstehen, schon weil die Höflichkeit es gebietet, doch er gibt mir zu verstehen, dass ich sitzen bleiben soll. Wieder zeigt er auf meine Hand, die, an der ich den Türkisring trage. Ich schaue den Ring an, sage: »Ottoman. I bought it here.«

Er schüttelt den Kopf, weil ich ihn immer noch nicht verstanden habe.

Vielleicht will er mir aus der Hand lesen. Wer weiß, welche verborgenen Kenntnisse er hat, also strecke ich sie ihm entgegen. Wir tauschen einen weichlichen Händedruck. Seine Haut fühlt sich trocken und feinporig an, wie eine Mischung aus Seide und Pergament.

Abermals deutet er auf meinen Türkis, berührt ihn mit der Fingerspitze. Er will, dass ich ihm den Ring gebe. Offenbar kennt er sich mit den Bedeutungen der Steine aus. Der Türkis hilft, eine Verbindung zu den geistigen Welten herzustellen, wurde mir gesagt. Vielleicht wird er meinen Stein segnen, ein Gebet darüber sprechen. Oder er will ihn behalten. Was ich mir kaum vorstellen kann. Welchen Nutzen sollte es für ihn haben, einen Ring zu tragen, der vorher mir gehört hat. Natürlich kann er ihn verkaufen, aber das würde er nicht tun als Derwisch, es wäre fast wie Diebstahl, zumal ich keine Möglichkeit sehe, ihm den Ring zu verweigern. Ich lege ihn in seine Hand. Er betrachtet ihn, wie er vorher den Bart und die Münzen betrachtet hat, nickt, ehe er ihn sich auf den rechten Ringfinger schiebt. Er sitzt dort so locker, dass der Stein auf die Innenseite kippt. Bei nächster Gelegenheit wird er ihm vom Finger fallen. Der Derwisch richtet sich auf, lächelt zufrieden und verschwindet in den hinteren Räumen. Wahrscheinlich kann ich den Ring abschreiben, denke ich, und dass ich reichlich naiv bin. Andererseits lag er mir nicht sehr am Herzen, und er war auch nicht übermäßig teuer: vierzig Euro. Nach wenigen Minuten kommt er wieder, hält den Ring in der Hand, als wollte er ihn mir zurückgeben. Er sagt etwas, schüttelt den Kopf, schiebt den Ring über seinen rechten Mittelfinger, ich sehe, dass er auch dort viel zu locker sitzt, lässt ihn vom Finger rutschen, reicht ihn mir. Stattdessen deutet er auf den Karneol an meinem linken Ringfinger, der kleiner ist, aber zugleich mit Abstand mein Lieblingsring. Ich will ihn nicht abgeben. Allerdings ist es schlecht, einem Derwisch oder Meister einen Wunsch abzuschlagen, ganz gleich, was er will oder vorhat. Also gebe ich ihm den Karneol, lächelnd. Er soll nicht denken, dass es mir schwerfällt, mich von Dingen zu trennen. Er lächelt ebenfalls, schiebt ihn über den Mittelfinger seiner rechten Hand. Offenbar ist es seitens des Propheten erlaubt, dort einen Ring zu tragen. Er streckt den Arm aus, um ihn mit Abstand zu betrachten. Freut sich wie ein Kind, weil der Ring passt und ihm gut steht. Tatsächlich sieht er an seiner Hand viel besser aus als an meiner, was aber nichts zur Sache tut. Seine Hände sind insgesamt schön und ausdrucksvoll, aber deshalb gehört ihm ja doch nicht alles. Er deutet mit der Rechten auf sein Herz, dann auf meins, legt die geschlossenen Fäuste zusammen, wie um zu signalisieren, dass wir jetzt eine besondere Verbindung haben, zeigt nach oben, Richtung Himmel, dann erneut auf sein Herz, auf mein Herz, auf meinen Ring an seiner Hand, wiederholt immer wieder das Wort »Du‘ā’«, was »Bittgebet« bedeutet, redet weiter, ich verstehe kaum ein Wort, manchmal, wenn es passend sein könnte, sage ich »Insha Allah« oder »Alhamdulillah«. Plötzlich stoppt er mitten in der Bewegung, wendet sich abrupt ab und geht.

Ich höre, dass er wieder in seinen Tüten kramt. Vielleicht sucht er etwas, das er mir geben kann, im Tausch, um unsere Herzensverbindung zu festigen. Geschenke dieser Art können ein Leben verwandeln.

Er kehrt mit einem Laib Brot zurück. Es ist ein längliches Weißbrot. Wahrscheinlich bekommt er irgendwo die Brote vom Vortag. Er deutet auf mich, dann auf seinen Mund, wohl um zu signalisieren, dass ich essen soll. Ich will nicht, ich bin nicht hungrig, schüttele den Kopf, auch deshalb, weil türkisches Brot schon am zweiten Tag so trocken ist, dass man es kaum herunterbekommt, ohne etwas zu trinken. Er wischt mein Zögern beiseite, und mehr als ein Zögern ist es ohnehin nicht, was ich ihm entgegenzusetzen habe, denn in einer Moschee beim Grab eines bedeutenden Heiligen das Brot abzulehnen, das einem von einem Derwisch angeboten wird, wäre mehr als töricht. Also nehme ich das Stück, das er mir abgerissen hat und beiße hinein. Es ist, anders als erwartet, ganz frisch, außen mit einer schönen Kruste, innen kühl saftig. Möglicherweise hat er einen Bäcker, der sich seinen Segen sichern will. Ich versuche, vorsichtig zu essen, doch bei jedem Bissen platzen Krümel ab, fliegen in alle Richtungen, landen auf meiner Hose, auf dem Teppich. Er scheint nicht zufrieden zu sein, wie ich hier hocke und alles vollkrümele, packt mich am Arm. Ich stehe auf, folge ihm. Er deutet auf das Sofa mit den Tüten, legt seine beiden Hände flach zusammen, hebt sie rechts neben die Wange – offenbar ist das sein Schlafplatz. Weiter hinten, vor dem Fenster zum Innenhof, befindet sich ein weißer Plastiktisch mit einem Plastikhocker. Dort soll ich mich hinsetzen. Offenbar ist das hier so etwas wie sein Zuhause, wo er Gäste empfängt und bewirtet. Sicher ist es eine große Ehre, dass er mich eingeladen hat. Er bricht ein weiteres Stück Brot ab, legt es vor mir auf die lachsfarbene Tischdecke aus Kunststoffspitze, dann geht er an einen dieser Wasserspender mit 20 Liter-Kanister, die es in jeder Moschee gibt, füllt mir einen Becher, reicht ihn mir. Ich soll trinken, und zwar sofort. Noch einmal deutet er auf sein Herz, auf mein Herz, führt die geschlossenen Fäuste zusammen, sagt: »Du'ā'.«

Ich nicke, zeige auf ihn, auf mich und wiederhole: »Du'ā' – you pray for me.«

Es hat aufgehört zu regnen, die Sonne hellt den Innenhof ein wenig auf.

Ich ziehe meine Kamera aus der Tasche und sage: »Can I take a picture of you?«

»No photo«, sagt er, damit ist jede Diskussion beendet, bevor sie begonnen hat, bewegt beide Zeigefinger hin und her, um das *Nein* zu unterstreichen: »Me nothing.«

Dann zeigt er nach oben: »Only Allah. Allah. Only Allah.«

Er nimmt den Becher, füllt ihn erneut, stellt ihn mir hin, zieht dann ein Kehrblech samt Besen aus dem Unterschrank, geht in den vorderen Teil der Moschee.

Ich esse den Rest Brot, trinke das Wasser.

Warte, dass er zurückkehrt. Fünf Minuten, zehn Minuten. Nach einer Viertelstunde stehe ich auf und gehe, vorbei an dem Sofa, wo seine Habe in Plastiktüten liegt, wenn es denn tatsächlich seine Habe ist. Zwei weitere Brote ragen heraus. Ich durchquere den Moscheeraum mit den drei Gräbern. Hinter dem Eingangsschalter sitzt noch derselbe Mann und liest. Ich umrunde einmal den Sarkophag von Pir Seyyid Hasan Hüsameddin Uşşaki, der vielleicht 121 Jahre alt geworden ist. Auch hier keine Spur des Derwischs, der meinen Lieblingsring trägt.

Als ich hinaus auf die Straße trete, bricht die Sonne mit Macht durch die Wolken. Alles ist ganz leicht.

England!

Kann sein, dass ich mich falsch erinnere, es heißt ja, zumindest habe ich das gelesen, dass das Gedächtnis uns im Nachhinein Märchen erzählt: Angeblich wussten neunzig Prozent aller Befragten zehn Jahre nach der Explosion der Challenger noch genau, was sie gemacht hatten, als sie die Nachricht bekamen. Keine Ahnung, wie man das herausgefunden hat. Wahrscheinlich ist irgendeiner an diesen berühmten amerikanischen Universitäten so schlau gewesen, die Leute gleich am nächsten Tag zu fragen, und als er seine Ergebnisse dann mit den Antworten zehn Jahre später verglichen hat, stellte er fest, dass von diesen neunzig Prozent fast die Hälfte inzwischen sicher war, etwas völlig anderes gemacht zu haben, als sie am Tag nach dem Absturz angegeben hatte. Jemand, der im Büro gewesen war, sagte, er habe geangelt, Grillpartys hatten sich in Schwimmbadbesuche verwandelt – wobei ich mir beim besten Willen nicht vorstellen kann, dass es in amerikanischen Schwimmbädern erlaubt ist zu grillen –, Leute, die es am Telefon von ihrer Tante erfahren hatten, wollten es im Autoradio auf dem Weg zum Bowling gehört haben. Genau so eine Untersuchung hätte man auch bei uns durchführen können, als es den Supergau in Tschernobyl gab und dann zehn Jahre später. Allerdings muss ich zugeben, dass ich definitiv nicht mehr weiß, wo ich war, als die Tschernobyl-Meldung kam. Wahrscheinlich saß ich unglücklich verliebt in meinem Zimmer, und das Radio lief. Das hat statistisch gesehen die größte Wahrscheinlichkeit, doch wetten würde ich darauf nicht und es erst recht keinem Wissenschaftler erzählen. Am Ende verfälsche ich bahnbrechende Erkenntnisse über den menschlichen Geist oder das Gehirn, oder wo immer die Erinnerungen schließlich abgelegt werden. Trotzdem hat mich Tschernobyl damals wirklich umgehauen. Nachdem der Atomkrieg ausgeblieben war, auf den ich mich meine gesamte Jugend lang eingestellt hatte, läutete jetzt eben eine Nuklearkatastrophe den finalen Prozess ein, an dessen Ende die Erde unbewohnbar sein würde und wir alle starben. Dass man keine Pilze mehr essen durfte, war noch das geringste Problem, obwohl ich Pilze immer gemocht habe. Und das ging nicht nur mir so, auch für meine Freundin, also die, die ich jetzt habe und die Pilze regelrecht hasst, war Tschernobyl ein Wendepunkt.

Insofern kann es sein, dass wir morgens beim Frühstück im Stadtmagazin irgendetwas über diesen Film gelesen hatten und daraufhin beschlossen, ins Kino zu gehen, einfach weil der Schock über Tschernobyl etwas war, das wir in der Zeit, bevor wir uns kannten, gemeinsam gehabt hatten. Meine Freundin und ich waren noch nicht so lange zusammen und verbrachten ganze Abende damit, uns gegenseitig aus unserer Vergangenheit zu erzählen, angefangen bei Kindheitsgeschichten: Sie war oft verprügelt worden, ich nur viermal, und auch wenn mein Vater behauptet, es sei nur zweimal gewesen, bin ich sicher, dass ich recht habe. Aus ihrer ersten Liebe war gar nichts geworden, und meine endete nach fünf Monaten traurig. Anschließend bin ich mit dem Zug nach Marokko gefahren, auf dem Rückweg wäre ich fast an einer Mischung aus Wodka und Haschisch gestorben, während sie mit einem Bekannten hinten auf dem Motorrad eine Tour durch Frankreich gemacht hat... – All dieses Zeug, das man sich halt erzählt, wenn man frisch verliebt ist, weil man noch einmal ganz neu verstanden werden will und weil es sich plötzlich so anders anhört als je zuvor, sogar für einen selbst. Wir sind aber damals sowieso jeden zweiten oder dritten Tag ins Kino gegangen, am liebsten nachmittags, weil wir das Kino dann meistens für uns allein hatten.

Ich weiß, dass wir vorher eine Weile durch die Stadt spaziert sind. Wenn wir zu dem Zeitpunkt schon gewusst haben, worum es in dem Film ging, haben wir uns vielleicht darüber unterhalten, wie wütend, verzweifelt oder zynisch wir gewesen waren, als irgendjemand anrief oder ein Radiomoderator sagte, dass jetzt eine riesige Strahlenwolke auf dem Weg Richtung Deutschland sei und es mit dem Sommer im Park dieses Jahr nichts werden würde. Vielleicht haben wir aber auch einfach, wie oft, wenn wir dort entlanggegangen sind, über diese sonderbare Straße geredet, in der wir seit knapp einem Jahr wohnten, das einzige Beispiel stalinistischer Architektur in Westeuropa, gebaut von Trümmerfrauen in der sowjetischen Besatzungszone als Paläste für Arbeiter, die jedoch ziemlich bald, weil die Wohnungen Parkettböden und Telefonanschlüsse hatten, an verdiente Parteifunktionäre vergeben worden waren. Von der DDR hatten wir bis dahin nur sehr vage Vorstellungen gehabt. Jetzt erzählten uns unsere neuen Nachbarn, ein pensionierter Funktechniker, der im Nahen Osten Radiostationen oder was auch immer gebaut hatte, und ein ausrangierter Funktionär des sozialistischen Künstlerbunds, dass alles ganz anders gewesen sei, als die kapitalistische Kampfpresse uns dummen Kindern habe weismachen wollen. Es war irgendwie grotesk, dass Rentner, die ansonsten wie Erzspießer daherkamen, uns Sätze um die Ohren hauten, mit denen die Antifa-Leute in der westdeutschen Provinz genau dieselbe Art Opis zur Weißglut gebracht hätten.

Das Wetter an dem Nachmittag war, soweit ich mich erinnere, eher frühherbstlich als spätsommerlich. Morgens hatte es geregnet, auf der Straße standen Pfützen, dann hatte es ein wenig aufgeklart, doch von Westen her zogen neue Wolkenbänder über den Dächern auf, wahrscheinlich würde es später wieder regnen. Es kann aber auch anders gewesen sein: Ein sonniger Tag, weniger heiß als im Juli oder August, aber so, dass es angenehm war, draußen auf der Straße zu sitzen und Kaffee zu trinken.

Es ist also gut möglich, dass wir einfach losgegangen waren Richtung Hackescher Markt, um vielleicht Schuhe zu kaufen oder um irgendetwas über unsere Straße, die erst Frankfurter-, dann Stalinallee geheißen hatte und jetzt Karl-Marx-Allee hieß, bei einem der dortigen Kunstbuchhändler zu finden. Vielleicht hatten wir spontan Lust gehabt, ins Kino zu gehen, trotz oder wegen des Wetters, und sind vor dem Programmkasten im Durchgang zu den Höfen stehen geblieben, haben geschaut, welche Filme in der nächsten halben Stunde anfingen, und uns für diesen entschieden, weil das Plakat vielversprechend aussah oder weil der Kurztext gut klang. Jedenfalls haben wir Karten gekauft, wahrscheinlich auch Bier und Kartoffelchips, und dann saßen wir in der Mitte des Saals, hinter uns noch ein anderes Paar und vor uns niemand. An die Werbung erinnere ich mich nicht, sicher lebte der Marlboro-Mann noch und hockte rauchend in Arizona am Lagerfeuer, gefolgt von gut aussehenden Menschen mit perfekten Körpern, die auf einer Segeljacht Bacardi tranken und das entsprechende Gefühl hatten. Ich schaltete mein Mobiltelefon aus und meine Freundin ihrs, weil es uns sehr peinlich gewesen wäre, wenn es während der Vorstellung angefangen hätte zu klingeln. Damals galt man vielen Leuten noch als Wichtigtuer, wenn man überhaupt so ein Ding besaß. Als letzter Clip kam »Like ice in the sunshine« mit den Nonnen, die sich am Strand die Kutten vom Leib rissen. Es gab eine kurze Unterbrechung, die Eisverkäuferin mit ihrer Kühlbox ging die Sitzreihen entlang und fragte: »Möchte jemand ein Eis?«

Vielleicht wollte meine Freundin eine Schachtel Eiskonfekt – wenn sie vorher Kaffee statt Bier genommen hatte, spricht einiges dafür.

Die Leinwand wurde schwarz, es leuchtete nur noch das grüne Fluchtmännchen mit dem Schriftzug »Notausgang« über der Tür. Ein Text in weißen Buchstaben erschien, darin hieß es, dass in Tschernobyl während der ersten Wochen oder Monate nach der Katastrophe Tausende Wehrdienstleistende aus der ganzen Sowjetunion gezwungen worden seien, beim Sichern und Aufräumen der Anlage zu helfen, dass sie keine Ahnung gehabt hätten, was genau sie dort taten, und auch keine Schutzkleidung.

»Wusstest du das?«, fragte meine Freundin leise, sodass ich ihren Atem in meiner Ohrmuschel spürte.

»Ich hab mal so was gelesen«, flüsterte ich und nahm ihre Hand.

Als Nächstes sah man einen alten hellblauen Kipplaster durch eine Sommerlandschaft unter locker bewölktem Himmel fahren, Getreidefelder und Birken im flirrenden Licht. Im Führerhaus saßen zwei junge Männer. Melancholische Streicher untermalten die Szene. Die beiden schauten sich an wie Freunde auf dem Weg in ein Abenteuer, und die Musik kündigte an, dass es nicht gut ausgehen würde. Sie sprachen Russisch, näherten sich einem Militärposten, aber statt zu bremsen, gaben sie plötzlich Vollgas und bretterten einfach mitten hindurch. Möglich, dass es unter den Wachsoldaten Verletzte oder Tote gegeben hatte. Heutzutage machen Leute solche Sachen ja mit der Absicht, so viele Menschen wie möglich umzubringen, rasen in Strandfeste oder Weihnachtsmärkte, da hätte man im Kino gleich ein unangenehmes Gefühl, wenn man das sähe, aber damals kam es ziemlich lustig rüber, gerade wenn man, wie wir, sowieso eine anti-militaristische Einstellung hatte und weil die beiden Jungs auf den ersten Blick verdammt cool wirkten. Bestimmt hatten sie einfach keine andere Möglichkeit gesehen, dort herauszukommen.

Doch statt die große Freiheit zu genießen, fanden sie sich im schäbigen Büro eines Offiziers wieder und wurden gemaßregelt. An der Wand hing ein Schwarz-Weiß-Portrait Michael Gorbatschows, mit dem alles besser werden sollte, aber das hatte sich inzwischen auch als Illusion erwiesen. Ich glaube, in dem Moment dämmerte mir zum ersten Mal, dass mein Leben sich nicht nur aus dem Wechsel meiner persönlichen Stimmungen in einer ununterbrochenen Gegenwart zusammensetzte, sondern dass es mitten in diesem sonderbaren Geschehen stattfand, das ein paar Jahre später als *die Geschichte* bezeichnet werden würde, nicht anders als die Zeit der Weimarer Republik, Nazi-Deutschlands oder des Wirtschaftswunders, die es bereits in die Schulbücher geschafft hatten. Wobei das natürlich auch ein blödsinniger Gedanke war, denn gleichzeitig saß ich neben meiner Freundin, war so glücklich wie nie zuvor, und sie hielt mir ihre Eiskonfektpackung hin. Ich nahm ein Stück, steckte es mir in den Mund, obwohl Schokolade und Vanilleeis genauso schlecht zu Bier passten wie die weite russische Landschaft zu dem angeranzten Behandlungszimmer in einem sowjetischen Klinikum, wo einer der beiden jungen Männer – ich erinnere mich jetzt wieder, wie er hieß: Valery – mit einer Ärztin sprach. Die Ärztin war von der Art Schönheit, die den Blick in Geiselhaft nimmt, selbst meinen, obwohl ich frisch verliebt neben der wunderbarsten Frau saß, die ich je getroffen hatte. Die Ärztin erklärte Valery, dass er Leukämie oder die Strahlenkrankheit oder beides habe, und dass ihm nur ein paar Monate zu leben blieben. Valery nahm das irgendwie hin, eher ungläubig oder verwundert als erschrocken, und beschloss, nach England ans Meer zu fahren, was offenbar schon lange eine Art Sehnsuchtsort für ihn gewesen war. Wahrscheinlich erscheint einem das Meer um England herum deutlich verlockender, wenn man in der Sowjetunion aufgewachsen ist und seine ganze Jugend vom Westen geträumt hat, als Wladiwostok, Sewastopol oder das Baltikum, wo es ja auch ziemlich gutes Meer gibt.

»Können wir vielleicht mal nach England fahren«, flüsterte meine Freundin und schob mir noch einen Würfel Eiskonfekt in den Mund. Ich lächelte und nickte, obwohl England definitiv nicht zu meinen Traumzielen gehörte.

Während Valery im Bus durch weite östliche Landschaften fuhr, wo heruntergekommene Industrieparks sich mit endlosen Horizonten abwechselten, dachte ich, dass ich selbst eigentlich viel lieber eine Reise in umgekehrter Richtung machen würde, einen weiten Bogen um Tschernobyl herum und dann mit der transsibirischen Eisenbahn bis zum Pazifik.

Valery lächelte der jungen Frau zu, die die beiden Sitze neben seinem besetzt hatte. Sie erzählte ihm, dass sie auf dem Weg nach Deutschland sei, um einen Informatiker zu heiraten, der sie vermutlich aus dem Angebot eines Anzeigenkatalogs mit heiratswilligen Frauen aus dem Osten ausgesucht hatte, einfach, weil er nach Jahren in der Programmiersprache nicht mehr wusste, wie man mit Menschen redete. Sie wirkte trotzdem hoffnungsvoll und mit dieser ganzen Aussicht auf Zukunft, die Valery eben nicht hatte. Gerade deshalb war es für ihn ein Moment, der etwas bedeutete, und vielleicht auch, weil sie sich gerade frisch aus ihren alten Leben verabschiedet hatten und der andere jeweils der erste war, dem sie in ihrem neuen begegneten. Als es Nacht geworden war, schlief die Frau mit dem Kopf auf seiner Schulter, und meine Freundin drückte leicht meine Hand. Wir hofften, dass zwischen den beiden im Bus jetzt auch so eine Geschichte anfing wie unsere, und sei es nur für kurze Zeit. Aber Valery stieg ohne sie aus, irgendwo im polnisch-deutschen Grenzgebiet. Eine Formation Gänse zog über ihn hinweg Richtung Westen, und plötzlich lief ohne Grund Blut aus seiner Nase. Während wir im Kino erschraken, weil die Krankheit sich jetzt endgültig nicht mehr wegschieben ließ, wirkte Valery eher, als hätte er sich an das Blut schon gewöhnt. Er riss sich zusammen, orientierte sich und schwamm bäuchlings, nahezu lautlos auf einer Luftmatratze über einen Fluss, vermutlich die Oder. Und dann sah man von ferne die Lichter der Gebäude am Potsdamer Platz vor dem wolkenverhangenen Nachthimmel. Diesmal drückte ich die Hand meiner Freundin, weil Berlin, so wie es im Film gezeigt wurde, dieser Ort für jede Art Hoffnung war, zu dem auch wir uns ein Jahr zuvor aufgemacht hatten, ohne zu wissen, was dort aus uns werden würde, aber sicher, dass es die richtige Stadt war, um noch einmal neu anzufangen. Ich spürte, dass meine Freundin genau verstand, was ich ihr mit meinem Händedruck sagen wollte, denn kurz darauf rückte sie in ihrem Sitz so weit wie möglich an mich heran und legte ihren Kopf auf meine Schulter, genau wie die Frau im Bus ihren auf Valerys gelegt hatte, und vielleicht stellte sie sich sogar vor, was sie fühlen würde, wenn sie wüsste, dass ich bald starb. Die Armlehne mit dem Flaschenhalter ließ sich allerdings nicht hochklappen, sodass es ihr bald wieder unbequem wurde.

Valery klopfte in einem abgewrackten Treppenhaus, wie es sie damals in Berlin noch massenweise gab, gegen eine vollgekritzelte Tür, und schließlich öffnete ein anderer junger Mann, den ich im ersten Moment mit seinem Freund aus dem LKW verwechselte. Beide hatten ähnlich schmal geschnittene Gesichter und dunkles Haar, aber dann hätten sie nicht Deutsch miteinander gesprochen, jeder mit einem anderen östlichen Akzent. Valery wollte zu Viktor, so hatte der Freund geheißen, mit dem er durch den Militärposten gebrettert war und von dem er vor Monaten diese Adresse bekommen hatte. Allerdings war Viktor seit Wochen nicht mehr aufgetaucht. Seine gesamte Habe stand noch da, in dieser unglaublich verdreckten Wohnung, wo der Müll auf dem Boden sich allmählich in neue Erdschichten verwandelte. Der andere Mann, ein rumänischer oder bulgarischer Künstler, der gesellschaftskritische Ikonen malte, sein Geld jedoch in einem Telefonshop und mit dem Austragen von Zeitungen verdiente, wirkte ziemlich schlecht gelaunt, erlaubte Valery aber immerhin in Viktors Zimmer zu schlafen, wenigstens die erste Nacht.

Anderntags, es war Valerys erster Gang in Berlin, sprach er im Quartier einer russischen Mafiagruppierung vor, wo ein kleiner Junge, der Sohn des Bosses, zwischen lauter gewaltbereiten, ansonsten nicht unsympathischen Männern, mit einer echten Pistole herumspielte, bis die Mutter sie ihm wegnahm. Auch sie war so schön, dass es schmerzte, mit ihren langen dunkelroten Haaren und den blassblauen Augen, in denen eine ebenso geheimnisvolle wie vielversprechende Traurigkeit lag. Nach wenigen Blicken wusste man, dass Valery ihr gefiel und umgekehrt. Der Boss wollte ihn so schnell wie möglich wieder loswerden, drückte ihm aber noch einen Packen Hunderter in die Hand, ehe er ihn von seinen Leuten hinauswerfen ließ. Auf der Straße winkte ihn die schöne Rothaarige zu sich heran, was offensichtlich nicht mit ihrem Mann abgesprochen war, brachte ihn zu einem Friedhof und zeigte ihm Viktors Grab. Ich hatte mir schon etwas in der Art gedacht.

Anschließend fuhr Valery eine Weile mit dem Taxi durch das nächtliche Berlin, ohne irgendwo ankommen zu wollen, und dann kaufte er wie zum Trotz zwei Busfahrkarten nach England. Vielleicht hatte er die Idee, mit der Frau des Mafiabosses durchzubrennen. Ich schaute zu meiner Freundin hinüber, die aber so sehr in das Geschehen auf der Leinwand eingetaucht war, dass sie meinen Blick gar nicht bemerkte. Ich fand, dass sie genauso schön aussah wie die Russin, und war auf eine gemeine Weise froh, dass ich, zumindest soweit man es zum jetzigen Zeitpunkt sagen konnte, nicht demnächst sterben würde. Aber man identifiziert sich in so einem Film ja doch immer irgendwie mit der Hauptfigur, und so hoffte ich, dass Valery diesmal mehr Glück hatte als im Bus und dem Boss die Frau ausspannen würde, mindestens für eine Nacht. Mehr ist für die Erfolglosen, ganz gleich, wie attraktiv sie ansonsten sind, ja meist nicht drin, wenn die Frau sich für ein Alphatier entschieden hat. Gleichzeitig sah ich schon, wie der Boss Valery grün und blau schlagen, erschießen oder erst das eine und dann das andere tun würde, und auch wenn das verglichen mit dem allmählichen Krepieren an Leukämie oder der Strahlenkrankheit der angenehmere Tod wäre, wollte ich es doch nicht sehen. Bevor aber überhaupt etwas passierte, wachte er wieder in seinem eigenen Blut auf. Es war ihm im Schlaf aus der Nase oder aus Mund und Nase gelaufen und hatte das weiße Kissen – das einzige in der Wohnung des rumänischen oder bulgarischen Malers, was halbwegs sauber gewesen war – mit schmutzig roten Flecken versaut.

Obwohl Valery offenbar Verbindungen zum organisierten Verbrechen hatte und auch selbst hier und da wie ein Kleinkrimineller agierte, musste man ihn eigentlich mögen: Als der Maler, dessen Name mir einfach nicht einfällt – irgendetwas mit P oder B –, Ärger mit dem Besitzer des Telefonladens bekam, weil für die gezählten Einheiten zu wenig Geld in der Kasse war, ersetzte er aus eigener Tasche den fehlenden Betrag. Er übernahm auch den Zeitungsjob, quasi anstelle der Miete, warf allerdings nach ein paar Tagen die ganzen Packen über eine hohe Mauer, statt sie ordnungsgemäß auszutragen, weil seine Lebenszeit einfach zu knapp bemessen war, als dass er sie im Regen auf einem Fahrrad, das dauernd umkippte, zubringen wollte.

Ich verstand ihn, verstand die ganze Situation. Auch meine Freundin und ich waren anfangs für ein paar Wochen bei einem Freund untergekommen, der gleichfalls Maler war und in einer ähnlich zugerichteten Wohnung lebte. Wir wussten selbst nicht, wie lange unser Geld reichen würde. Sie hatte angefangen, in einem Café zu bedienen, was ihr ganz gut gefiel, aber eigentlich wollte sie etwas anderes machen, sie wusste nur noch nicht was. Andererseits war da natürlich der fundamentale Unterschied, dass Valery bald sterben würde, mit ärztlicher Beglaubigung sozusagen, während wir davon ausgingen, dass die beste Zeit unseres Lebens gerade erst begonnen hatte.

Er klaute sich einen Anzug und ruinierte die erste Ausstellungseröffnung, bei der ein Bild seines neuen Freundes gezeigt wurde, mit einem sturzbetrunkenen Auftritt, bei dem er sich als dessen Manager oder Agent ausgab und alle möglichen Leute beleidigte, all das auf diese verlorene Art, die man von besoffenen Russen im Fernsehen kennt. Da findet man es meistens witzig und kann ihnen nicht richtig böse sein, aber wenn sie in der Realität auftauchen, gehen sie einem wahrscheinlich doch gewaltig auf die Nerven. Der Galerist jedenfalls war verärgert und Valerys rumänischer oder bulgarischer Malerfreund so wütend, dass er ihn vor die Tür setzte, ganz gleich, ob er aus der Nase blutete oder nicht. In der Nacht saß er mit seinen paar Habseligkeiten an einem Brunnen – ich meine, es wäre der auf dem Alexanderplatz gewesen. Wie der Zufall es wollte, kam die Frau aus dem Bus mit ihrem neuen Liebhaber vorbei, der offenbar zufrieden war mit der Ware, die er bestellt hatte, und sie tatsächlich demnächst heiraten wollte. Sie war ganz ausgelassen. Der Informatiker hingegen wirkte schüchtern und ein bisschen skeptisch, als er seine neue Liebste so vertraut mit einem wildfremden

Landsmann reden sah, von dem sie ihm sicher noch nichts erzählt hatte. Aber gerade in dem Moment, als ich hoffte, dass sie sich jetzt vielleicht doch für Valery entschied, aus einem spontanen Impuls heraus oder weil sie plötzlich merkte, dass er ihr so viel näher war als dieser verhaltensgestörte Deutsche, zogen sie weiter.

Wenn ich jetzt darüber nachdenke, kommt mir dieses Wiedersehen doch ein bisschen überkonstruiert vor, wobei im wirklichen Leben solche hochgradig unwahrscheinlichen Dinge, die man einem Filmregisseur nicht glauben, vielleicht sogar übel nehmen würde, relativ häufig passieren. Sowieso bin ich mir ziemlich sicher, dass es mich damals nicht gestört hat, zumal Valery im Haus des Mafiabosses bei der schönen rothaarigen Frau Unterschlupf fand. In einer Nahaufnahme lagen ihre beiden Gesichter auf einem Kissen nebeneinander, sie sahen sich lange an, küssten sich, und ich fragte mich, was der Boss wohl gerade machte. Ob er tatsächlich kein Interesse mehr an ihr hatte, oder ob er einfach mit seinen Leuten trinken musste, Nacht für Nacht, bis sie über ihren Wodkagläsern zusammenbrachen? Gleichzeitig rechnete ich jeden Moment damit, dass das Licht im Zimmer eingeschaltet wurde und Valery sein kurzes Glück mit dem kleinen Rest seines Lebens bezahlen musste. Aber nichts dergleichen geschah, im Gegenteil: Der Boss schien auch am folgenden Tag außer Haus zu sein, jedenfalls waren Valery und seine neue Freundin ganz verliebt in der Küche des Hauses, und obwohl man aus den Nebenräumen oder vom Flur her andere Leute hörte, hatten sie Sex auf der Waschmaschine.

Beide schienen so furchtlos, dass man ihnen alles zutrauen konnte. Ich bin sicher, dass ich in diesem Moment auch Lust auf meine Freundin hatte, und wahrscheinlich ist meine Hand auf der Innenseite ihres Schenkels ein Stück hinaufgerutscht, wo sie von ihr dann gestoppt wurde, zumal Valery und seine neue Geliebte sich unmittelbar darauf so heftig stritten, dass er das Mafiahaus verlassen musste. Es sah ganz so aus, als wäre ihre Geschichte schon wieder zu Ende. Ich weiß nicht mehr, worum es in dem Streit gegangen war, irgendeine Nichtigkeit. Vielleicht hatte die Frau sich einfach klargemacht, dass sie ihr komfortables Luxusleben würde aufgeben müssen, wenn sie bei Valery blieb, und dazu reichte die Liebe noch lange nicht. Auf dem Weihnachtsfest der Mafiagruppe trafen sie sich wieder, benahmen sich aber so, als hätten sie nichts miteinander zu tun, und es machte auch keiner von den Gefolgsleuten des Bosses irgendeine Bemerkung, die sie in Schwierigkeiten gebracht hätte. Später in der Nacht kiffte Valery mit dem Boss in dessen Limousine, ich weiß nicht mehr, worüber sie sprachen, dann stieg Valery aus, ging ein paar Schritte, torkelte und brach im Schnee zwischen Mülltonnen zusammen. Von da an lag er mit geröteten Augen und Blut spuckend in einem fiebrigen Dämmerzustand im Bett. Meine Freundin streichelte mir leicht mit den Fingern über den Handrücken, ich weiß nicht genau, ob sie es bewusst tat oder ob es so geschah, aus einer selbstvergessenen Vertrautheit heraus, für die wir eigentlich noch gar nicht lange genug zusammen waren.

Irgendwie erfuhr der rumänische oder bulgarische Maler – jetzt fällt mir sein Name wieder ein: Pavel –, Pavel erfuhr von der Frau des Bosses, dass es Valery sehr schlecht ging, dass Viktor schon lange tot war und dass Valery es ihm die ganze Zeit über verheimlicht hatte. Eigentlich hätte Pavel also allen Grund gehabt, verärgert oder enttäuscht oder gekränkt zu sein, aber er beschloss trotzdem, Valery zu besuchen, und als er ihn dann halb tot im Bett liegen sah, sagte er etwas wie: »Wenn du willst, fahre ich mit dir nach England.«

Im Grunde hätte man sich denken können, dass es auf etwas in dieser Art hinauslaufen würde, dass die ganzen schönen Frauen nur dazu da gewesen waren, den Abschied vom Leben so schmerzhaft wie möglich erscheinen zu lassen, am Ende blieb die Jungsfreundschaft, alles andere zog bloß vorüber. Andererseits wäre es auch ein bisschen zu viel des Guten gewesen, wenn er in den Armen der Mafiabraut gestorben wäre, während sie ihm ihre Tränen mit den wunderbaren roten Haaren von den Wangen getupft hätte. Stattdessen fuhr Valery wieder Bus, diesmal mit Pavel. Die belgische oder nordfranzösische Landschaft sah kein bisschen besser aus als die russische oder ukrainische, überall dieselben Industrie-Verwüstungen. Chemiefabriken und Atomkraftwerke, und das Meer, wo sie schließlich landeten, war eine graue Masse unter der anderen grauen Masse, die sich Himmel nennt. Am Strand halb zerfallene Bunkeranlagen der Nazis und Uferbefestigungen aus verwitterten Pfählen, damit die Flut nicht alles zerstörte. Sie saßen da und machten Feuer, wie der Marlboro-Mann aus der Werbung, der später an Lungenkrebs gestorben war.

Die Nacht kam, sie redeten bedeutungsschwere Sätze über das Leben nach dem Tod und die Möglichkeit, dass da einfach nichts war, nicht einmal Schwarz, weil ja niemand mehr da wäre, um das Schwarz zu sehen. Ringsum stiegen Silvesterraketen auf und explodierten in bunten Lichtkugeln. Irgendwann war es Morgen, ein neuer Tag, ein neues Jahr. Pavel ging den Strand hinauf, um auf der Promenade etwas wie eine Bratwurst oder ein Sandwich und sicher auch Kaffee zum Frühstück zu kaufen, und als er zurückkehrte, lag Valery auf seiner Luftmatratze, vermutlich dieselbe, mit der er schon über die Oder gerudert war. Er lag da wie tot und war tot.

Pavel hatte getan, was er konnte, es war viel und nichts gewesen, jetzt schob er den toten Valery auf dessen Luftmatratze so weit er konnte in die Flut, so würde sein Körper mit etwas Glück an die englische Küste getrieben und, da dort niemand wusste, wer er war, woher er kam, sicher auch in englischer Erde begraben werden.

Ich sah aus den Augenwinkeln, wie meine Freundin zu mir herüberschaute, ob ich wohl weinte, dabei weine ich nur sehr selten im Kino. Sie selbst weint überhaupt nicht, soweit ich weiß.

Wir blieben sitzen, bis die Musik zu Ende und der letzte Name der belgischen oder französischen Filmcrew von der Leinwand verschwunden war. Es war immer noch dunkel im Saal, und jeder von uns steckte in seinem eigenen Film, aber wir kannten uns schon gut genug, um eine Weile schweigen zu können, ohne gleich aneinander zu zweifeln. Vor der Tür stellte ich die leere Bierflasche in den

Kasten, froh und traurig zugleich, ich war in einer warmen, trotz allem irgendwie getrösteten Stimmung: Wenn einer auf diese Weise stirbt, glaubt man ja für einen kurzen Moment, dass diese ganzen Geschichten doch eine Art Ordnung haben.

Irgendwann sagte meine Freundin: »Schöner Film.«

Und ich antwortete: »Fand ich auch.«

»Aber auch schrecklich«, sagte sie.

Ich nickte.

Dann schwiegen wir wieder eine Weile, bis sich ein anderer Gedanke herausgebildet hatte, oder das Echo der Bilder schwächer wurde. Ich schaltete mein Telefon ein, ich weiß nicht, ob ich einen bestimmten Anruf erwartete oder eher schon aus Gewohnheit. Das Display meldete neun Anrufe, die während der letzten zwei Stunden eingegangen waren, mehrere Sprachnachrichten. So viel war dort noch nie angezeigt gewesen. Meine Schwester sagte: »Wo seid ihr, ruft mal zurück!«, dann mein Freund Vincent: »Ist der Hammer, oder … – Ok, ihr seid nicht da, ich melde mich später noch mal.« Beim nächsten Anruf hatte das Gerät nur das Besetztzeichen nach dem Auflegen aufgenommen. Auch meine Eltern hatten nichts auf die Mailbox gesprochen. Dann folgte Gerd, das ist der Maler, bei dem wir drei Wochen gewohnt hatten, als wir nach Berlin gekommen waren. Er sagte: »Was macht ihr? Geht mal ans Telefon: Das World Trade Center existiert nicht mehr, das amerikanische Verteidigungsministerium liegt in Schutt und Asche, und wie es im Moment aussieht, war das erst der Anfang.«

Rote Zone

Es ist heiß, heißer als in den Tagen zuvor, an denen es auch schon heiß war, vielleicht erscheint es mir auch nur so, weil ich über eine Stunde in der heruntergekühlten Lobby des Mövenpick-Hotels mit Blick auf den Pool Kaffee getrunken, anschließend eine weitere im klimatisierten Büro Emaan Hasanys gesessen und über Projekte gesprochen habe. Dann gegen ihren Rat die Entscheidung, mir keinen Wagen zu rufen, nicht einmal eine Riksha heranzuwinken, stattdessen zu Fuß zu gehen, trotz der Hitze, einfach weil es die selbstbestimmteste Form der Fortbewegung ist. Emaan Hasanys Kopfschütteln, ihr verständnisloses Lachen, das ich unbesorgt erwidert habe.

Ich passiere den Kontrollpunkt vor dem Institut, gehe unter der halb geschlossenen Schranke hindurch, gelangweiltes Wachpersonal, einer hebt lässig die Hand von der Maschinenpistole auf seinem Schoß, eine Art Gruß, vielleicht kennt er mich schon, auch wenn ich mich nicht an ihn erinnere. Sobald ich das Gelände verlasse, interessieren sie sich nicht mehr für mich. Zumindest für diesmal habe ich mich als ungefährlich erwiesen. Rechts Absperrungen aus übereinandergestapelten, dunkelblauen Überseecontainern vor der Residenz des *Chief Minister*, ein eiserner Wall, der den Blick auf den massigen Kolonialbau, die vorgelagerten Gärten mit Grünflächen, alten Zedern, weitgehend verstellt. Jedes Mal, wenn ich hier vorbeigehe, Bilder von Schießereien, Granatenexplosionen; Soldaten, die sich hinter den aufgetürmten Barrikaden verschanzt haben und auf die Mitglieder eines heranstürmenden Terrorkommandos feuern. Stattdessen das übliche Verkehrschaos: zwischen Limousinen, Bussen, Motorrädern, ein Eselsgespann, beladen mit einem Turm aus alten Möbeln, auf dem zwei Kinder sitzen. Schweiß und Sonnencreme laufen seitlich in meine Augen. Ich versuche, sie mit dem Ärmel herauszuwischen, bleibe stehen, zünde mir eine Zigarette an. Echos dessen, was ich mit Emaan Hasany besprochen habe: Weitere Reisen ins Innere des Sindh auf den Spuren des Dichters und Sufi-Meisters Shah Abdul Latif Bhittai; außerdem – wenn es sich ohne größere Risiken bewerkstelligen lässt – ein Besuch bei dem Belutschenführer Zulfikar Bugti, dessen Besitzungen sich etwa fünfzig Kilometer nordwestlich vom Grab des Heiligen befinden. Vorher müsste diskret geklärt werden, ob Bugti Verbindungen zu den separatistischen Bewegungen für ein unabhängiges Belutschistan hat. Vor zwei Jahren ist die Menschenrechtsaktivistin Sabeen Mahmud ermordet worden, nachdem sie mehrere Konferenzen zur Lage in der Region, insbesondere auch zu brutalen Übergriffen auf die Zivilbevölkerung durch das Militär, organisiert hatte. Ich denke an Mekka, wo ich neben Bugti in der großen Moschee saß, in dieser sonderbaren Ecke, in der es so viel kühler und stiller war als überall sonst, und niemand wusste, warum. Wir schauten auf die Kaaba, weil es das Einzige ist, was man dort tun will, irgendwann fragte er, wo ich her sei. Sein Englisch hatte einen feinen britischen Akzent. Ohne den langen grauen Bart und die bestickte Kappe mit dem zeltdachförmigen Ausschnitt in der Mitte der Stirn wäre er als Duke von Irgendwas durchgegangen. Wir unterhielten uns über Shakespeare und Kipling, über den Niedergang des Kunsthandwerks der Belutschen, den Niedergang des Kunsthandwerks überhaupt. Bis vor Kurzem hatte er ein Jetsetleben geführt, wilde Partys, unzählige Affären, Whisky, dann starb sein Vater, er wurde Familienoberhaupt und Clanführer, seitdem muss er ein Beispiel sein. »Komm uns unbedingt besuchen, wenn du in Pakistan bist«, sagte er. Wir tauschten Telefonnummern, aber die, die er mir gegeben hat, funktioniert seit gut einer Woche nicht mehr. Emaan Hasany hatte Mühe, einen Anflug von Panik zu verbergen, als ich sie fragte, ob sie mir helfen wolle, ihn zu treffen. Selbst einen offiziellen ausländischen Gast des Instituts würde sie nicht schützen können, wenn die *ISI*-Leute auf die Idee kämen, ihn für einen Sympathisanten der *Balochistan Separation Army* zu halten.

Vor dem Containerwall ist ein Viertel der Straße vor der Minister-Residenz mit Betonblöcken abgetrennt, schwer bewaffnete Polizisten und Soldaten verschiedener Einheiten langweilen sich. Rechts wieder das Mövenpick-Hotel hinter hohen fensterlosen Stahlbetonmauern, gesichert wie eine Festung.

Am Himmel ziehen Schwarzmilane ihre Kreise auf der Suche nach frischem Müll, so wie früher die Geier nach Kadavern Ausschau gehalten haben. Ich schiebe mich durch den dichten Verkehr über die große Kreuzung, denke: Was, wenn mich jetzt doch einer anfährt, mir die Knie zertrümmert und ich in einem hiesigen Krankenhaus lande?

Rechts, hinter einer niedrigen Steinmauer mit hohen geschmiedeten Gitteraufbauten beginnen die Gartenanlagen des *Bagh-e-Quaid-e-Azam*. Jugendliche werfen Bälle auf improvisierten Cricketfeldern, die ihr Gegenüber mit seinem Schlagbrett so weit wie möglich wegschießen muss, manchmal rennt einer dem Ball hinterher. Ich kenne die Regeln nicht, aber Cricket ist sehr verbreitet hier, sie spielen es überall, am Wochenende, wenn wenig Verkehr herrscht, mitten auf der Straße. Abseits davon haben sich Gruppen aus Frauen und Mädchen niedergelassen, Kleinkinder stapfen herum, werden gehätschelt, bekommen Essen in den Mund geschoben. In gebührendem Abstand lagern Hunde im Schatten der Bäume und warten auf Reste, die von den Picknickgesellschaften zurückgelassen werden.

Ich könnte ein Foto machen, es posten, nach Hause schicken: »Schaut, wie friedlich es zugeht, reine Idylle, es gibt wirklich keinen Grund, sich Sorgen machen.« – Besser mit der Kamera als mit dem Telefon, dann kann ich die Leute heranzoomen, ohne dass alles verpixelt. Gegenüber, auf der anderen Straßenseite, hinter begrünten Mauern und hohen Palmen, mit zahlreichen Absperrungen gesichert, das palastartige Hauptgebäude der *Jinnah Courts*. Die Fahnen auf dem Dach signalisieren, dass dort bedeutende Persönlichkeiten wichtige Aufgaben erledigen. Ich frage mich, warum man auf der ganzen Welt diese albernen Vorhallen mit Säulen oder Pfeilern in griechisch-römischem Stil nachbaut, ziehe die Kamera aus der Hosentasche, schalte sie ein, drehe am Rädchen für die Programmauswahl …

»Stopp!«

Ein übellauniger Mann Ende vierzig hat seine Hand mit festem Griff um meinen Unterarm gelegt, reißt mir die Kamera aus der Hand: »Was machst du hier?« – Seine Aussprache ist schlecht. »Entschuldigung?« – »Was machst du hier?« – »Ich bin auf dem Weg zum Hotel.« Er trägt die sandfarbene Camouflage-Uniform der *Pakistan Rangers*, eine Kalaschnikow über der Schulter. »Was willst du mit der Kamera?« – »Bitte?« – »Kamera, warum Kamera?« – »Ich wollte den Park fotografieren.« – »Warum Kamera?« – Offenbar versteht er noch schlechter Englisch, als er es spricht. »Ich bin Tourist: Ich, Tourist.« Ich deute mit dem Zeigefinger auf meine Brust. Er zerrt mich mit sich. Weiter vorn, an der nächsten Kreuzung, sehe ich einen der Pick-ups mit Verdeck, wie sie häufig an den Kontrollpunkten der Rangers stehen. »Warum Foto?« – »Ich will es Freunden zeigen, damit sie sehen, wie cool und entspannt …« – »Warum Foto, sag mir!« Er brüllt fast. – Ich lächele dümmlich: »Ich mag Pakistan, ich mag Karachi. Es sieht alles so friedlich aus: Familien beim Picknick, Cricket …« Er ruft den beiden anderen etwas zu – Soldaten oder Polizisten, keine Ahnung, wem diese Rangers unterstehen. Sie haben einen legendären Ruf als Anti-Terror-Einheit, angeblich ist die Stadt fast wieder sicher, seit ihnen alles erlaubt wurde. »Wo bist du her?« – »Aus Deutschland.« –

Er schaut mich verständnislos an, offenbar hat er noch nie davon gehört, wiederholt die Frage: »Woher?« – »Deutschland – Almaniyya.« Auch unter diesem Namen kennt er es nicht. Ich deute mit der freien Hand in irgendeine Richtung und sage: »Westen.« Er nickt, schaut mich an, in seinem Blick steht: Du kannst mir viel erzählen. Mir fällt ein, dass ich statt meines Reisepasses nur dessen Kopie in der Tasche habe. Darauf ist zwar der Visumsaufkleber zu sehen, nicht aber mein Einreisestempel. Sie umringen mich zu dritt. Ein jüngerer Ranger, der eine Kappe trägt und der Vorgesetzte zu sein scheint, fordert mich auf, meine Umhängetasche abzunehmen, reißt sie mir aus der Hand, gibt sie dem, der mich festgenommen hat und der die Tasche zum Wagen bringt. Dem dritten faucht er einen Befehl zu, woraufhin dieser mich ein paar Schritte zur Seite zerrt, herumdreht, mir mit den Füßen die Beine auseinandertritt, so weit, dass ich nur noch mit Mühe stehen kann. Die Körperkontrolle ist ruppig, nicht zu vergleichen mit den Spielchen der Sicherheitsleute an Flughäfen, Museumseingängen. »Was ist das?« – »Mein Telefon.« Er kassiert es ein. Desgleichen mein Portemonnaie, meine Schlüsselkarte vom Hotel. Nachdem er fertig ist, bringt er mich zurück zu seinem Vorgesetzten. Der Vorgesetzte beginnt mit demselben Fragenkatalog von vorne: »Warum Foto?« – »Ich bin Tourist. Damit ich meinen Freunden, meiner Familie Pakistan zeigen kann.« – »Wo bist du her?« – »Deutschland.« – »Gib mir deinen Pass.« Er scheint etwas verständiger zu sein oder zumindest zu wissen, wie das Verfahren vonstattengeht. »Der Pass ist in meiner Umhängetasche.«

Der Vorgesetzte schickt den, der mich abgetastet hat und der trotz allem freundlicher wirkt als die beiden anderen, zum Wagen, um meine Tasche zu holen. Er hält sie mit beiden Händen fest, während ich sie öffnen und hineingreifen darf, einen Stapel Papier herausziehe, spüre, wie meine Wangen zu glühen anfangen, mir Schweiß über Schweiß ausbricht: Abgesehen von der Passkopie handelt es sich ausnahmslos um Ausdrucke von Stadtplansegmenten, die Wege zu verschiedenen Sufi-Heiligtümern zeigen. Sufi-Heiligtümer zählen zu den beliebtesten Anschlagszielen im Land. Ich ziehe die Ausweiskopie heraus, gebe sie ihm, muss einsehen, dass ich nicht die geringste Möglichkeit habe, die Karten verschwinden zu lassen. Der Vorgesetzte vergleicht mein Gesicht mit dem auf dem Foto. Dort bin ich ohne Brille und ohne Bart, den ich mir eigens habe wachsen lassen, um hier weniger aufzufallen. Auch das ist ein Indiz dafür, dass ich etwas plane und später nicht als Täter identifiziert werden will. Ich nehme die Brille ab, damit sie mich leichter wiedererkennen. Der Vorgesetzte fragt irgendetwas, das ich nicht verstehe, der, der mich festgenommen hat, reißt mir die anderen Papiere aus der Hand, schaut sie sich an, zeigt sie herum. Sie besprechen sich, mit Blick auf mich: »Was ist das?« – »Karten – Stadtpläne«, sage ich. »Ich bin viel zu Fuß unterwegs.« Merke, dass dieser Satz mich erst recht verdächtig macht. »Lasst mich jemanden anrufen«, sage ich, deute auf die Tasche, ich darf noch einmal hineingreifen, ziehe mein uraltes Nokia mit der pakistanischen SIM-Karte heraus, wähle die Nummer Emaan Hasanys, höre den Klingelton am anderen Ende der Leitung, normalerweise müsste sie im Büro sein … – ›Geh ran, verdammt noch mal, geh endlich ran.‹ – »Ich bin offizieller Gast des Instituts für …« In diesem Moment hat der Vorgesetzte es sich anders überlegt. »Kein Telefon«, sagt er, und reißt es mir aus der Hand. »Wir können alles schnell klären, wenn ich bei Frau Dr. Emaan Hasany anrufe, sie spricht Urdu, dann ist es auch für Sie mit der Verständigung einfacher.« – »Warum hast du Fotos gemacht?« – »Ich wollte … Weil der Park so schön ist, aber ich hatte noch gar kein Foto gemacht, schauen Sie, ich kann es Ihnen zeigen, wenn Sie mir die Kamera …« – »Wo wohnst du?« – »Im Hotel – *Avari Towers*, ich habe eine Schlüsselkarte, die kann ich Ihnen zeigen.« Jeder kennt das *Avari Towers*, es lässt sich leicht überprüfen, dass ich dort ein Zimmer habe, dass ich Deutscher bin. Er taxiert mich von Kopf bis Fuß, schüttelt den Kopf. Beide Telefone, die Kamera, mein Portemonnaie sind weg. Nach allem, was ich über pakistanische Sicherheitskräfte gehört habe, werde ich sie nicht wiedersehen. Zum Glück liegen Kreditkarte und Pass im Hotelsafe, ich kann alles neu kaufen, sobald sie mich freigelassen haben. »Bitte«, sage ich, »erlauben Sie mir zu telefonieren, dann klärt sich alles schnell auf.« – Niemand antwortet, stattdessen ruft der Vorgesetzte seinerseits jemanden an. Der, der mich festgenommen hat, sagt: »Du musst warten bis der Offizier kommt.« – »Hören Sie, Frau Doktor Emaan Hasany wird es Ihnen erklären, ich bin offizieller Gast des Instituts für interkulturelle Studien …« Er stößt mich zu der Mauer, die von dieser Seite aus den Park begrenzt, lässt mich in zwanzig Zentimetern Abstand und mit dem Gesicht zur Wand in die Hocke gehen. Lange kann ich in dieser Position nicht bleiben, doch vermutlich interessiert das keinen von ihnen, wahrscheinlich setzen sie sogar darauf, eine erste Vorstufe von Folter, damit ich den Mut verliere und irgendetwas zugebe, ganz gleich, ob ich es geplant, getan habe oder nicht: Fahndungserfolge bringen Auszeichnungen und Gehaltserhöhungen. Ich setze mich in den Schneidersitz, doch er zerrt mich sofort wieder hoch: »Bleib genau so, wie ich es dir gesagt habe.« Schlendert zu seinem Vorgesetzten. Sie tauschen sich erneut aus, schauen abwechselnd zu mir herüber. Abgesehen davon, dass es mühsam und teuer wird, in Pakistan zwei neue Telefone mit den entsprechenden Karten zu besorgen – eine für Deutschland dürfte kaum zu bekommen sein –, kann sich das hier über Stunden hinziehen. Und wenn sie meine Telefone einbehalten, sind alle meine Nummern weg, zumindest die auf dem pakistanischen, für das ich kein Back-up habe. Andererseits ist mir nie ernsthaft etwas passiert auf Reisen, und ich war schon in gefährlicheren Gegenden als dieser. Das Hotel wird meine Identität bestätigen, irgendwann werden sie vermutlich auch das Generalkonsulat benachrichtigen, schon um sicherzustellen, dass ich wirklich Deutscher bin, vorausgesetzt es findet sich jemand, der schon mal etwas von Deutschland gehört hat. Meine Füße beginnen einzuschlafen, ich strecke ein Bein schräg aus, damit wieder Blut in die Zehen fließt, stütze mich mit einer Hand auf dem Boden ab, drehe mich um, die beiden Älteren stehen unmittelbar an der Straße und wirken sehr ernst, während der Jüngere wenige Schritte hinter mir Wache schiebt, beinahe lächelt, als unsere Blicke sich kreuzen. »Mach dir keine Sorgen«, sagt er. »Wann wird der Offizier kommen?« – »Eine Stunde vielleicht.« Alles in allem – Bargeld, zwei Telefone, Kamera – wird mich dieses alberne Foto von friedlichen Leuten in einem idyllischen Park, das ich nicht einmal gemacht habe, an die 1200 Euro kosten. Wenn sie mir nicht zusätzlich eine Strafe aufbrummen, wegen, was weiß ich, journalistischer Arbeit ohne Akkreditierung. Voriges Jahr oder vor zwei Jahren, erinnere ich mich, haben sie einen deutschen Delegationsgast in Katar oder den Emiraten eine Woche lang festgehalten, weil er irgendwo in die falsche Straße hineinfotografiert hatte. Realistischerweise kann so etwas auch hier passieren, die Indizien gegen mich sind weitaus schwerwiegender: Keine Ausweispapiere, das äußere Erscheinungsbild vorsätzlich bis zur Unkenntlichkeit verändert, verdächtiges Kartenmaterial. Wahrscheinlich ging es bei dem verbotenen Foto auch nicht um den Park, sondern um die *Jinnah Courts* schräg gegenüber. Irgendeine Behörde oder ein Gerichtshof ist darin untergebracht: Verdacht auf Vorbereitung eines Anschlags, Unterstützung Aufständischer. Keine Ahnung, welche Informationen den pakistanischen Geheimdiensten über mich vorliegen. Ich habe E-Mails und Textnachrichten mit einem hochrangigen Belutschenführer getauscht. Spätestens, wenn sie meine Telefone hacken, werden sie darauf stoßen. Es kann Tage dauern, bis irgendjemand unseren Schriftwechsel für unbedenklich erklärt, wenn er denn in ihren Augen überhaupt unbedenklich ist. »Bitte lassen Sie mich jemanden anrufen, nur kurz.« – »Der Offizier wird das entscheiden.« Möglicherweise ist der Offizier ein Mann der Vernunft, möglicherweise aber auch der, der berechtigt ist, jede Art von Gewalt anzuordnen, um herauszufinden, dass ich etwas Verbrecherisches geplant habe. Wahrscheinlich wird er mich mit auf eine Polizeistation nehmen, wo es Räume gibt, um mich einzusperren, Wände, die nichts hören, nichts sehen. Ich sollte Angst haben, frage mich, warum ich keine Angst habe, jedenfalls nichts in der Art, wie sich Angst in Albträumen anfühlt, eine eisige Hand um das Herz, kalter Schweiß, Lähmung sämtlicher Gliedmaßen, sodass ich nicht einmal fortrennen kann. Ich spanne meine Muskeln – ich könnte aufspringen und weglaufen, das würden sie als Schuldeingeständnis werten und mich von hinten erschießen. »Entschuldigung«, rufe ich, und der Nettere, der mir am nächsten steht, kommt herüber. »Darf ich mich auf den Boden setzen?« – Er schüttelt den Kopf. »Bleib. Der Offizier wird gleich hier sein.« Ich schaue auf die Uhr, es ist kurz nach halb vier, ich weiß nicht, wie lange Emaan Hasany im Institut sein wird, sie wollte am frühen Abend zu einer Ausstellungseröffnung bei *Koel*, ein Künstler, den sie kennt und der interessante geometrische Zeichnungen macht. Ich hatte überlegt, später auch dort vorbeizuschauen. Stattdessen die Mauer vor meinem Gesicht, der gepflasterte Gehweg, dem eine Reihe von Steinen fehlt; einzelne vertrocknete, in sich zusammengerollte Blätter, eine platt getretene Marlboro-Packung. Meine Füße schmerzen. Zweifellos kann und wird Emaan Hasany mich hier herausholen, und sie wird mir helfen, meine Telefone zu ersetzen. Ich muss auf der Bank anrufen, um die EC-Karte sperren zu lassen, die nicht im Safe, sondern im Portemonnaie ist. Wer weiß, wem sie in die Hände fällt. Möglich, dass sie mich über Nacht einbehalten, nicht auszuschließen, dass sie mich foltern. Da sind die Bilder der Methoden, die ägyptische Polizisten anwenden – Besenstiele im Arsch von Verdächtigen zu versenken, soll ihnen besonders viel Spaß machen. Ich bin Deutscher, das zumindest müssten sie bis zum Abend herausgefunden haben. Da nichts gegen mich vorliegt…, außer meinem Kontakt mit Zulfikar Bugti, der aus ihrer Sicht vielleicht ausreicht, jede Form von Brutalität zu rechtfertigen, zumindest wenn Bugti Verbindungen zur *Baluchistan Liberation Army* hatte oder hat. Es ist Unsinn, sich das Schlimmste auszumalen.

Die Sandsteinblöcke der Mauer waren einmal sorgfältig mit Mörtel verfugt, mittlerweile sind große Teile davon herausgebrochen. Eine Ameise kommt heruntergekrabbelt, auf der Suche nach neuen Nahrungsquellen, vielleicht hat sie sich verirrt. »Steh auf!«

Die Hand des Vorgesetzten schlägt mir auf die Schulter. Ich drehe mich um, richte mich auf. Die Füße kribbeln schmerzhaft, ich schwanke. Hinter ihm steht ein Mann Ende zwanzig mit wachen Augen, kurz geschnittenem schwarzem Bart, in einer makellos sauberen, frisch gebügelten Uniform. Auf den gegelten Haaren trägt er ein schwarzes Barett. Der, der mich verhaftet hat, greift mir erneut unsinnig fest um den Oberarm, führt mich hinter den beiden Höherrangigen her. Ich kann mich nicht erinnern, wann meinen Schritten das letzte Mal die Richtung und Geschwindigkeit eines anderen aufgezwungen wurden. Der vorherige Vorgesetzte hat meine Tasche über der Schulter, in der Hand meine Telefone und das Portemonnaie. Immerhin sind sie noch nicht Teil der Beute, mit der sie ihren jämmerlichen Sold aufbessern. Wir überqueren die Hauptstraße, gehen ein Stück links, auf ein mit Betonblöcken, Spanischen Reitern und Stacheldraht gesichertes Tor zu. Der Offizier spricht mit dem Wachhabenden, der daraufhin mit einem Oberwachhabenden im Innern des *Jinnah Courts* Areals telefoniert, uns dann durchwinkt. In der Zufahrt steht ein Schützenpanzer zwischen Pflanzenkübeln mit mannshohen Büschen in Zypressenform. Weiter vorn wächst eine Reihe halbhoher Bäume mit unzähligen roten Blüten.

Der Offizier geht voraus, führt mich einen schmalen Weg entlang zu einer überdachten Veranda. Obwohl vor mir, höchstens hundert Meter entfernt, das mächtige Hauptgebäude aus gelblichem Sandstein aufragt, wirkt hier vorn alles abgewrackt wie das Dienstgebäude eines Sheriffs in einem schlechten Western. Er biegt rechts in ein offenes Büro, das hauptsächlich von einem riesigen dunkelbraunen Holzschreibtisch ausgefüllt wird, davor eine Reihe Stühle mit zerrissenem Kunstlederbezug. Er nimmt in dem schwarzen Chefsessel Platz. »Setz dich«, sagt er und deutet auf die Stühle hinter mir. Der vorherige Vorgesetzte legt ihm meine Sachen auf den Schreibtisch. Je mehr Leute wissen, dass es sie gibt, desto größer ist die Chance, dass sie nicht einkassiert werden. Zwei andere Männer, beide nicht in Uniform, kommen herein, schauen mich an. Einer grinst kurz. Er ist klein, hat eine sehr dunkle Hautfarbe und trägt taubenblaue Kurta-Shalwar. Wenn ich mich nicht täusche, ist der Blick, den er dem Offizier zuwirft, amüsiert bis ironisch. Das kann ein gutes Zeichen sein. Der Offizier nimmt mein iPhone, drückt auf den Homebutton, nickt anerkennend, entweder weil es ihn hier ein Monatsgehalt kosten würde oder weil ihm das Bild meiner Frau gefällt, das jetzt aufscheint. »Wenn Sie mir mein Telefon geben, kann ich Dr. Emaan Hasany anrufen, ich bin Gast ihres Instituts, sie wird Ihnen alles erklären.« Er lächelt vielsagend, nickt wieder und legt das iPhone demonstrativ neben mein Nokia mit der pakistanischen Karte und die Kamera. »Wo bist du her?« – »Aus Deutschland.« Offenbar sagt ihm der Name des Landes etwas. Ich warte auf seine nächste Frage, doch stattdessen schaut er sich meine Stadtplanausdrucke an, runzelt die Stirn. Kartenlesen müsste er als Offizier eigentlich können. Ich mache einen neuen Versuch: »Ich müsste nur mal kurz telefonieren…« – Er schüttelt den Kopf, nimmt sich meine Kamera, schaltet sie ein, schaut auf den Navigationsknopf neben dem Display, drückt ein paarmal, wahrscheinlich sieht er Bilder der Straße, die ich heute Morgen entlanggegangen bin, Bankentürme, eine Mall, verwackelte Esel und bunte Busse. Die Bilder scheinen ihn nicht zu interessieren. Er legt die Kamera zu den anderen Dingen, wechselt ein paar Worte mit dem Ironiker neben mir, beide lachen. Ihr Lachen ist schwer zu deuten. Er greift zum Telefon, tippt eine Nummer. Der Art und

Weise, wie er spricht, entnehme ich, dass er mit einem noch höheren Vorgesetzten spricht. Nachdem er aufgelegt hat, sagt er: »Wir müssen auf den Inspektor warten.« Er öffnet eine Schreibtischschublade, zieht ein Blatt Papier heraus, nimmt einen Stift aus der Ablage, schaut mich an. »Wo ist dein Pass?« – »Der Pass liegt im Hotel, *Avari Towers*, hier bei den Papieren ist eine Kopie, schauen Sie …« Ich stehe auf, will ihm den entsprechenden Zettel aus dem Stapel geben, doch er hebt die Hand, »Bleib sitzen«, sucht ihn sich selbst heraus. »Wann wird der Inspektor hier sein?« Er hebt desinteressiert die Schultern. Es ist mittlerweile halb fünf, wer weiß, wann der Inspektor Feierabend macht, vielleicht findet er erst morgen früh Zeit, sich um mich zu kümmern. Die Nacht in einem Gefängnis der Rangers könnte verdammt unangenehm werden, je nachdem, auf welche Ideen die Wachhabenden kommen. Sie dürften nur selten, wahrscheinlich nie einen Deutschen zwischen den Fingern gehabt haben, vielleicht wollen sie wissen, ob die Geschichten über Hitlers legendäre Soldaten stimmen, die keinen Schmerz kannten und bis zum letzten Atemzug gekämpft haben. Hitler ist eine ganz große Nummer hier, jeder fragt danach, es gibt ein angesagtes Modelabel mit Flagshipstore in der besten Einkaufsgegend, das heißt *Hitler reloaded*. Der Offizier schreibt die Informationen ab, die er auf meiner Passkopie findet: Name, Geburtsort, ausgestellt wann und wo, Nummer des Passes, Nummer des Visums, gültig vom 17. August bis 16. Oktober. »Deine Identifikationsnummer?« – »Was für eine Nummer?« – »Persönliche Identifikationsnummer.« – Mir wird heiß und kalt: Diese Nummer habe ich schon beim Einreiseformular im Flugzeug weggelassen, weil ich sie nicht kenne oder nicht habe, aber der Zöllner hat sich nicht weiter daran gestört, keine Ahnung, welche internationalen Identitätsnummern hier gebräuchlich sind. Ich lege die Stirn in Falten, nicke verständig, lasse mein Nicken in vorsichtiges Kopfschütteln übergehen: »Tut mir leid, ich habe keine persönliche Identifikationsnummer, in Deutschland gibt es die nicht.« Ein vielsagendes Lächeln huscht über sein Gesicht, schwer zu sagen, ob es meiner Nervosität gilt oder in seiner Überzeugung begründet ist, dass sie schon herausfinden werden, was sie wissen wollen, ganz gleich wie schlau oder dumm ich mich anstelle. »Was arbeitest du?« – Auch das ein heikles Thema. Wenn ich ihm sage, dass ich mich mit der Erforschung des Sufismus in Pakistan beschäftige, wird er womöglich der Meinung sein – je nachdem, welcher politisch-religiösen Fraktion er angehört –, dass ich ein völlig falsches Bild des Islam habe und Lügen über Pakistan verbreite, womöglich wird er regelrecht wütend und erklärt mir, dass dieser Aberglaube mit Drogen und Trommeln, wo Männer und Frauen zusammen verbotene Rituale feiern, in Trance fallen, Orgien feiern, nichts mit der wahren Religion zu tun hat. »Ich bin Kulturwissenschaftler«, sage ich und sehe seinem Gesicht an, dass er nicht die geringste Vorstellung hat, was das bedeutet. Ich unternehme einen weiteren Versuch, das Ganze abzukürzen, wende mich abwechselnd an den Offizier und den älteren Mann mit dem ironischen Gesichtsausdruck: »Schauen Sie, ich habe einfach nur ein Foto von diesem

Park machen wollen, um den Leuten zu Hause in Deutschland, also meiner Familie, Freunden, Kollegen zu zeigen, dass Pakistan wirklich ein schönes und friedliches Land ist, wo man ohne Probleme hinfahren kann, und wo es unglaublich viel zu sehen gibt, auch in touristischer Hinsicht, es sind ja erstaunlich wenig Touristen hier, also eigentlich gar keine, trotz des immensen Reichtums, den das Land zu bieten hat, ich meine, im Sindh gibt es die älteste Kultur der Menschheit, Alexander der Große war hier, den kennt man natürlich auch in Europa …«, die hinduistischen und buddhistischen Reiche überspringe ich, »wunderbare Mogularchitektur, Moscheen, Paläste. Ich habe zum Beispiel nach meinem letzten Besuch eine Reihe von Zeitungsartikeln geschrieben, die den Leuten bei uns die Angst nehmen sollen, einfach mal eine Reise nach Pakistan zu buchen …« – Das Gesicht des Ironikers, dessen Funktion oder Rang ich nicht kenne, verfinstert sich, während ich rede, plötzlich vollführt er eine Art von kurzem Wischer mit dem Handrücken vor seinem Mund und sagt scharf: »Es ist besser für dich, wenn du einfach das Maul hältst.« Der Offizier lächelt zustimmend und schaut an mir vorbei. Ich spüre, wie ich erneut erröte, überlege, was ich Falsches gesagt haben könnte, dass er plötzlich derart verärgert ist, schwitze. Ich würde gern rauchen, aber niemand hier raucht, es steht auch nirgends ein Aschenbecher, also frage ich lieber nicht, zumal Zigaretten auch gut auf der Haut ausgedrückt werden können, wenn jemand eine Antwort erzwingen will.

Nichts passiert. Wir sitzen da, warten. Es ist unerträglich heiß, ich frage mich, warum sie keine Klimaanlage bekommen als oberste Anti-Terror-Einheit. Das Telefon klingelt, der Offizier spricht eine Weile, schaut dabei auf das Blatt mit meinen Daten.

Plötzlich stehen alle auf, ich auch, und ein älterer Herr in dunkelblauem Anzug kommt herein. Er gibt dem Offizier die Hand, sonst niemandem, lässt sich berichten, was meine Befragung bislang ergeben hat, zumindest nehme ich das an: Alle Blicke und Gesten sind auf mich bezogen. Er schaut sich die Abschrift meiner Passkopie an, dann meine Passkopie, schüttelt den Kopf: »Identifikationsnummer?« – »Es tut mir wirklich wahnsinnig leid«, sage ich, »wir haben diese Art Identifikationsnummer in Deutschland nicht.« Er lässt sich das Telefon geben, es hängt an einem Kabel, hat tatsächlich noch eine runde Wählscheibe, so alt ist es, spricht in die Muschel – es klingt, als wäre es nicht sein erster Anruf in dieser Angelegenheit. Während er redet, nimmt er sich das Blatt mit meinen Daten, liest dem Mann am anderen Ende der Leitung vor. »Zeig mir die Bilder, die du gemacht hast.« – »Ich habe noch gar keine Bilder gemacht, nur heute Morgen auf dem Hinweg.« – »Zeig sie mir.« Er drückt mir meine Kamera in die Hand, ich schalte sie ein, halte ihm das Display hin, will ihm erklären, wo er weiterdrücken kann, doch er winkt ab und sagt: »Alle löschen.« Zum Glück habe ich gestern Abend sämtliche Bilder der letzten Woche auf den Computer überspielt, es sind nur zehn oder zwölf, die ich verlieren werde, lediglich Straßenszenen, nichts Wichtiges. Ich zeige ihm das leere Display. Er knurrt: »Aus Deutschland, ja?« –

»Ja.« – »Was machst du in Pakistan?« – Jetzt nichts Falsches sagen – ich habe lediglich ein Touristenvisum und, wenn ich es richtig verstanden habe, gilt es nur für bestimmte Orte. »Ich bin hier auf Einladung von Dr. Emaan Hasany und soll übermorgen einen Vortrag in ihrem Institut halten, wenn Sie mir erlauben, Frau Dr. Hasany anzurufen, wird sich schnell alles klären.« Er nickt. Zumindest hat er verstanden, was ich gesagt habe, doch offenbar ist die Entscheidung auch für ihn kompliziert. Vielleicht will er auch nicht, dass es einfach aussieht, damit ich mir merke, wer hier bestimmt, mit und ohne Gründe – weil einer bestimmen darf und die anderen nicht. Das Telefon klingelt. Der Offizier nimmt ab, reicht es an den Inspektor weiter. Wenn seine Reaktionen mit mir zu tun haben, scheinen die Nachforschungen bezüglich meiner Person nichts Verdächtiges ergeben zu haben, was mich trotz allem wundert. Ich hätte gedacht, den Rangers liegen mehr oder weniger alle Kommunikationsdaten potenziell verdächtiger Ausländer vor. Es heißt, der pakistanische Geheimdienst sei einer der effektivsten weltweit. Ich hätte mich im Vorfeld genauer über Zulfikar Bugti erkundigen sollen, was auch nichts geändert hätte. Der Offizier grinst. Der Inspektor sagt: »Gut, ruf diese Frau an, wie heißt sie?« – »Emaan Hasany. Doktor Emaan …« Er gibt mir mein iPhone, zum Glück ist ihre Nummer in beiden Telefonen gespeichert, nur dass es mit diesem ein Vermögen kostet. »Hallo?« – Sie ist tatsächlich noch im Büro. »Pass auf, ich bin festgenommen worden, von den Rangers …« – »Oh mein Gott.« – »Weil ich ein Foto machen wollte. Ich habe aber gar kein Foto gemacht, weil mir vorher schon einer … Spielt ja auch keine Rolle jetzt, ich musste sie sowieso komplett löschen, egal. Am besten redest du mit ihnen, dass sie wissen, wer ich bin und dass alles seine Ordnung hat.« Ich reiche dem Inspektor das Telefon, »Salam aleykum«, er hört sich sehr entschieden an, vielleicht ist das aber auch einfach sein Berufston, ich verstehe ja nichts von dem, was er sagt. Emaan klang jedenfalls schockiert, als ich »Rangers« gesagt habe. So kenne ich sie gar nicht, normalerweise macht sie sich eher über diese ganzen vermeintlichen und wirklichen Gefahren lustig. Der Offizier erzählt dem Ironiker etwas Witziges, beide lachen halblaut, während der Inspektor regelrecht ins Telefon bellt. Dann ist das Gespräch zu Ende. Er legt das iPhone demonstrativ zu meinen anderen Sachen zurück, damit völlig klar ist, dass ich nicht die Verfügungsgewalt darüber habe, sagt irgendetwas in die Runde, lässt sich erneut das Diensttelefon geben. Jetzt spricht er ruhig und klar, weder unterwürfig noch im Befehlston. Warum sagt er mir nicht, was bei seinem Gespräch mit Emaan herausgekommen ist, warum lässt er mich nicht einfach gehen – die Sachlage ist doch klar. Aber natürlich: Ich bin ein westlicher Ausländer, selbst wenn ich weder zu den verhassten Engländern noch zu den gottlosen Amerikanern gehöre, bleibe ich einer von denen, die sich hier jahrhundertelang als Herrenmenschen aufgeführt haben und die noch immer so tun, als gehöre ihnen die Welt. Der Inspektor legt auf: »Du hast in der roten Zone fotografiert. Das ist verboten. Sehr streng verboten.« – »Das tut mir leid, aber da stand nirgends etwas von einer roten Zone, woher hätte ich wissen sollen …« – »Halt einfach die Klappe«, zischt der Alte. Der Inspektor gibt mir erneut mein Telefon: »Ruf sie an und sag ihr, dass sie dich abholen soll. Und merk dir das: rote Zone, keine Fotos. Niemals.«

Ich bin ein Idiot.

Das Schwere und das Leichte

In der Dunkelheit ist die Hitze wie mit Händen greifbar. Der Taxifahrer setzt mich in einer Seitengasse ab. Mühsam erkenne ich, was sich vor meinen Füßen befindet: unebene Fahrbahn, gestampfter Lehm, festgetretener Müll; Pfützen, in denen sich der gelb eingefärbte Nachthimmel spiegelt, obwohl es weder gestern noch heute geregnet hat. Die Hauptstraßen zum Schrein sind gesperrt, vielleicht auch einfach nur überfüllt. Ich gehe zügig in Richtung des klobigen, mit Lichterketten behängten Gebäudekomplexes. Ohne die Festbeleuchtung sähe er aus wie ein städtisches Heizkraftwerk – niemand käme auf die Idee, dass es sich um ein Heiligtum handeln könnte. Schiebe mich zwischen wahllos abgestellten Wagen hindurch auf den Vorplatz, vorbei an Großfamilien, Pilgergruppen, an Derwischen, die bunte Steinketten um den Hals und Ringe an jedem Finger tragen, passiere Essensstände, klapprige Buden mit Talmi und Süßkram, versuche, weder zu schnell noch zu langsam zu gehen. Hupen und Trommeln, der gequälte Klang einer Schalmei über dem Teppich aus Motoren und Stimmen. Immer wieder einzelne Rufe »Allah!«, »Ya Rabb!«, langgezogenes Heulen, kurze Schreie. Die Erwartung, dass etwas passieren wird. Ich weiß, dass sie falsch ist. Wie legt man eine falsche Erwartung ab? Überprüfe noch einmal Hemd- und Hosentaschen, ob sich alles am richtigen Platz befindet, so sicher wie möglich verstaut: Geld, Smartphone, Kamera, Schlüssel. Ich denke an Diebstahl im Gegensatz zu Mundraub. Letzterer wird nicht mit dem Abhacken der Hand bestraft. Würde mein Handy in diese Kategorie fallen, wenn der Dieb von dem, was der Hehler ihm zahlt, seiner Familie Brot kauft? Ich weiß nicht einmal, ob in Pakistan überhaupt Hände abgehackt werden. Nähere mich der Sicherheitsschleuse, bin Schulter an Schulter, Bauch an Rücken, Rücken an Brust, spüre fremde Arme, Schenkel, Hintern, die meine eigenen Beine, Hüften, Ellbogen streifen. Immer wieder der Griff ans Portemonnaie. *Binde zuerst dein Kamel an, dann vertraue auf Gott.* Ich sollte nicht nur nichts erwarten, ich sollte mir auch keine Sorgen machen: Dies ist ein gesegnetes Fest, der Tag, an dem der Heilige gestorben ist, vor mehr als 1200 Jahren. Nicht, wann er geboren wurde, zählt, sondern sein Todestag, als die Seele aus dem Zustand der Trennung befreit wurde, die das Leben in dieser Welt darstellt, und in die Einheit des Einen zurückkehren durfte. Wenn ich trotzdem mein Geld, meine Kamera, mein Telefon verliere, bedeutet es etwas? Oder auch nicht. Aber ich werde nichts verlieren heute Nacht, es wird sich auch niemand in die Luft sprengen, obwohl die Grabmäler der Heiligen, ihre Feste, zu den Lieblingszielen der Selbstmordattentäter zählen.

Erstaunlich, dass kaum Polizisten zu sehen sind, keine Rangers, kein Militär. Wenn ich eine Sprengstoffweste am Körper hätte, würde sie niemand bemerken ... – Ich mache mir keine Sorgen, ich halte nur jederzeit alles für möglich.

Das gesamte Gelände ist mit Lampiongirlanden und Lichterbögen geschmückt. Menschen jeden Alters sind hier, Arme, Reiche, besser und schlechter angezogen, sauber und schmutzig, mit und ohne Bart, Kopf und Haar bedeckt oder nicht. Manche tragen Kinder im Arm oder halten sie an der Hand.

Ohne dass ich es wollte, hat mich der Strom erfasst, der die Treppe zur Grabkammer hinaufführt. Eingezwängt von Körpern, gerempelt, vorwärtsgestoßen, bleibt mir nur, mich der Bewegung zu überlassen. Es riecht nach verschiedenen Sorten Schweiß, vermengt mit Gewürzen, nach Räucherwerk und Moschusöl.

Weiter vorn halten die Hände eines Mannes ein Smartphone hoch über die Köpfe, vollführen einen langsamen Schwenk. Wenn er fotografiert und sich niemand daran stört, kann es hier nicht streng verboten sein.

Ich ziehe ebenfalls mein Telefon aus der Hosentasche. Telefone sind weniger verdächtig als Kameras, spüre trotzdem ärgerliche Blicke, doch solange ich nicht durch das Display starre, fühlt sich niemand gemeint. Ich richte die Linse nach Schätzwerten aus, drücke den Auslöser auf gut Glück. Ohnehin ist es kaum möglich, das Bild nicht zu verwackeln. Drei Derwische in weißen Kurtas, mit roten Schals, hennagefärbten Bärten, grünen Turbanen werden in entgegengesetzter Richtung an mir vorbeigeschoben. Offenbar folgen sie demselben Meister. Auch ihr Foto gerät unscharf, für ein zweites ist es zu spät. Im Unterschied zu den meisten anderen lösche ich es nicht. Ein Mädchen, höchstens vierzehn, mit pinkfarbener Brille und dicken geflochtenen Zöpfen kommt mir entgegen. Ich sollte aufhören, wahllos in der Gegend herumzuknipsen, mich stattdessen auf das konzentrieren, was das Herz wahrnimmt, im Innern Verse rezitieren, die ich für solche Gelegenheiten gelernt habe. Doch meine Augen bewegen sich autonom, wollen nicht das Geringste verpassen, und mein Herz ist zu schwach, sie davon abzuhalten.

Im Inneren des Schreins trennen sich die Wege von Männern und Frauen. Mächtige Kronleuchter hängen von der Decke, Schnüre mit bunten Wimpeln, an den Wänden Schriftbänder, gefaltete Sterne aus Silberpapier. Ich werde von allen Seiten zusammengepresst, fremde Hände auf Rücken und Schultern. Die Luft ist zum Schneiden dick. Wenn jetzt Panik ausbräche, gäbe es kein Entrinnen. Wir würden ersticken oder totgetreten. Wer keinen Widerstand leistet, kommt als Märtyrer ins Paradies. Ich stelle mich auf die Zehenspitzen, um in die innerste Kammer des Schreins zu fotografieren. Von der gegenüberliegenden Seite aus drängen die Frauen in den Hauptraum. Es sind sehr schöne darunter. Manche haben nicht einmal hier das Haar bedeckt, aber niemand scheint sich daran zu stören. Ein alter Mann mit gestutztem Bart und hoher weißer Kappe verteilt Rosenblätter auf dem Sarkophag. Die nächsten greifen hinein und stopfen sie sich in den Mund. Schwer zu sagen, ob es die Heiligkeit des Spenders oder des Ortes ist, die den Blättern Segensmacht verleiht. Ich nehme jetzt doch meine Kamera, halte sie ebenfalls so hoch wie möglich. Zwei, drei Meter vor mir dreht sich ein langer, dünner Mann um und wedelt mit ausgestrecktem Zeigefinger in meine Richtung. Er scheint ärgerlich, entschlossen, versucht, sich gegen die Masse in meine Richtung zu bewegen. Ruft etwas, das ich auch nicht verstünde, wenn ich seine Sprache könnte.

»Er meint Sie«, sagt der junge Mann unmittelbar neben mir. Er trägt einen zotteligen Islamistenbart und eine mit beigefarbenen Ornamenten bestickte Kappe.

»Was ist das Problem?«

»Sie sollen hier nicht fotografieren, weil man die Frauen sehen kann.«

Er lächelt freundlich. Offenbar geht er davon aus, dass ich keine bösen Absichten habe. Hinter uns Murren. Ich hebe entschuldigend die Hand. Wir werden durch die letzte Pforte geschoben, stehen nebeneinander an der marmornen Umfassung des Grabes. Er drückt abwechselnd Stirn und Lippen auf den Handlauf, nimmt ebenfalls drei Finger von den Blättern und isst sie. Nickt mir aufmunternd zu. Wenn Rosenblätter eine Delikatesse wären, hätte ich sie schon irgendwo im Salat gehabt, aber giftig werden sie auch nicht sein. Ein staubiges Gefühl auf der Zunge. Sobald ich zu kauen beginne, verbreitet sich Bitterkeit mit einem Hauch Rosenaroma, das ich kaum wahrnehmen würde, wenn ich nicht wüsste, was ich im Mund habe. Ich benötige große Mengen Spucke, um die trockene Masse hinunterzuschlucken.

Ohne dass ich auch nur ein Gebet gesprochen hätte, sind wir schon wieder auf dem Weg Richtung Treppe.

»Wo kommst du her?«

»Aus Deutschland.«

»Ich hatte gedacht Amerika. Aber Deutschland ist besser, viel besser.«

Ich lächele dämlich.

»Und was machst du hier?«

»Ich besuche das Fest, ganz normal…«

»Woher weißt du, was das für ein Fest ist?«

Ich zögere einen Moment, überlege, welche Version meiner Geschichte ich ihm erzählen soll.

»Ich bin Sufi«, sage ich.

»Welche Tariqat?«, will er wissen.

»Naqshbandiyya.«

»Masha Allah«, sagt er, öffnet die Hände dem Himmel zu, um dem Allmächtigen zu danken. »Ich bin auch Naqshbandi. Was für ein Zusammentreffen! Wie heißt du?«

»Yussuf«, sage ich, auch wenn das nicht stimmt.

»Ich heiße Fazal«, sagt er. »Komm mit, Yussuf, ich zeige dir alles. Ein Naqshbandi aus Deutschland! Es ist mir eine große Ehre. Ich muss nur auf meinen Bruder warten. Er ist extra für das Fest aus Peschawar gekommen… Kennst du Peschawar?«

»Schon. Aber ich war noch nicht dort.«

»Wir sind Paschtunen. Bei den Paschtunen sind nur wenige Leute Sufis. Aber wenn ein Paschtune Sufi ist, dann richtig. Paschtunen machen niemals Sachen nur halb.«

Davon habe ich gehört: paschtunischer Ehrenkodex, paschtunische Unabhängigkeit, und dass die Paschtunen den Großteil der Taliban bilden. Neulich erst hat mir jemand erzählt, dass sein Cousin, der an Militäroperationen in den Stammesgebieten beteiligt war, einem Paschtunen direkt gegenüberstand in einer dieser Situationen, Mann gegen Mann, die nur einer von beiden überlebt. Der Paschtune war ein Riese und stürmte auf ihn zu, unaufhaltsam wie in einem Albtraum, der Cousin hat ihn mit seiner MP quasi durchsiebt, aber der Paschtune fiel nicht, erst als er den Cousin schon bei der Kehle hatte, brach er plötzlich tot zusammen.

»Das ist Ahmad, mein Bruder – er studiert Bauingenieurwesen.«

Ahmad hat sein Gesicht glatt rasiert bis auf einen schmalen Oberlippenbart, überhaupt wirkt er sehr westlich in seinem karierten Hemd, der Jeans mit den Querrissen. Obwohl er an einer Universität eingeschrieben ist, spricht er kein Englisch.

»Du bist mein Gast«, sagt Fazal. »Nachher kommst du mit uns zum Essen, ich lade dich ein in unsere Moschee.«

Ich will mich niemandem anschließen und von niemandem eingeladen werden: Ich will allein sein. Wie werde ich diese beiden Jungs wieder los, ganz gleich, wie nett sie sind? – Wenn es sich um Naqshbandis handelt, mögen sie vielleicht keine Musik. Auf jeden Fall lehnen sie wilde Hadras ab, bei denen die Leute Haschisch aus Pfeifen mit einem Durchmesser von Ofenrohren rauchen, bis sie umfallen mit nach innen gedrehten Augäpfeln und Schaum vor dem Mund: »Ich würde gern zum Qawwali gehen. Gibt es irgendwo hier Qawwali heute Nacht?«

Er reckt beide Daumen hoch: »Da wollen wir auch hin,

unbedingt«, sagt er. »Lass uns schauen, wo Qawwali ist. Wahrscheinlich weiter hinten, dort, in einem extra Raum.«

Offenbar hat er beschlossen, dass er für mich verantwortlich ist, und ich müsste schon grob werden, um ihn davon abzubringen. Darauf läge kein Segen. Wenn man irgendjemandem zugeführt wird und sich eine unerwartete Gelegenheit öffnet, ist es besser sich zu ergeben, erst recht an einem heiligen Schrein wie diesem während des jährlichen Festes. Alles andere hieße, Schwierigkeiten heraufzubeschwören.

Fazal tippt unablässig Nachrichten in sein Telefon.

»Gibt es viele Naqshbandis in Deutschland?«, fragt er.

»Viele nicht, aber auch nicht wenige.«

»Wie viele?«

»Keine Ahnung, fünftausend vielleicht.«

»Alhamdulillah.«

Wir schieben uns zwischen Pilgern hindurch, die in Richtung des Schreins drängen. Die Massen haben den Verkehr zum Erliegen gebracht. Fazal nimmt meine Hand. Ich weiß, dass es eine normale Geste unter Freunden ist, ohne jede Doppeldeutigkeit, und mag es trotzdem nicht.

»Da vorn ist Qawwali«, sagt er, »... oder zumindest etwas in der Art.«

Inmitten eines Menschenstrudels drehen sich zwei Derwische umeinander, der eine mit schulterlangem, pomadig glänzendem Haar, der andere trägt eine flache, bunt bestickte Kappe. Beide sind in weiße Kurtas gekleidet und schlagen wilde, auf den Herzmuskel wirkende Rhythmen auf große Trommeln, die ihnen an Schultergurten vor dem

Bauch hängen. Mein Hirn ist mit zu vielen Widersprüchen beschäftigt, als dass ich in höhere Sphären wegdriften könnte, meine Augen suchen noch immer nach Bildern. Ich stehe am Rand, denke, dass ich etwas anderes erwartet – erhofft habe: einen Sänger mit einer Stimme, die an den Himmel reicht. Auch Fazal scheint nicht fortgetragen zu werden vom Klang der Trommeln, wählt eine Nummer, telefoniert, hat den Zeigefinger gerade ins andere Ohr gesteckt, um zu verstehen, was sein Gesprächspartner sagt. Er dreht sich um, nimmt erneut meine Hand, zieht mich aus dem Gedränge heraus. »Ich zeig dir den Festplatz«, sagt er. »Vielleicht finden wir nachher irgendwo richtigen Qawwali, auf jeden Fall musst du mit zu uns zum Essen kommen.«

Ahmad geht einen halben Schritt hinter uns, tippt ebenfalls ununterbrochen auf sein Display, und jedesmal, wenn ich mich umdrehe, grinst er.

»Wir sind mit dem Motorrad hier – ich hoffe, du fährst Motorrad?«

»Klar.«

Er sagt etwas auf Urdu oder Paschtu. Ahmad wiegt den Kopf hin und her, nickt.

Eine innere Stimme versucht mir einzureden, dass sie mich verschleppen, ausrauben, töten könnten. ›Es ist möglich, aber nicht wahrscheinlich‹, entgegne ich mir, während wir in eine enge Betonschlucht biegen, die an einen Gefängnisgang erinnert. Männer mit weißen Gebetskappen und schwarzen Vollbärten kommen uns entgegen, den Schnurrbart wegrasiert, wie es angeblich auch der Prophet getan hat.

»Und was machst du beruflich?«, frage ich Fazal.

»Ich unterrichte Islam. Hauptsächlich gebe ich Kurse zu verschiedenen Themen im Internet…«

Sobald es komplizierter wird, stößt sein Englisch an Grenzen. Ich überlege trotzdem, ihm eine Frage zu stellen, über die ich schon lange nachdenke, doch mir fällt keine ein. Offenbar schlägt sich etwas wie Zweifel oder Skepsis in meinem Gesicht nieder. Er sagt, »Warte«, kramt eine Plastikkarte mit Passbild, Stempeln und Nummern aus der Tasche, hält sie mir hin. Ich kann nicht erkennen, was dort steht, will ihm die Karte aber auch nicht aus der Hand nehmen – Misstrauen ist eine unschöne Eigenschaft.

»Dann bist du Sheikh«, sage ich.

Er lächelt, halb geschmeichelt, halb entschuldigend, schüttelt den Kopf. »Nein, kein Sheikh.«

»Einfach ein Islamgelehrter – ein Ulema?«

»So ähnlich.«

Auf der Rückseite des Schreins gelangen wir auf einen weitläufigen Platz voller Buden und Karussells. Ringsum Hochhäuser im Rohbau. Kräne ragen in den Nachthimmel. Eine gescheckte Hündin mit tief hängenden Zitzen trottet vorbei. Niemand interessiert sich für sie. Fazal tippt wieder Nachrichten, ruft erneut jemanden an. Es klingt, als würde er Anweisungen erteilen. Ich überlege, wie ich die Einladung zum Essen umgehen kann, nicht, weil ich Angst habe, zumindest nicht vor Gewalt.

Rechter Hand schrauben sich bunte Kugeln in die Höhe, die Fesselballons nachgebildet sind und an denen Gondeln voller Leute hängen. Sie drehen sich immer schneller, liegen schließlich fast waagerecht in der Luft. Spitze Schreie zeigen an, dass sich diese Mischung aus Lust und Todesangst einstellt, deretwegen Menschen sich solchen Maschinen aussetzen.

Drei Mädchen mit rosafarbener Zuckerwatte kommen mir entgegen, wenig später ein Junge: Auch seine Zuckerwatte ist rosa.

Ich frage mich, weshalb Fazal mich hierhergebracht hat. Schließlich bin ich nicht auf der Suche nach Kinderbelustigung. Seit ich zehn oder zwölf bin, habe ich alle Arten von Kirmes gemieden. Eigentlich wäre jetzt ein guter Zeitpunkt mich zu verabschieden, auf eigene Faust nach etwas zu suchen, das den Abend, die Nacht heraushebt.

»Willst du? – Zum Beispiel die Raupe: Ich lade dich ein.«

Ich zögere, weil ich nicht weiß, ob es ihn kränkt, wenn ich »Nein« sage, aber auch, weil es so verrückt wäre, auf einer Heiligen Kirmes in Pakistan in eine Raupe zu steigen, dass man es eigentlich tun sollte, entscheide mich trotzdem für: »Nein.«

»Kein Problem. Warte noch einen Moment. Wir machen uns gleich auf den Weg.«

Er geht an den Ticketschalter, fragt noch einmal: »Bist du sicher, dass du nicht willst?«

Ich schüttele lachend den Kopf und bereue meine Entscheidung.

Fazal kauft lediglich eine Karte für Ahmad. Ich schaue zwei jungen Frauen zu, die sich Bilder auf ihren Telefonen zeigen. Eine der beiden trägt einen goldfarbenen Nikab.

Sie ist die einzige weit und breit, die so gekleidet ist, aber sie scheint es nicht sehr gewohnt zu sein, mehrfach rutscht ihr das Tuch die Nase herunter, und sie zupft es zurecht, hält es schließlich mit einer Hand fest.

Eine Lichtorgel wird eingeschaltet, die Raupe setzt sich in Bewegung. Kaum, dass sie die Höchstgeschwindigkeit erreicht hat, bremst sie schon wieder ab. Ein kurzer Spaß, doch beim Aussteigen scheinen alle zufrieden. Auch Ahmad kehrt lachend zurück.

Ich frage mich, was Fazal der Welt die ganze Zeit mitteilt.

Wir gehen in Richtung des hinteren Ausgangs, treten auf die Straße, von der lediglich eine Spur übrig ist, weil dort Hunderte, wenn nicht Tausende Motorräder dicht an dicht in mehreren Reihen abgestellt sind. Fazal läuft voraus. Zwei Polizisten versuchen, den Verkehr zu dirigieren. Ahmad spricht mit einem Mann, der für die Bewachung und Herausgabe der Motorräder zuständig ist. Wir gehen noch ein Stück weiter. Fazal sagt: »Es muss ganz in der Nähe sein«, ruft Ahmad etwas zu. Ahmad nickt. Es scheint, als hätte er seins gefunden. Der Parkplatzwächter und sein Gehilfe haben Mühe, es aus der Reihe herauszuziehen, ohne einen Domino-Effekt aus Hunderten kippender Motorräder auszulösen. Fazal grinst: »Du wirst sehen, es macht Spaß.«

Ich frage, obwohl mir dämmert, dass die Frage falsch ist: »Deins steht auch hier?«

»Das ist meins«, sagt er. »Aber Ahmad fährt.«

Es ist eine dieser billigen chinesischen Maschinen, die alle jungen Männer mit eigenem Einkommen haben, verkratzt, zerbeult, und in der Mitte der Sitzfläche quillt vanillefarbener Schaumstoff durch einen Riss im Kunstleder.

»Unser Sheikh wird auch dort sein.«

Ich bin seit fünfundzwanzig Jahren nicht mehr Motorrad gefahren und überhaupt noch nie als Beifahrer, jetzt sitze ich eingeklemmt zwischen zwei paschtunischen Naqshbandi-Brüdern, die mich irgendwohin mitnehmen. Natürlich haben sie keine Helme, und die Straße besteht aus Schlaglöchern. Ahmad dreht sich mehrfach zu mir um. Vielleicht will er sehen, ob ich Angst habe.

Die ersten paar hundert Meter bewegen wir uns im Schritttempo zwischen Fußgängern, Rikshas, Autos und unzähligen anderen Motorrädern. Den Geräuschen beim Schalten nach zu urteilen, läuft das Getriebe einwandfrei. Ich lache, Fazal lacht ebenfalls, und Ahmad freut sich, dass er zeigen kann, wie souverän er die Maschine beherrscht. Allmählich nimmt der Verkehr ab, nur noch vereinzelt gehen Passanten am Straßenrand. Er beschleunigt, ich weiß nicht, wie schnell er inzwischen fährt, vielleicht 70 oder 80. Der Fahrtwind im Haar, im verschwitzten Gesicht ist angenehm warm und erfrischend zugleich. Kann sein, dass die Helmpflicht die Zahl der Unfalltoten in Deutschland halbiert hat, aber der Preis dafür ist verdammt hoch.

Große Schilder, die im Licht des Scheinwerfers aufleuchten, sagen, dass wir in Richtung Clifton Beach unterwegs sind. Dann biegen wir rechts auf die breite, in der Mitte geteilte Straße, die entlang der Strandpromenade verläuft. Ich erschrecke, als ich bemerke, dass wir auf der falschen

Spur sind. Zum Glück herrscht wenig Verkehr. Wir sind auch nicht die einzigen, sondern einfach nur eine Minderheit. Ahmad orientiert sich vom äußerst rechten Rand der Straße zur Mitte, gelangt zu einem Abschnitt, wo die Fahrbahnteilung durchbrochen ist, wechselt auf die richtige Seite. Links zieht sich der Strand hin. Alle Buden sind geschlossen, keine Kamele, keine Pferde, keine Affen für Fotos. Aber die Brandung rauscht, dazu der Geruch von Salzwasser und Tang. Im Dunkeln sehe ich helle Streifen Gischt auf die graue Sandfläche rollen. Vor mir, im Kegel des schwachen Scheinwerfers, folgt Schlagloch auf Schlagloch. Ganze Placken Asphalt sind aus der Fahrbahn gebrochen. Wenn Ahmad eine dieser Stellen übersieht, werden wir in hohem Bogen und gestrecktem Salto durch die Luft fliegen und uns am Bordstein den Schädel aufschlagen. Mit etwas Pech ist es dann vorbei, das Leben. Aber so leicht und frei wie in diesem Moment habe ich mich lange nicht gefühlt, wenn überhaupt je. Würde es damit enden, hätte ich kein Recht mich zu beschweren.

Ahmad biegt in einem Kreisverkehr rechts ab. Die Straße, auf der wir jetzt fahren, ist kaum beleuchtet. Er muss die Geschwindigkeit drosseln, weil der Bodenbelag aus gestampftem Kies und Erde besteht. Statt Hochhäusern ragen die schwarzen Schemen niedriger Gebäude in den Nachthimmel. Ein Rudel Hunde trabt die Straße entlang. Die Augen eines kräftigen Rüden blitzen auf, wie die einer Hyäne in der Serengeti. In einer schmalen Gasse sitzt eine Frau auf einem Stuhl und wartet, dass es Zeit wird, sich schlafen zu legen. Wenn sie mich jetzt festhalten würden, um Lösegeld zu erpressen oder weil ich ein Ungläubiger bin, ließe sich nicht einmal mehr mein Telefon orten.

Wir halten bei einem einfachen Haus, an dem eine einzelne Glühbirne leuchtet. Es sieht aus wie eine Werkstatt oder ein Lager. Etwas in der Art, in einer Gegend wie dieser, würde man auswählen, um einen Gefangenen unterzubringen. Fazal zieht einen Schlüssel aus der Tasche und öffnet die schwere Eisentür. Er sagt etwas zu Ahmad, der daraufhin vorgeht und das Licht einschaltet. Eine einzelne Neonröhre an einem der hellblau gestrichenen T-Träger, auf denen das Wellblechdach ruht, flackert auf. Die Wände sind brusthoch im selben Hellblau gestrichen, darüber weiß, der Boden aus blank poliertem Beton. Weiter vorn liegen drei Bahnen Industrieteppich mit Gebetsnischendekor, nach Mekka ausgerichtet. Neben dem Mihrāb ein Plakat der Kaaba, während vor der Rückwand eine Reihe Wasserhähne über einer Abflussrinne montiert ist, dazu eine gemauerte Sitzfläche, beides für die Waschungen vor dem Gebet. Es gibt kleine Fenster, die vergittert und mit Holzblenden verschlossen sind, sei es zum Schutz vor der Hitze des Tages oder damit niemand hereinschauen kann. Die Ventilatoren bewegen sich nicht.

»Das ist unsere Moschee«, sagt Fazal, bevor er noch einmal nach draußen geht. »Der Sheikh wird auch gleich hier sein, du kannst es dir bequem machen.«

»Sehr schön«, sage ich und »danke«, obwohl Schönheit unter normalen Umständen das letzte wäre, was ich mit diesem Raum in Verbindung brächte, und ich keine Ahnung habe, wie ich das mit der Bequemlichkeit anstellen soll. Ahmad holt einen weiteren Teppich aus einem Wandschrank und rollt ihn zwischen den beiden Gebetsbahnen aus, setzt sich davor auf den Boden, bedeutet mir, das Gleiche zu tun. Ich weiß nicht, worüber ich mit ihm reden soll, vor allem nicht in welcher Sprache.

Ein kleiner rundlicher Mann mit langem schwarzem Bart und weißem Turban, aus dem dicke Locken in seinen Nacken fallen, tritt aus dem Dunkel herein. Fazal folgt ihm auf dem Fuß. Der Unterschied zwischen einem Sheikh und einem Ulema ist so augenfällig, dass ich lachen muss. Obwohl beide Männer etwa gleich alt sind – vermutlich noch keine dreißig –, und obwohl dieser Sheikh wohl einfach noch nicht genug Zeit hatte, viele, vor allem reiche Schüler um sich zu sammeln, die ihm ein schönes spirituelles Zentrum bauen, besteht nicht der geringste Zweifel, dass er das weiß, was man nicht lernen kann.

Ich will aufstehen, um ihn zu begrüßen, doch er ist schneller, sitzt schon neben mir, gibt mir die Hand, die ich küsse und an meine Stirn führe, wie ich es gelernt habe. Er nimmt die Geste hin, ohne in irgendeiner Weise darauf zu reagieren. Fazal sagt: »Das ist unser Sheikh, Maulana Abdelkarim … Ich bin sofort wieder hier, einen kleinen Moment.«

Fazal befindet sich einem Zustand hektischer Beflissenheit, von dem ich nicht weiß, ob seine Rolle als Gastgeber oder die Anwesenheit des Sheikhs ihn ausgelöst hat.

Maulana Sheikh macht jedenfalls nicht den Eindruck, als ob man ihn fürchten müsste, im Gegenteil, er sitzt da so selbstverständlich, dass es mir weder unangenehm noch peinlich ist, keinen einzigen Satz in einer Sprache, die er spricht, zustandezubringen. Ich sage: »Es ist mir eine große Freude, Sie zu treffen … – Freude und Ehre.« – Er nickt, lächelt, zieht dann eine Gebetskette aus der Tasche, lässt die Perlen durch seine Finger gleiten. Ich bin da und nicht da, gespannt und gleichgültig, was als Nächstes passiert – ob überhaupt etwas passiert.

In der offenen Tür vor der Nachtschwärze draußen steht ein kleiner Junge und traut sich nicht herein.

Ahmad schaut erst mich an, dann Maulana Sheikh, sagt etwas, das mit mir zu tun hat. Ich verstehe nur »Yussuf« und »Germany«.

Maulana Sheikh nickt und lacht, sieht mich an, sagt ein paar Sätze auf eine schöne und ruhige Art, wissend, dass ich nichts davon verstehe, was auch keine Rolle spielt. Der Junge – er ist vielleicht fünf – hat jetzt Mut gefasst und kommt zu uns herübergerannt, gefolgt von seiner kleinen Schwester.

»Sohn und Tochter von Maulana Sheikh«, sagt Ahmad. Ein paar Wörter Englisch spricht er offenbar doch.

Ich lächele den Kindern zu, sage: »Salam alyekum«, woraufhin sich beide an ihren Vater pressen, der Junge hinter dessen Rücken, sodass ich sein Gesicht nicht mehr sehe. Das Mädchen hingegen schaut mich schüchtern und zugleich keck an. Maulana Sheikh streichelt ihr über den Kopf, erklärt ihr, wer ich bin und dass sie keine Angst haben muss. Vielleicht sagt er auch etwas ganz anderes.

Fazal bringt ein Tellertablett mit Reis und Fleisch, stellt es zwischen mir und dem Sheikh auf den Tischteppich:

»Biryani mit Lamm«, sagt er, »ein besonderes pakistanisches Gericht«, ist schon wieder verschwunden. Kurz darauf kehrt er mit zwei Schüsseln zurück, »Shami Kebab«, eine Art flache Frikadellen, und »Bhindi masala«, was wie kleine geschnittene Okra in Soße aussieht. Hinter ihm kommt ein weiterer junger Mann, der ebenfalls zwei Schüsseln in Händen hält, eine mit gewürztem Joghurt, die andere voll roter Zwiebelringe.

Er setzt sich links neben mich, schräg gegenüber von Maulana Sheikh, streckt mir die Hand entgegen: »Ich bin Akber Khan Mughal.«

Auch er ist jung, höchstens fünfundzwanzig. Ich zögere, bevor ich »Yussuf« sage. Mein Name ist und bleibt ein Problem.

»Ich freue mich, dich kennenzulernen. Man trifft nicht oft Deutsche in Pakistan.«

Sein Englisch ist fast akzentfrei.

»Viele Leute in Deutschland haben Angst«, sage ich.

»Warum?«

»Hauptsächlich vor Terrorismus.«

»Aber du hast keine Angst?«

»Nein.«

Fazal bringt einen weiteren Teller, auf dem in einer großen Serviette ein Turm aus warmen Fladenbroten eingeschlagen ist.

»Bismillahirahmanirahim«, sagt Maulana Sheikh, bevor er ein Stück Brot abreißt und es mir gibt. Seine Kinder rennen einige Runden kreischend durch die Moschee und verschwinden dann in die Dunkelheit. Vermutlich wartet irgendwo dort draußen ihre Mutter, die auch das Essen gekocht hat. Ich hätte gern einen Blick auf sie geworfen, was vermutlich der Grund dafür ist, dass ich es nicht darf.

Akber Khan Mughal reicht mir einen von zwei Löffeln, die auf dem Biryani-Tablett liegen, damit ich nicht mit den Fingern essen muss. Inzwischen gelingt es mir leidlich, Fleisch- oder Gemüsestücke mit Brot zu greifen, aber vom Reis fällt noch immer das meiste auf dem Weg zum Mund herunter. Ich probiere der Reihe nach jedes Gericht. Alles schmeckt besser als in sämtlichen Restaurants, die ich bislang besucht habe. Ich esse jetzt einfach – solange ich esse, muss ich nicht reden. Noch lieber würde ich nur dasitzen und den Sheikh ansehen, wie er nach ein paar Bissen wieder seine Gebetsperlen durch die Finger gleiten lässt, leise einen Dhikr summt, den Blick auf irgendetwas in der anderen Wirklichkeit gerichtet. Aber Akber Khan Mughal, der wegen seiner Englisch-Kenntnisse offenbar eigens für meine Unterhaltung herbestellt worden ist, redet in einem fort, und so muss ich ihm zuhören: Er arbeitet bei einem Fernsehsender, stammt, wie sein Name schon sagt, aus der Familie der Moghul-Herrscher und spricht zwölf pakistanische Sprachen. In diesem Moment fällt der Strom aus, es herrscht vollständige Dunkelheit. Offenbar ist hier niemand sonderlich überrascht. Akber Khan Mughal und Ahmad haben schon ihre Handylampen eingeschaltet. Maulana Sheikh fordert Fazal auf, etwas zu tun oder nachzuschauen, jedenfalls verschwindet dieser, kehrt aber nach kurzer Zeit zurück, zuckt mit den Schultern, sagt etwas auf Urdu und dann zu mir: »Nichts zu machen.«

Natürlich kann man genauso gut bei dieser Notbeleuchtung zusammensitzen und essen, es ist nur eine Frage der Gewöhnung. Die Gesichter bekommen etwas Vampirhaftes durch die harten Schatten im kalten Licht, selbst die dunkle Haut der Paschtunen wirkt auf einmal leichenblass.

»Wir haben diese Moschee ganz alleine gebaut«, sagt Fazal, »mit Spendengeld, deshalb ist vieles noch nicht fertig, und es geht immer sehr langsam weiter. Vorher gab es in der Gegend nur Koranschulen von Deobandis und Wahhabiten, und die Kinder bekamen den dunklen Islam voller Hass beigebracht. Das wollten wir nicht, weil Islam, so wie wir ihn verstehen, nichts mit diesen Ideen zu tun hat, die junge Leute dazu bringen, sich selbst und andere in die Luft zu sprengen. Inzwischen haben wir schon hundertfünfzig Schüler, aber es war nicht leicht, weil wir keine Genehmigung bekommen konnten und trotzdem angefangen haben zu bauen, ich bin deswegen mehrmals im Gefängnis gewesen ...«

Ihm versagt die Stimme, als er davon erzählt, wahrscheinlich hat er einige Tage in der Hölle zugebracht – wegen einer fehlenden Baugenehmigung. Ich denke: ›Gleich wird er mich fragen, ob ich nicht auch etwas spenden will‹, schäme mich des Gedankens, weil sie wirklich etwas zustandegebracht haben für eine gute Sache, mit großen persönlichen Opfern, überlege gleichzeitig, wie viel Bargeld ich bei mir habe. Der Sheikh sagt nichts, lässt noch immer mit nach innen gekehrtem Lächeln und leise murmelnd seine Perlen rund laufen.

»Iss noch etwas«, sagt Fazal, nachdem ich mir mein letztes Stück Brot mit Kufta in den Mund geschoben habe.

»Es schmeckt wirklich großartig, aber ich kann nicht mehr, ich hatte ja schon zu Abend gegessen, bevor ich euch getroffen habe.«

Ich will Fotos machen, aber natürlich ist es zu dunkel, trotz der Handylampen, und mit dem Blitz wirkt alles wie gefroren. Maulana Sheikh sitzt da, er ist einfach nur anwesend, sonst nichts, und seine Anwesenheit ist so, dass ich hierbleiben möchte, auch wenn mir die Füße eingeschlafen sind und die Knie zu schmerzen beginnen und obwohl ich nichts mehr darüber hören will, wie wunderbar der Islam ist, der wahre, der gute, der richtige Islam, und was für ein Geschenk, dass ich den Weg dorthin gefunden habe, Segen über Segen: »Du bist ein guter Mensch«, sagt Fazal, und das ist so ein Unsinn, dass ich nicht einmal vor Scham rot werde. Ich weiß nichts, ich glaube nichts, ich habe nicht einmal die Hoffnung, eines schönen oder nicht schönen Tages etwas zu wissen oder zu glauben, doch das Schweigen, die Stille und darin nichts als die weiche Stimme Maulana Sheikh Abdelkarims, die einen kurzen Vers wiederholt und wiederholt und wiederholt, das wäre für den Augenblick und den schönen Tag absolut ausreichend, aber stattdessen redet Akber Khan Mughal noch immer, dass bald der richtige und gute Islam über den finsteren siegen wird.

Fazal unterbricht ihn, fragt, was ich morgen mache, ob ich Zeit habe, dann kann er mich zu einem anderen Heiligtum bringen. Es gibt viele heilige Plätze in Karachi, und ja, natürlich möchte ich sie sehen, eines Tages, nur nicht morgen, da bin ich schon verabredet, und übermorgen reise ich nach Lahore weiter, doch Insha Allah werde ich bald zurückkehren, dann melde ich mich und lasse mir gern alles von ihm zeigen, sage ich, doch jetzt soll er, sollen sie beide einfach die Klappe halten, damit ich Maulana Sheikhs Summen besser verstehe – das sage ich natürlich nicht.

»Bist du sicher, dass du nichts mehr essen möchtest«, fragt Fazal.

»Ja, danke, es war großartig, das beste Essen, das ich überhaupt hatte hier in Karachi!«

Maulana Sheikh richtet sich auf, nur ein wenig, keine große Erhebung, sein Rücken wird etwas gerader, die Schultern werden ein Stückchen breiter, und dann beginnt er zu rezitieren: »Bismillahirahmanirahim … – Im Namen Gottes des Erbarmers, des Barmherzigen.« Seine Stimme ist jetzt nicht mehr schwebend, versonnen, sondern klar und kraftvoll und auf eine merkwürdige Weise gespannt, als würde sie nur mit äußerster Mühe aushalten, was sie sagen muss. »A-lam nashrah laka sadrak … – Haben wir dir nicht die Brust geweitet … « Ich kenne die Sure, weiß, was die Wörter bedeuten, soweit man überhaupt wissen kann, was ein Vers bedeutet, ein Koranvers zumal. »… und dir abgenommen deine Last/ die dir den Rücken niederdrückte …« So könnte es sein, hätte es sein sollen, manchmal war es so, jetzt in diesem Moment, wo es weder Gerede noch Lärm gibt und endgültig keine Fragen mehr, nicht weil sie beantwortet wären, sondern weil niemand mehr da ist, der sich an sie erinnert, weder an den Wortlaut noch an die Zweifel, aus denen sie aufgestiegen sind. »... und dein Gedenken erhöht.« – Fazal seufzt auf, wehrlos ergriffen von der Schönheit der Worte, des Vortrags, vielleicht auch in Erwartung des Verses, der darauf folgt: »Wahrlich, mit dem Schweren kommt das Leichte/ mit dem Schweren kommt das Leichte ...« Das mag stimmen oder nicht stimmen, gerne habe ich das immer geglaubt, wenn es schwer war, und manchmal hat es geholfen, aber jetzt fühle ich nichts, kein Glück, keine Erhabenheit, aber womöglich ist genau das »das Leichte«, wenn kein Gefühl übrig ist, nicht einmal ein gutes, das auch nur wieder Leere, vielleicht sogar Schmerz zurücklässt, sobald es sich auflöst. »Wenn du jetzt erleichtert bist/ dann bemühe dich aufrichtig ...« Noch ein Vers, und die Sure ist zu Ende. Ich hoffe trotzdem, dass Maulana Sheikh nicht aufhört, sondern die nächste folgen lässt, das »trotzdem« und »die Hoffnung« sind gleich zwei Fehler, die das Leichte wieder schwer machen. »und deinem Herrn widme dich ganz.« Doch dann sagt er: »Sadaqa Allah al Azeem – der allmächtige Gott hat die Wahrheit gesprochen« –, und damit ist die Rezitation vorbei. Maulana Sheikh sinkt in sich zusammen, ein kleiner dicklicher Mann mit einem Gesicht so blutjung wie uralt. Ich will etwas sagen und habe keine Ahnung, was. Schon der Klang meiner Stimme, die Englisch mit deutschem Akzent spricht, wäre falsch. Ich schaue auf die Uhr, es ist kurz nach Mitternacht, in diesem Moment springt die Neonröhre wieder an. Verwirrt und mit einer anderen Wahrnehmung als vor der Dunkelheit sehe ich mich noch einmal um. Erst jetzt bemerke ich die großen, mit schwarzer Farbe auf die Wand geschriebenen Koranverse.

»Wir können dich mit dem Auto zurückbringen, wenn du uns sagst, wo dein Hotel ist«, bietet Akber Khan Mughal an.

Ich schaue auf mein iPhone. Anders als erwartet, hat es einwandfreien Empfang. Ich gebe »The Beach Luxury Hotel« ein, tippe auf »Suchen«, sehe auf der kleinen Karte, dass wir einmal um die vollständige Bucht herumfahren müssen. Ich zeige Akber das Display, Fazal tritt hinzu, sie beraten sich auf Urdu. »Ich kann mir auch ein Taxi rufen, das ist gar kein Problem.«

»Selbstverständlich bringen wir dich.«

Lieber wäre ich noch einmal mit dem Motorrad gefahren, aber es ist völlig klar, dass ich jetzt den größeren Komfort genießen darf beziehungsweise muss.

Maulana Sheikh sagt etwas, und die anderen nicken.

Wir gehen hinaus, es ist immer noch sehr warm, stehen im Schein der nackten Glühbirne an der Mauer, werfen lange Schatten, die im Schwarz enden. Akber läuft ein Stück vor, um sein Auto zu holen. Ich beginne mich zu verabschieden, rede zusammenhangloses Zeug.

»Du musst bald wiederkommen«, sagt Fazal.

»Natürlich, unbedingt, ich hoffe, dass es nicht zu lange dauert, Insha Allah. Sobald ich zurück bin, melde ich mich.«

Akber steigt aus einem kleinen uralten Fiat oder Lada – eines dieser Modelle, die den Verkehr in sämtlichen Megastädten dieser Welt seit dreißig oder vierzig Jahren kollabieren lassen.

Ich gehe auf die Beifahrerseite, und Akber öffnet die Tür, aber nicht für mich, sondern für Maulana Sheikh Abdelkarim, was im Prinzip selbstverständlich ist, ich war nur nicht davon ausgegangen, dass er überhaupt mitfährt, halte mitten in der Bewegung an, damit niemand denkt, ich hätte mit dem besten Platz für mich gerechnet.

Tatsächlich sitzen wir jetzt hinten zu dritt, Schulter an Schulter zusammengepresst, fast so eng, wie wir am Grabmal des Heiligen standen. Als Akber den Wagen startet, denke ich, die Wahrscheinlichkeit, dass wir es mit dem Motorrad bis zum Hotel geschafft hätten, ohne liegen zu bleiben, wäre deutlich höher gewesen als mit dieser Kiste. Zum Glück dröhnt sie so laut, dass es unmöglich ist, ein Gespräch zu führen. Ich schaue aus dem fahrenden Wagen hinaus in die nächtliche Stadt. Schlafende Viertel wechseln sich mit Straßen ab, wo noch Geschäfte und Garküchen geöffnet haben. Dann wieder die Strandpromenade im Dunkeln, diesmal auf der rechten Seite. Es folgen Hafenanlagen, Verladekräne und Docks, dann die endlosen Mauern aus gestapelten Containern. Sobald die Container im Dunkel auftauchen, weiß ich, dass wir auf dem richtigen Weg sind, nur noch wenige Minuten vom Hotel entfernt.

»Hier vorn musst du links abbiegen«, brülle ich Akbar Khan Mughal ins Ohr, und dann fahren wir auf den Parkplatz vor der Einlassschranke. »Wir brauchen nicht durch die Sicherheitsschleuse«, sage ich, »ihr könnt mich hier rauslassen.«

Akbar hält den Wagen an. Alle vier Männer steigen aus, um mich zu verabschieden.

»Lass uns ein Foto machen«, sagt Fazal und legt mir den Arm um die Schulter. Maulana Sheikh Abdelkarim stellt sich rechts neben mich, Akber Khan Mughal neben ihn. Fazal und Ahmad halten ihre Telefone am ausgestreckten Arm auf uns gerichtet, drücken die Auslöser, prüfen das Ergebnis auf ihren Displays, sind aber nicht zufrieden. Ahmad muss mit Fazals, dann mit Akbers Telefon fotografieren, erst danach darf er selbst ins Bild, und Fazal fotografiert. Maulana Sheikh steht da und lacht, sagt irgendetwas, das ich nicht verstehe. Obwohl es mir peinlich ist, ziehe ich auch mein Telefon aus der Hosentasche und mache ein Foto von uns fünfen. »Du musst bald wiederkommen«, sagt Fazal noch einmal.

»Natürlich, Insha Allah«, sage ich.

Wir umarmen uns, und ich küsse die Hand des Sheikhs, warte, bis sie alle in den Wagen gestiegen sind, winke. Dann gehe ich vorbei an gelangweilten Sicherheitsleuten quer über den inneren Platz zum Hotel. Beim Eingang zur Lobby lege ich Kamera, Telefon, Münzgeld in die Plastikschale, die mir ein weiterer Sicherheitsmann hinhält, durchschreite die ausgeschaltete Torsonde und nehme die Treppe hinauf in mein Zimmer, um eine weitere Nacht nicht schlafen zu können.

Strandidyll mit Fremdem

Das Meer – so was Bescheuertes, dachte Martin, als er die Brandung zwischen den rund gewaschenen Klippen unter dem staubigen Himmel sah, doch er sagte nichts, denn Bano liebte das Meer, und sie hatte es ihm zeigen wollen, nicht irgendeins, ihr Meer, das arabische, eine Riesenbucht östlich des Golfs von Oman, damit er wusste, wo sie die Wochenenden mit Freunden verbracht hatte, bevor er gekommen war, und wieder verbringen würde, sobald er fort wäre: morgen. Bano liebte auch die Berge, eigentlich gefiel es ihr dort sogar besser, in der klaren und kühleren Luft zwischen bewaldeten Hügeln, am Horizont die weißen Gipfel des Karakorum oder Türme aus Wolken. Sie wanderte gern ganze Tage durch paradiesgrüne Täler, doch die felsigen, ausgedorrten Flussläufe in sämtlichen Schattierungen von Braun und Grau gefielen ihr fast ebenso gut, und dort traf man nur wenige Menschen. Allerdings waren die Berge achthundert oder tausend Kilometer von Karachi entfernt, und Bano kannte niemanden, der dort wohnte oder ein Haus besaß.

Wahrscheinlich geht es ihr gar nicht ums Meer, dachte Martin, weder um Wasser und Wellen noch um Strand oder Schwimmen, obwohl sie gesagt hatte, dass sie heute auf jeden Fall schwimmen wolle, und bestimmt hing sie nicht an den aus überschüssigen Betonplatten zusammengebauten Strandbungalows, die sich in zehn oder fünfzehn Metern Abstand aneinanderreihten, von Zäunen getrennt, die keinen Nutzen hatten oder längst auseinanderfielen. Im Grunde, dachte Martin, wollte Bano nur für ein paar Stunden raus aus der Stadt, aus dem Dreck, dem Gestank von Abgasen, verrottendem Müll, faulenden Mangroven, aus dem Lärm, dem Gedränge. Vor allem aber floh sie vor der immerwährenden Beobachtung durch Leute, die präzise und unumstößliche Vorstellungen davon hatten, wie man sich anständig oder schamlos benahm, angemessen oder obszön kleidete, die sie abschätzig, hasserfüllt, manchmal gierig anstarrten, Kommentare abgaben oder sie begrapschten, weil Bano das Schönste war, was sie in ihrem Scheißleben je berühren würden. Zwischen all den selbst ernannten Anstandshütern konnten jederzeit Bekannte auftauchen, nicht ihre eigenen aus der Zeit am College oder Arbeitskollegen vom Mohatta Palace, denen war das, was sie tat, wie sie lebte, so egal wie ein abgenagter Hühnerknochen, abgesehen davon, dass sich die meisten von ihnen, die Frauen sowieso, aber auch viele Männer, nicht nur die schwulen wie Jamil oder Zayyid, mit demselben Schwachsinn herumschlugen. Jede Familie hatte ihr eigenes Netz von Aufpassern und Zuträgern, und all diese Netze der Tugendhaften, die wussten, wie Bano und Meeram, Shezrey, Jamil, Zayyid, Murat und Akbar ihre Leben verbringen sollten, überlagerten einander, sodass es kaum eine Chance gab, unbemerkt zu bleiben. Wenn einer von diesen Leuten Bano irgendwo beobachtet hatte, mit einer

Zigarette in der Hand oder in Begleitung eines Mannes, den er nicht kannte, griff er zum Telefon, oder er ließ bei nächster Gelegenheit, wenn er ihren Vater, ihre Mutter irgendwo traf, Bemerkungen fallen, die zweideutig daherkamen, aber eindeutig verstanden wurden, und dann forderte ihr Vater eine Erklärung, ihre Mutter redete ihr ins Gewissen, sie schrien sich an, knallten Türen, und anschließend schwiegen sie, manchmal für Stunden, manchmal tagelang.

Bano war einunddreißig und nicht verheiratet. Keiner der zwei Dutzend Großcousins oder Schwagerbrüder, die Eltern, Tanten oder auch ihre Schwester Zainab ihr im Lauf der letzten zehn Jahre als Ehemann hatten andrehen wollen, war ihr auch nur im entferntesten anziehend erschienen, also lebte sie wie alle ledigen Frauen zu Hause, und es war die Hölle. Martin hatte ihr mehrmals gesagt: »Zieh doch aus, nimm dir eine eigene Wohnung, sie muss ja nicht groß sein, du verdienst doch genug.«

Daraufhin hatte Bano ihn angeschaut in einer Mischung aus Spott, Bitterkeit und Wut: »Du hast überhaupt keine Ahnung.«

Sie hatten sich darüber fast gestritten, weil es einfach nicht in seinen Kopf wollte, dass eine erwachsene, selbständig denkende, wirtschaftlich unabhängige Frau in einer Stadt von sechzehn oder achtzehn Millionen Einwohnern nicht einfach irgendwo einen Mietvertrag unterschreiben konnte, sondern stattdessen Lügen erfinden musste, wenn sie erst um Mitternacht nach Hause kam, und sowieso nie an einem anderen Ort schlafen durfte als dort. Schließlich hatte er aufgegeben, ratlos mit den Schultern gezuckt.

Es existierten offenbar Regeln, die unumstößlich waren, obwohl sie in keinem Gesetzbuch auftauchten und ihre Übertretung nicht strafrechtlich verfolgt wurde.

Er stand zwischen den beiden Autos, mit denen sie gekommen waren, fühlte sich schwer und leicht. Bano neben ihm redete Urdu mit Shezrey, es klang kraftvoll und melodisch, doch er konnte weder ihren Gesten noch dem Klang ihrer Sätze entnehmen, ob sie über etwas Ernsthaftes sprachen oder den Klatsch der vergangenen Woche austauschten. Shezrey und Jamil hatte er jeweils einmal getroffen, von den anderen wusste er wenig bis nichts. Banos Freunde hingegen hatten sich sehr wohl über ihn ausgetauscht, nahmen an, dass irgendetwas lief zwischen ihr und ihm, und sicher hatten sie längst eine Meinung dazu.

Im Inneren des Bungalows war es dunkel, es gab mehrere große Fenster, die zum Schutz vor der Hitze und vor neugierigen Blicken mit roten Holzblenden verschlossen waren. Am Nachbarhaus hatte man sie blau gestrichen, hier wie dort blätterte die Farbe ab. Niemand kam auf die Idee, sie zu öffnen.

Murat, Jamil und Akbar trugen Sporttaschen voller Bierdosen und Plastiktüten mit Wasserflaschen aus den Kofferräumen herein, eine Soundbar und Brot, während Meeram sich auf einen der Korbsessel hinter dem niedrigen Glastisch fallen ließ, große Blättchen, Zigaretten, ein Tütchen Haschisch aus ihrer Handtasche kramte und anfing, den nächsten Joint zu bauen. Sie hatten schon während der Fahrt geraucht, Schwarzen Afghanen, angeblich das beste Haschisch der Welt, Bano und Meeram, auch Murat, dem der Wagen gehörte und der am Steuer gesessen hatte. Ohne dass Martin danach gefragt hätte, hatte Bano gesagt, »Du musst dir keine Sorgen machen, er weiß, was er verträgt«, und Martin war erstaunt gewesen, dass er sich tatsächlich keine Sorgen machte, weder hatte er Angst, zwischen den psychedelisch bemalten LKWs zerquetscht zu werden, noch mit zertrümmertem Schädel an einer Mauer zu enden, es war ihm völlig egal.

Bano trat zu Meeram, und Meeram sagte: »Schau nicht so, ich weiß, dass deine Joints besser sind.«

»Lass Bano drehen«, rief Jamil, doch Bano schüttelte den Kopf. »Ich hab jetzt keine Lust«, sagte sie und dann zu Martin: »Komm, wir gehen raus.«

Sie traten auf die von einem einzigen Stück Wellblech überdachte Terrasse, warmer, kräftiger Wind blies ihm ins Gesicht, und das Meer donnerte noch lauter, als er es beim Anblick der Wellen erwartet hätte.

Er spürte die Wirkung des Haschischs, obwohl er nur vier oder fünf Züge genommen hatte. Es lag Jahre zurück, dass er Gras geraucht hatte, er war nichts mehr gewohnt, versuchte, einen klaren Satz zu formulieren, »Der Himmel berührt das Meer nicht«, ihn festzuhalten, worüber ihm die Bedeutung abhandenkam. Für eine Weile fixierte er den rechten der beiden Betonpfeiler, auf denen das Dach ruhte, um herauszufinden, ob er selbst schwankte oder lediglich die Verarbeitung der Wahrnehmung seiner Bewegungen im Gehirn ins Stocken geraten war.

»Du siehst komplett stoned aus«, sagte Bano.

»Ich bin komplett stoned.«

Sie lachte, er meinte die Formulierung »alter Mann«, in welcher Sprache auch immer, in ihrem Blick zu erkennen: »Vielleicht solltest du nicht noch mehr rauchen.«

»Mir geht's gut«, sagte er mit einer Verzögerung, die sowohl von der Verlangsamung seiner Gedanken als auch von einer leichten Lähmung der Zunge herrühren konnte.

Vor der Wand sowie rechts und links befanden sich massive, halbhohe Bänke, ebenfalls aus Beton gegossen. Bano griff nach seiner Hand, ließ sich auf die ausgeblichenen Kissen fallen und zog ihn zu sich heran. Das Weiße ihrer Augen war noch makellos, keine Spur der feinen Äderchen, die es durchzogen und dunkelrot leuchteten, wenn sie viele oder sehr starke Joints geraucht hatte. Er kramte die Zigarettenpackung aus der Hosentasche, hielt sie ihr hin. »Danke, jetzt nicht«, sagte sie, doch nachdem er zwei Züge gemacht hatte, nahm sie ihm die Zigarette aus der Hand und rauchte weiter. Jamil kam mit einer Dose Bier, sie trank ein paar Schlucke, gab sie ihm zurück. Er sah Martin fragend an – Martin schüttelte den Kopf.

»Alle Deutschen trinken Bier«, sagte Jamil.

»Die meisten.«

Sein Flug ging um fünf Uhr früh, spätestens um halb drei in der Nacht musste er sich mit halbwegs klarem Verstand auf den Weg zum Terminal machen. Wenn er gewusst hätte, wie stark das Haschisch wirkte, hätte er auch davon die Finger gelassen, andererseits fanden ihn Banos Freunde ohnehin sonderbar – ein Europäer, der sich für die Stammesstrukturen der Belutschen oder die Bedeutung bestimmter Ornamente in alten Teppichen interessierte und der sich wunderte, dass sie nichts darüber wussten und auch keine Lust hatten, darüber zu reden. Er stellte sich die umgekehrte Situation vor: Ein Pakistani, der mit ihm an der Ostseeküste säße und über die lokalen Unterschiede der Sockenmuster in bayerischen Trachten reden wollte.

»Wie geht es dir?«, fragte Bano.

»Gut.«

Sie lehnte ihre Schulter gegen seine, die größte Nähe, die in der Öffentlichkeit möglich war. In der Stadt hätte es schon Anstoß erregt, dass sie sich überhaupt berührten, und auch jetzt, wo nur ihre Freunde um sie herum waren, hielt sie seine Hand nicht fest.

Er sah zu, wie die Wellen gegen die Felsen klatschten, sie verloren die Konturen, Gischt spritzte auf, gingen in einen amorphen Zustand über, schoben sich auf den lehmfarbenen Sand wie das glibberige Organ einer außerirdischen Lebensform auf der Suche nach Beute. Das opake Licht der Sonne hinter der Glocke aus Smog erzeugte einen befremdlichen Abstand zwischen Dingen und Menschen – zwischen ihm und allem anderen. Sie saßen eine Weile einfach da, jeder in seinen eigenen Kokon eingesponnen, während die anderen mit Badesachen und Getränken hinunter zum Wasser liefen.

Martin war froh, mit Bano allein zu sein, sah zu ihr hinüber, um herauszufinden, ob sie lieber mitgegangen wäre, doch sie wirkte ruhig, und zumindest für den Augenblick machte sie keine Anstalten aufzustehen. Wenn morgen nicht morgen, sondern erst übermorgen oder in einer Woche gewesen wäre, hätte sich jetzt Glück eingestellt, doch um sich der Ewigkeit des Moments zu überlassen, war der Moment zu kurz.

Ein unrasierter Mann in schmutzig grauer Kurta-Shalwar, der eine große Korbtasche trug, näherte sich vom Strand her, rief Bano etwas zu, Bano antwortete, woraufhin er abdrehte und die Felsen hinunter zu den anderen stapfte.

»Was wollte er?«

»Er hat Krebse«, sagte Bano, »Jamil soll sie sich angucken und mit ihm verhandeln.«

»Und dann?«

»Essen wir Krebse.«

Martin überlegte, wie lange der Mann seine Krebse wohl schon durch die Hitze trug, dachte, dass es vernünftiger wäre, die Finger davon zu lassen, eine Lebensmittelvergiftung im Flugzeug war schlimmer, als bekifft bei einem Autounfall zu sterben. Bevor er aus all dem einen Satz geformt hatte, sagte Bano: »Man kann heute nicht schwimmen, aber ich will trotzdem ins Wasser.«

Er nickte, stand auf und zog seine Jeans aus. Darunter trug er eine Badehose. Bano streifte sich die Kurta über den Kopf, behielt ein weites grünes T-Shirt und ihre schwarzen Leggins an, öffnete den BH, beförderte ihn durch den Ärmel heraus. Sie ging vor, erst durch den weichen Sand, dann über flache, zerklüftete Felsbänke. Kleine Steinchen stachen ihm in die bloßen Füße, jeder Schritt schmerzte. Viele der Platten saßen locker, kippelten, sobald er auf sie trat, sodass er Schwierigkeiten hatte, das Gleichgewicht zu halten. Er versuchte, möglichst wenig mit den Armen zu rudern, damit es nicht vollends lachhaft aussah. Bano wartete, dass er nachkam, schaute ihn ironisch besorgt, vielleicht eine Spur mitleidig an.

Die anderen hatten sich unterhalb eines kleinen Felsabbruchs niedergelassen, tranken Bier, Jamil alberte herum. Aus der Soundbar wehten unzusammenhängende Fetzen elektronischer Musik herüber, mischten sich mit dem Donnern der Brandung, dem Knirschen der Schritte. Murat gestikulierte, als würde er Shezrey einen Businessplan erläutern, der ihn reich und berühmt machen sollte. Bano rief ihnen im Vorbeigehen etwas zu, es schien witzig und boshaft zu sein, wenn er die gespielte Empörung richtig deutete.

Ganz gleich, wie es weitergeht, dachte er, ich werde in diesem Leben kein Urdu mehr lernen. Ohnehin sprach Bano besser Englisch als er, insofern spielte es keine Rolle.

Das Meer war warm, aber kühler als die Luft. Bano rannte hinein, warf sich in die nächste Welle, tat einige Schwimmzüge im seichten Wasser, richtete sich wieder auf, winkte ihm, dass er zu ihr käme. Er stand unschlüssig da – er hatte vergessen, ein Handtuch einzupacken, und es würde Stunden dauern, bis seine Badehose wieder trocken wäre.

Bano konnte sich in der Brandung kaum aufrecht halten. Das nasse T-Shirt klebte an ihrem Oberkörper, zeichnete ihre kleinen Brüste nach. Sie sah, dass er hinschaute, lachte, drehte sich weg, zupfte den Stoff von der Haut, was kaum etwas änderte.

Wenn man die Idee von der Ewigkeit in jedem Augenblick begreifen würde, wäre jetzt alles gut, dachte Martin, aber morgen um diese Zeit wäre dann alles schlecht, und solange er seine Gedanken auf diese Weise in beide Richtungen schickte, funktionierte der Trick nicht.

Er schob seine Füße vorsichtig ins Wasser. Weiter rechts näherte sich eine Großfamilie dem Strand, zwei alte Frauen, ein Elternpaar, vier oder fünf Kinder zwischen drei und zwanzig. Spätestens jetzt waren Bano und er zurück in der Öffentlichkeit, er sah, dass sie dasselbe dachte, trotzdem ging er auf sie zu, mimte den übermütigen Liebhaber, der neckische Spielchen mit ihr spielen wollte. Bano warf den Kopf in den Nacken, ihre dicken schwarzen Haare bildeten einen Fächer, der in einer einzigen Bewegung aufgefaltet und wieder zusammengeklappt wurde. Sie schaufelte mit beiden Händen Wasser in seine Richtung. Noch so ein Augenblick, für den er sein Leben gegeben hätte, wenn das die Wahl gewesen wäre, doch jetzt standen da diese Leute, starrten herüber, das Wasser war einfach nur nass und salzig, und in 24 Stunden befände er sich irgendwo in der Luft zwischen Karachi und Berlin – ohne sie. Er dachte, wie leicht es wäre, sich jetzt forttreiben zu lassen und zu ertrinken.

»Geh nicht weiter rein«, sagte Bano, als ihm das Wasser bis zu den Hüften reichte. »Es ist wirklich gefährlich, und du bist komplett breit.«

Er fand es süß, dass sie sich Sorgen machte, und gleichzeitig absurd, weil sie später kein Problem damit haben würde, wenn sie bei irgendjemandem ins Auto stiegen, der alles Mögliche sehen würde, nur nicht den Verkehr.

Irgendwann hatte Bano genug, und weil er ihretwegen ins Wasser gegangen war – weil er überhaupt nur ihretwegen hier war –, folgte er ihr die Felsbänke hinauf zu dem Platz, wo ihre Freunde saßen.

»Gefällt er dir?«, fragte Shezrey.

»Ja, klar.«

Es war nicht gelogen, trotzdem stand er steif und erkennbar sinnlos da. Ihm fiel nichts ein, worüber er hätte reden können, nicht nur wegen der zähen Hülle, in die er eingeschlossen war. Statt irgendeinen Unsinn zu erzählen, griff er unablässig in die Kartoffelchipstüten, die Zayyid mitgenommen hatte, stopfte sich den Mund voll, kaute stumpfsinnig wie ein Ochse. Nachdem die Tüten leer waren, nahm er eine von Murats Menthol-Zigaretten. Bevor man sie ansteckte, musste man im Filter eine Art Aromakapsel zerdrücken. Der Rauch schmeckte wie ein Eukalyptusbonbon.

»Es gibt auch Magic Mushrooms«, sagte Jamil. »Vielleicht willst du welche?«

Bano hatte erzählt, dass man damit sehr schräge Sachen erlebte. Eigentlich hatte er sich vorgenommen, es zu probieren, wenn sich die Gelegenheit bot – aber nicht heute.

Jamil gab ein Plastiktütchen herum, in dem sich beige, gelb-graue Stücke befanden. Einige sahen aus wie eine Kreuzung aus Pfifferling und Morchel, andere erinnerten an Stockschwämmchen. Er dachte an seinen Flug, hauptsächlich aber daran, dass er die letzten Stunden mit Bano tatsächlich bei ihr sein wollte und nicht in biochemisch erzeugten Wunderkammern, ganz gleich, ob sich dort

Rosengärten auftaten oder Höllengestalten einen in Stücke rissen.

»Für mich nicht«, sagte er und sah Bano an. Bano lächelte: »Für mich auch nicht.«

Er war froh darüber.

Die anderen nahmen von den Pilzen, lachten, wobei das Lachen noch Vorfreude war und nicht die Folge grotesker Visionen. Er hatte Zweifel, dass einer von ihnen auf absehbare Zeit in der Lage sein würde, ein Auto zu steuern. Schlimmstenfalls verfiele sein Flug, er müsste einige Termine zu Hause absagen.

Oben winkte der Mann mit den Krebsen. Jamil rief ihm etwas zu und lief hinauf, gefolgt von Zayyid. Martin hatte ihn längst wieder vergessen gehabt, sagte: »Ich dachte, ihr hättet sie vorhin schon gekauft.«

»Da haben sie noch gelebt«, sagte Shezrey. »Jetzt sind sie gekocht.«

Auf dem Tisch stand eine hellgrüne Plastikschüssel, fast ein Eimer, in einer schwarzen Plastiktüte, randvoll mit grob zerhackten Scheren und Panzern, überzogen von Gewürzen und Soße. Martin wollte nicht der erste sein, der zugriff, stand erneut wie ein Trottel herum, während Bano sich ein Bier öffnete. Jamil und Zayyid waren gleich wieder hinausgegangen.

»Darf ich probieren?«, fragte er.

»Auf jeden Fall«, sagte Bano und hob die Schüssel aus der Tüte. »Hier kannst du die Abfälle reintun.«

Sie brach eine Schere auf und schob sich das Innere in den Mund.

»Sie sind ziemlich gut.«

Er setzte sich an den Tisch, knackte die erste Schale, biss in das weiche Fleisch. Es schmeckte scharf, aber nicht zu scharf, und nach Aromen, die er nicht kannte.

»Magst du?«

Er konnte nicht antworten, weil er schon den nächsten Krebs kaute, den übernächsten zwischen den Fingern hatte, schließlich brachte er »schmeckt fantastisch« heraus.

Er puhlte, schmatzte, schlang, bis Bano irgendwann sagte: »Lass den anderen auch noch was übrig.«

Murat setzte sich an den Tisch, zog die Schüssel auf seine Seite und begann zu essen, ohne ihn zu beachten.

»Schmeckt toll«, sagte Martin. Weil Murat nicht reagierte, stand er auf, ging zur Tür, schaute hinaus. Vor der Terrasse stand ein Kamel mit hohen, schlanken Aufbauten über dem Hinterteil, die an archaische Feldzeichen erinnerten. Auf dem Höcker befand sich ein Sattel, bedeckt von mehreren Teppichen. Um den langen Hals hingen Kunstblumenkränze und Stoffgirlanden. Ein junger Mann mit einer deckelartigen Kappe führte es an einem Strick hinter sich her. Er blieb stehen. Shezrey, Meeram, Zayyid und Jamil traten auf ihn zu, redeten mit ihm.

»Was macht er da?«, fragte Martin.

»Du kannst es reiten, wenn du willst.«

Er stellte sich den englischen Kolonialmaler vor, der irgendwann vor hundertfünfzig Jahren das erste Kamel auf diese Weise ausstaffiert, dann üppige goldgeschmückte Frauen dazugestellt hatte, damit die Kunden in London in schwüle Phantasien abglitten und seine Bilder kauften. Er spürte eine Art stellvertretende Scham, sah Bano an, wurde selbst für einen Moment dieser Maler, der später mit einem der Modelle schlief und sich einredete, ihr Lust zu verschaffen, während er selbst ins innerste Wesen des Orients eintauchte. Er rechnete damit, dass Bano sich ebenfalls ärgerte, ihren Ärger über die Engländer auf ihn übertrug, was er verstanden hätte, doch nichts dergleichen geschah.

Das Kamel legte sich umständlich in den Sand, Jamil und Zayyid stiegen gemeinsam unter großem Gelächter auf, dann erhob es sich schwankend und trottete seinem Führer hinterher in Richtung der Fabrikanlage vor den Hügeln im Westen.

»Hast du Lust zu reiten?«, fragte Bano.

»Nein. Höchstens wir beide zusammen, wie die Jungs?«

»Auf gar keinen Fall.«

Er wollte ihr den Arm um die Hüfte legen, doch mitten in der Bewegung fiel ihm ein, dass es für schamlos gehalten worden wäre. Er leitete seine Hand um, sodass es aussah, als hätte er eine rhetorische Figur in die Luft gezeichnet.

Bano ließ sich wieder auf die Polsterbank fallen. Er setzte sich neben sie. Sie atmete tief, schüttelte den Kopf: »Du magst meine Freunde nicht, oder?«

»Doch«, sagte er. »Ich hab eher den Eindruck, dass sie mich nicht mögen, dass sie denken, ich bin nicht gut für dich. Was wahrscheinlich sogar stimmt.«

»Ich meine, weil du gar nichts sagst.«

»Ich habe versucht, ein Gespräch mit Murat anzufangen. Er hat mich komplett ignoriert.«

»Er ist manchmal komisch. Eigentlich gehört er auch nicht richtig dazu. Seine Eltern haben halt den Bungalow.«

Er sah zu ihr hinüber, dann aufs Wasser, wieder zu ihr, zog mit seinem Blick jede Linie in ihrem Gesicht nach, wenn es ihm schon nicht erlaubt war, es mit den Fingerkuppen zu tun. Wie schön sie ist, dachte er, und dass es ein sinnloser Gedanke war, vielleicht sogar ein schäbiger, mit dem er Bano auf ihr Äußeres reduzierte und sich selbst als chauvinistischen Ausbeuter entlarvte: »Ich verderb' dir den Ausflug«, sagte er.

»Quatsch«, sagte Bano. »Ich sitze gern mit dir hier, viel mehr bleibt uns ja nicht, und die anderen sind sowieso längst total breit.«

Martin dachte, es muss doch einen Weg geben, aber wie soll er aussehen und wo fängt er an, und selbst wenn er möglich wäre, man ändert doch nicht einfach sein Leben, von einem Tag auf den anderen, wegen einer Frau, die man seit gerade mal zwei Wochen kennt. Er hatte Termine und Verpflichtungen, geschäftliche, finanzielle. Die Zeit war schlecht für den Handel mit alten Teppichen, die Preise so niedrig wie seit den 1970ern nicht, für jedes Stück musste er sich eine eigene Geschichte aus Fakten und Geheimnissen zusammenbasteln, und selbst wenn sie abenteuerlich und rätselhaft klang, blieb es schwierig, einen Käufer zu überzeugen: In den Köpfen der Leute war das Bild von Aladdin, der auf einem Teppich ins Reich der Wunder flog, durch bärtige Widerlinge ersetzt worden, die ihre Stirn auf den Teppich drückten, bevor sie einem Gefangenen vor laufender Kamera die Kehle durchschnitten.

Bano schwieg und starrte aufs Wasser, das immer höhere Wellen gegen die Felsen warf.

Er musste arbeiten wie ein Bekloppter, wenn er mit diesem Gewerbe überleben wollte in Deutschland, aber Bano dachte, er wäre reich, so wie sie selbst und ihre Leute irgendwie reich waren, nicht superreich, aber doch normalreich, von Haus aus, das war angenehm – selbst wenn es aus diesem Haus kein Entkommen gab.

»Was denkst du?«, fragte er.

»Vielleicht heirate ich einfach irgendjemanden, damit ich erst mal da raus bin, und wenn du es dir anders überlegst, lass ich mich wieder scheiden. Natürlich wird das nicht passieren – du wirst nicht hierherziehen, du bist zu feige, und jetzt weißt du ja auch, wie eine orientalische Frau sich anfühlt, du hattest, was du wolltest.«

Er schüttelte den Kopf: »Sei nicht so…«, setzte er an, doch sie unterbrach ihn, ruhig und freundlich.

»Mach dir nichts vor«, sagte sie, »und mir auch nicht. Das war's. Besser wird es nicht, zumindest rechne ich nicht damit. Und jetzt ist es eben vorbei. Ich bin dir nicht böse. Irgendwie leben wir weiter, ich hier und du in Deutschland… Ist auch egal.«

Martin dachte, dass er weinen sollte, zumindest eine Träne müsste ihm die Wange hinunterlaufen, dass sie seinen Schmerz sah, aber sein Mund war wie ausgedorrt von dem verdammten Haschisch, wie sollte da überschüssige Flüssigkeit in die Augen schießen.

Das Kamel kam mit Jamil und Zayyed zurück, die anderen johlten, als sie abstiegen.

»Komm«, sagte Martin, »lass uns auch ein Stück reiten, so weit, bis uns das Geld ausgeht… Gleich geht die Sonne unter, dann verpasse ich meinen Flug. Es spielt keine Rolle, ich meine, wenn das Beste schon hinter uns liegt und es vorbei ist, lass uns das einfach machen, ich habe noch 2000 Rupien, wie weit kommen wir damit, bis zum nächsten Bankautomaten, ich habe eine Kreditkarte, zumindest für eine Weile wird sie noch funktionieren, da ziehe ich frisches Geld, irgendwas fällt uns dann schon ein, komm, bevor wir es ein Leben lang bereuen.«

Er glaubte, was er gesagt hatte, zumindest in diesem Moment, einen anderen gab es nicht, würde es nie geben, stand auf, griff nach ihrer Hand, sah ihr ins Gesicht, wollte sie hochziehen, doch Bano starrte auf ihre nackten Füße, machte sich so schwer wie sie irgend konnte, presste sich mit dem Rücken gegen die Polster und sagte: »Nein.«

Schwarzmilane

John, der Taxifahrer, will auf mich warten, auch wenn es eine Stunde dauert oder zwei. Es ist heiß. Auf dem Gehsteig, den kaum jemand benutzt, weil das Gehen hier nicht als sinnvolle Art der Fortbewegung gilt, liegen Knochen. Es sind kleine Knochen, trocken und grau, von Zicklein, Lämmern. Sie stecken zwischen herausgebrochenen Pflastersteinen, Stofflappen, zertretenem Plastik. Man kann sie leicht übersehen. Alles ist von einer Schicht hellen Staubs überzogen. Manchmal sind schwarzgeronnene Reste von Blut, verdorrten Sehnen erkennbar. Wild aufgeschütteter Müll, auch vor den äußeren Mauern des Schreins.

Am blauen Himmel Dutzende, vielleicht Hunderte dunkler Vögel, die umeinander kreisen. Ich denke einen Moment, es sind Krähen, doch sie haben Greifvogelsilhouetten, größer als Bussarde mit schlankeren Schwingen, gegabeltem Schwanz – und sie bewegen sich nicht wie Krähen. Sie gleiten dahin, setzen zu flachen Sturzflügen an, überlassen sich der Thermik, gewinnen Höhe, halten Ausschau, jeder für sich.

Der Schrein ist eine Baustelle zwischen weiteren Baustellen. Er wird vollständig neu errichtet aus Stahlbeton: ein Block, darin Spitzbögen, Pfeiler, verkleidet mit Sandstein, monumental und wehrhaft.

Ich überquere den halb leeren Parkplatz. Ein Bettler ohne Unterschenkel hockt auf einer bunten Flechtmatte und beachtet mich nicht. Neben der Torsonde für die Sicherheitskontrollen stehen Männer, nachlässig uniformiert, vorzeitliche Kalaschnikows über der Schulter. Ich halte ihnen mein Telefon, meine Kamera hin, ohne dass sie ihr Gespräch unterbrechen. Nur wenige Pilger kommen heute Morgen zum Beten, eine Handvoll Frauen in vielfarbig bestickten Kurtas, zwei haben Säuglinge auf dem Arm; Derwische mit hennarot gefärbten Bärten; Männer, die frisch gebügelte Anzüge tragen, als wären sie auf dem Weg ins Büro.

Ich ziehe meine Schuhe aus, gebe sie an einem provisorischen Stand zur Verwahrung ab, steige auf durchgetretenen Teppichbahnen die Stufen des halb fertigen Aufgangs hinauf. Nackte Energiesparlampen hängen an rostigen Stahlstreben. Im grauen Relief, das die Schalbretter hinterlassen haben, offene Kabelkanäle, ein provisorischer Handlauf, knallrot gestrichen.

Ich halte inne, blicke über die Baustelle, die vierspurige Hochstraße. Dahinter öffnet sich eine ausgedehnte Rasenfläche, vielleicht ein Cricketfeld. Direkt unter mir auf dem Kapitell einer Gruppe aus vier schlanken Säulen, die von den früheren Gebäuden übrig geblieben sind, sitzt einer der Vögel, dunkelbraun wie ein Steinadler, mit gelbem Krummschnabel, gelben Klauen, die etwas festhalten – Beute. Sein Kopf senkt sich, zerrt an zähen Fasern, reißt Fetzen ab.

Das Grabmal Abdullah Shah Ghazis ist der wichtigste

Heiligenschrein in Karachi. Früher besuchten ihn auch Hindus und Christen. Vielleicht ist es immer noch so, nur dass sie sich nicht mehr zu erkennen geben.

Abdullah Shah Ghazi kam um 760 als Pferdehändler mit den ersten islamischen Eroberern in den Sindh, wandte sich dann ganz ab von Geschäften und Krieg. Er war ein Urenkel des Propheten Mohammed. Feinde lauerten ihm in einem Waldstück auf und töteten ihn. Seine Anhänger brachten ihn zurück zu der Stelle, wo er an Land gegangen war, bestatteten ihn auf dieser Hügelkuppe mit Blick über die Arabische See. Damals war hier nichts als Fels und Sand, das Wasser ungenießbar für Menschen und Tiere. Nachdem man ihn begraben hatte, brach wenige Meter entfernt eine süße Quelle auf. Es heißt, dass die Segensmacht des Heiligen die Stadt noch immer vor Zyklonen und Sturmfluten schützt, dass er bei Krankheit und Unfruchtbarkeit hilft, aber nicht nur. 2010 sprengten sich zwei Taliban inmitten der Gläubigen in die Luft, töteten acht Betende und verletzten mehr als sechzig.

Am Ende der Treppe zum eigentlichen Eingang sitzt ein alter Derwisch neben einem halben Ölfass, auf dem dicke Bündel aus duftendem Räucherwerk brennen.

An ihm vorbei der Blick über die graue Fläche eines weiteren, halb fertigen oder halb abgerissenen Gebäudes. Entlang der abgebrochenen Mauer provisorisch eingegossene Eisenstangen, an denen Fahnen in ausgebleichtem Rot und Grün flattern.

Auch hier unzählige Vögel bis zum Horizont.

Im Innern der Baustelle wacklige Gerüste, Stützkonstruktionen, Verschalungen. Ein weiterer Aufgang, der noch mit alten blauweißen Ornamentfliesen ausgekleidet ist. Die Wege von Frauen und Männern trennen sich kurz. Unter der Kuppel über dem eigentlichen Grabmal treffen sie wieder zusammen, die Frauen links, die Männer rechts. Ein Zahnloser stößt schrille Schreie aus. Viele Schichten bunter Tücher, Millionen Rosenblätter bedecken den Sarkophag. Vor der hüfthohen Umfriedung aus weißem Marmor steht ein Mann, der die Tücher herunternimmt, zusammenfaltet, die karmesinfarbenen Blätter einsammelt und in eine Mülltonne wirft, während die nächsten Pilger neue Tücher ausbreiten, frische Rosen streuen.

Ich setze mich auf den nackten Betonboden im Nebenraum, schaue nirgends hin und denke an nichts. Steinstaub mischt sich in den Gestank von verrottendem Abfall. Das Donnern des Presslufthammers neben der mannshohen Stoffbahn, die als einzige Trennwand dient, macht die Stille deutlicher, als Stille es könnte.

Es gibt vieles, für das man bitten kann, ganz gleich, aus welchem Leben man kommt. So vergeht einige Zeit.

Als ich das Grabmal verlasse, haben sich zwei der Vögel auf der Dachkante des Hauptgebäudes niedergelassen, in gebührendem Abstand zueinander. Weder scheinen sie ein Paar noch verhalten sie sich wie Rivalen. Einer lässt sich in die flirrende Luft fallen, zieht einen langen Bogen über Toilettenbaracken und die Wohncontainer der Arbeiter, fliegt davon.

Ich löse meine Schuhe gegen fünf Rupien aus, gehe zurück zum Parkplatz. Drei Frauen in langen schwarzen

Kleidern laufen hinter mir her, rufen mir etwas zu. Ich greife in meine Hosentasche, um ihnen Geld zu geben, wie es üblich und gut ist, wenn man einen Heiligen besucht hat. Die erste hat mich eingeholt, sie trägt lange gelbe Blütenkränze über dem Arm, redet auf mich ein, während ich meine stinkenden Geldscheine sortiere. Im nächsten Moment hat sie mir einen der Kränze über den Kopf geworfen, unfehlbar sicher wie ein Cowboy, der ein Kalb mit dem Lasso fängt. Ich will diesen Kranz nicht, nehme ihn mit einer heftigen Bewegung ab, versuche, ihn ihr zurückzugeben, doch sie geht davon aus, dass es unwiderruflich meiner ist, da er um meinen Hals lag. Sie deutet auf einen Zweihundertrupienschein – so viel will sie haben für den Segen, den mir der Blumenkranz bringt. Das ist vier- oder fünfmal so viel wie ein normales Almosen. Mit ausgestrecktem Arm, den Kranz zwischen spitzen Fingern, gehe ich auf sie zu. Meine Stimme klingt sehr wütend, ich erschrecke vor mir selbst. Sie weicht nicht zurück, macht im Gegenteil einen Ausfallschritt, als wollte sie mich schlagen, mir die Augen auskratzen. Alle drei Frauen umringen mich jetzt, zetern, kreischen. Ich denke, sie werden mich verfluchen, und dass man nie weiß, was solche Flüche am Ende bewirken, gebe der ersten hundert Rupien, die sie nimmt, ohne mit dem Geschrei aufzuhören. Drehe mich weg, gehe zügig weiter, den grellgelben Kranz in der Hand. Sie folgen mir noch ein Stück, rufen mir Sätze nach, die ich nicht verstehe, aber sie klingen bedrohlich. Dann sind sie zwischen Wellblechabsperrungen und Baustellenfahrzeugen verschwunden.

Ich schaue mich um, niemand nimmt Notiz von mir, hänge den Blumenkranz in einen Busch.

John, der nicht »John« heißt, sich nur für seine ausländischen Kunden so nennt, steht unten neben seinem Wagen, poliert mit einem Tuch den zerbeulten Kotflügel.

Ich steige ein, schiebe meine Peinlichkeit und die fremden Verwünschungen weg. Er soll mich zurück zum Hotel fahren, auch wenn dort niemand auf mich wartet. Mir läuft der Schweiß in Strömen Stirn und Schläfen herunter.

Was ich am Schrein gemacht habe, will er wissen.

»Es hat mich interessiert«, sage ich.

»Du bist Deutscher«, sagt er.

»Ja, aber das hat nichts zu bedeuten.«

Er liebt deutsches Bier, ob ich ihm welches besorgen kann.

»Schwierig«, sage ich, ziehe mein Telefon aus der Hosentasche, gebe den Sperrcode ein. Es soll geschäftig aussehen.

Niemand hat eine Nachricht hinterlassen.

Ich fotografiere aus dem fahrenden Wagen, es hat keinen Sinn, zu viele Unebenheiten, Schlaglöcher, abrupte Schlenker.

Wenn ich will, kann er mir Haschisch verkaufen, sehr gute Qualität.

»Ja«, sage ich. »Im Moment eher nicht.«

Ein Esel mit orange gefärbter Mähne zieht einen Karren, auf dem sich fünf Meter lange Eisenstangen für Stahlbeton biegen.

»Das Haschisch ist wirklich gut«, sagt er, er raucht es selber, Besseres werde ich nicht finden.

Das Weiß seiner Augen ist blutunterlaufen, die Zähne changieren zwischen Braun und Schwarz. Zumindest vorn sind sie noch vollständig vorhanden.

»Ich habe früher auch viel Haschisch geraucht«, sage ich, schaue hinaus, suche nach etwas, von dem ich nichts weiß, aber wenn es dort wäre, würde ich es erkennen.

Die Straße führt an hohen Mauern vorbei, dahinter liegen Besitzungen oder Sperrgebiete. Die Armee schuldet niemandem eine Erklärung. Rechter Hand Ruinen unfertiger Häuser, einzelne Palmen, ein paar Ziegen mit tief herunterhängenden Ohren. Dann nichts mehr: Mitten in der Stadt dehnt sich eine riesige Brachlandschaft aus, niedrige Büsche, Felder aus Schilf, von schmalen Deichen durchzogen. Es stinkt nach faulendem Meerwasser.

Vor und über uns jetzt wieder die Vögel, so weit das Auge reicht. Es sind unendlich viele. Aus der Ferne wirkt es, als würde eine Wolke den Himmel verdunkeln. Sie kommen von überallher, überholen uns mit kräftigen Flügelschlägen, versammeln sich um ein unsichtbares Zentrum wenige Meter über dem Boden am Rand der Sümpfe, umkreisen das Ziel, bilden ein dichtes Gewirr aus Schatten und Linien, nehmen scharfe Kurven, drehen seitlich weg, zerstreuen sich kurz.

Zwischen grellbunt bemalten Kleinlastern, Motorrädern, japanischen Limousinen schieben wir uns langsam auf den Ort zu, wo die Bewegungen zusammenlaufen.

»Was sind das für Vögel?«, will ich wissen.

John nuschelt etwas. Vielleicht hat er mich nicht verstanden.

»Was hat es mit diesen Vögeln auf sich?«

»Kites«, sagt er.

Es ist dasselbe Wort wie für die Drachen, die vor Kurzem verboten wurden, weil zu vielen Leuten von den messerscharfen Stahlschnüren, mit denen man sie in Wettkämpfen gegeneinander lenkt, die Kehle durchgeschnitten wurde.

Unterhalb des Punktes, auf den sie zustoßen, sehe ich einen Mann stehen, eine schlanke Silhouette in weiter fahlblauer Kurta, noch weiteren Hosen in derselben Farbe. In der Linken hält er einen schwarzen Plastikbeutel, greift mit der Rechten hinein, holt etwas heraus, wirft es mit aller Kraft in den Himmel. Einige Vögel legen die Flügel an den Körper, beschleunigen scharf, stoßen auf etwas zu. Andere wirbeln von allen Seiten um den Kopf des Mannes herum, ziehen erst im letzten Moment wieder hoch oder vorbei. Wenn sie sich zusammentäten, könnten sie ihn töten, zerreißen. Aber keiner unternimmt einen Versuch, ihn anzugreifen. Mit jedem Wurf verschiebt sich das Ziel der Bewegungen ein Stück hierhin oder dorthin.

John dreht sich eine Zigarette, das Lenkrad zwischen die Knie geklemmt. Ich habe keine Ahnung, wie er gleichzeitig den dichten Verkehr im Blick behält, schaue auf den Tacho. Die Nadel zittert unterhalb von fünfzig km/h. Ich überlege, mich anzuschnallen, lasse es bleiben.

»Und was macht der Mann?«, frage ich.

»Er füttert die Vögel«, sagt er.

»Einfach so?«

»Er hat es versprochen.«

Ihre Flugbahnen kreuzen, überschneiden sich um Haaresbreite, ein Wunder, dass sie nicht zusammenprallen.

»Warum?«

»Jemand hat einen Wunsch oder ein Problem und verspricht, dass er die Vögel füttert, wenn der Wunsch erfüllt, das Problem gelöst wird.«

Der Mann trägt einen Schnauzer und eine mit winzigen Spiegeln bestickte Kappe. Einige reflektieren für Sekundenbruchteile die Sonne. Erneut wirft er etwas in die Luft, so hoch er kann. Es ist ein Fleischfetzen, der sich um sich selbst dreht. Bevor das Fleisch den Scheitelpunkt seiner Kurve erreichen kann, hat es einer der Vögel im Flug geschnappt, schießt entschlossen zwischen den anderen hindurch aus dem Zentrum heraus, macht sich davon, um einen sicheren Platz zum Fressen zu finden. Vielleicht gelingt es. Einige versuchen, die Verfolgung aufzunehmen, kehren aber nach kurzer Zeit zurück, um den nächsten Brocken nicht zu verpassen.

»Weil die Leute viele Probleme und viele Wünsche haben, gibt es immer mehr Vögel«, sagt John.

»Und das funktioniert?«

Er zuckt mit den Schultern, sucht in der Ablage nach dem Feuerzeug, zündet seine Zigarette an. Offenbar interessiert ihn das Thema nicht sehr.

»Muss man dafür etwas Bestimmtes beachten?«, will ich wissen.

Er schaut mich fragend an, schüttelt den Kopf.

Der Mann wirft und wirft und wirft. Offenbar hat er viel Geld beim Fleischer gelassen.

»Manche gehen auch zu Abdullah Shah Ghazi und versprechen ihm etwas.«

»Hast du das auch schon versucht?«

»Nein.«

Wir lassen den Mann, die Vögel hinter uns. Der Verkehr ist immer noch stockend.

Ich drehe mich um, sehe, dass er die leere Tüte jetzt einfach loslässt. Eine Windböe bläht sie auf, trägt sie ein Stück in die Höhe. Zwei Vögel erwischen sie im selben Moment aus entgegengesetzten Richtungen an verschiedenen Enden, flattern wild umeinander, bis ein kleines Stück abreißt. Der Unterlegene hat nur einen Fetzen im Schnabel, kaum größer als ein Zigarettenpapier, verliert die Balance, stürzt ab, landet beinahe rücklings auf dem Boden, fängt sich im letzten Moment, fliegt weg.

»Wenn das alles hier gut ausgeht«, sage ich halblaut und auf Deutsch, »werde ich sieben…«

Sieben ist vielleicht zu wenig.

»…zwölf.«

Es muss wehtun.

»Afghanisches Haschisch. Weich wie Wachs. Sag mir einfach, wie viel du brauchst.«

»Wenn all das hier gut ausgeht, werde ich vierzig Tage lang diese Vögel mit Kalbfleisch füttern.«

»Ich mache dir einen guten Preis. Vierhundert Rupien für ein Gramm.«

Ich nicke.

Teppichwerkstatt

»Mir ist langweilig«, hatte Massoud geposted. »Hat irgendjemand Arbeit für mich? Ich kann kochen, putzen, anstreichen, einkaufen, dolmetschen und Teppiche reparieren. Ich bin froh über alles und mache es auch ohne Bezahlung.«

»Ich habe einen alten Teppich mit Riss«, hatte ich zurückgeschrieben, halb euphorisch, halb skeptisch – einen Versuch war es zumindest wert.

Bis dahin hatte ich Massoud nur einmal getroffen, bei der Einweihungsparty einer jungen afghanischen Familie, die elf Monate zusammen mit ihm und zweihundert anderen Flüchtlingen in der Turnhalle unserem Haus schräg gegenüber gelebt hatte und wenige Tage zuvor in ihre erste eigene Wohnung gezogen war. Massoud hatte neben mir gesessen, irgendwie waren wir ins Gespräch gekommen. Er hatte erzählt, dass er im Iran geboren und aufgewachsen, eigentlich aber Afghane und de facto staatenlos sei. Als ich fragte, was er dort gemacht habe, hatte er mir Fotos eines riesigen Seidenteppichs gezeigt, den er für einen reichen Golf-Araber geknüpft hatte. Drei Jahre Arbeit war das gewesen – sein letzter großer Auftrag.

Mein Teppich stammte aus Turkmenistan vom Stamm der Tekke und war der erste, den ich überhaupt gekauft hatte – vor über fünfzehn Jahren bei einem Berliner Flohmarkthändler für hundert Euro. Das Ornament war streng geometrisch, in einer dunklen, ernsten Farbigkeit, und es hatte einen sonderbaren Fehler: Während die beiden ersten Reihen des Musters aus dem traditionellen Stammesemblem in einem kräftigen, dunklen Purpur leuchteten, wies es weiter unten ein fahles Beigegrau auf. Außerdem hatte er zwei Löcher und drei Längsrisse, die von einem der Vorbesitzer mit groben Stichen zusammengenäht worden waren. Ich war trotzdem glücklich, so ein altes, wahrscheinlich von echten Nomaden geknüpftes Stück zu besitzen, und natürlich legte ich ihn nicht einfach in die Wohnung, wo er weiteren Schaden genommen hätte, sondern rollte ihn nur gelegentlich aus und setzte mich vorsichtig in die Mitte, um ihn zu betrachten.

Kurze Zeit später war meine Großmutter gestorben und hatte mir 20000 Euro hinterlassen. Ich fand, dass ein Gegenstand, der von der Hand einer Frau während langer Sommer- und Winterlager irgendwo in den weiten Steppen Asiens hergestellt worden war, jeden erdenklichen Respekt verdiente, also erkundigte ich mich, welche der hiesigen Restaurierungswerkstätten die beste sei, und entschied, ihn einem persischen Spezialisten anzuvertrauen. Herr Asadi versicherte mir schon am Telefon, dass er ausschließlich Originalgarne und Farben aus dem Iran verwende, die er persönlich unter größten Schwierigkeiten importiere. Als er den Teppich sah, wirkte er sehr beeindruckt: Es handele sich um ein außergewöhnliches und hochwertiges Stück, versicherte er mir, das normalerweise mindestens viertausend Euro koste, sodass ich die zweitausend, die er für die Reparatur veranschlagte, ohne weitere Verhandlungen akzeptierte und meiner verstorbenen Großmutter für ihre Sparsamkeit dankte. Als Herr Asadi den Teppich zurückbrachte, war von den Rissen fast nichts mehr zu sehen, und die Fehlstellen hatte er nahezu perfekt ergänzt. Ich legte den Teppich ins Arbeitszimmer vor die Bücherregale, wo selten jemand mit Schuhen hintrat. Allerdings entschied auch meine Katze, dass er ab jetzt ihr Lieblingsplatz sei, was an sich nicht schlimm gewesen wäre, nur dass sie riesige Mengen Haare auf ihm hinterließ und sich nachts regelmäßig auf ihm übergab. Das halb verdaute Futter klaubte ich morgens mit Papiertüchern zusammen, doch es blieben eklige Flecken zurück, auf denen ich nicht sitzen mochte. Schließlich beschloss ich, ihn in die Waschmaschine zu stecken. Ich nahm extra sanftes Pulver, stellte das Schonprogramm ein und schaute alle paar Minuten nach, um im Notfall eingreifen zu können. Zum Glück hatte die Knüpferin Pigmente verwendet, die nicht wasserlöslich waren, sodass kein Ton ausfärbte. Allerdings verkantete der Teppich sich während der diversen Spülvorgänge und steckte in der Trommel fest, als ich die Maschine öffnete. Ich zog vorsichtig, ruckte ihn hin und her, versuchte, ihn in eine bessere Position zu drücken, zog ein wenig fester, und im selben Moment hörte ich ein Ratschen, als ob man eine dicke perforierte Plastikfolie auseinanderreißt. Solche Dinge passieren einem nur einmal im Leben, so wie ein junger Fuchs nur einmal versucht, einen Igel zu beißen. Der neue Riss war fast zehn Zentimeter lang, doch das Geld meiner Großmutter hatte ich längst ausgegeben, Herrn Asadi konnte ich mir nicht mehr leisten. Schweren Herzens rollte ich den Teppich mit mehreren Streifen Mottenschutzpapier zusammen und deponierte ihn in meinem Kleiderschrank, wo er mir jeden Morgen beim Anziehen einen Stich versetzte.

»Ich bin um drei da«, hatte Massoud geschrieben, und um vier Minuten nach drei klingelte es. Es war Mitte Januar, draußen ging der Regen in Schnee über. Scharfer Wind machte aus den Eistropfen kleine Geschosse, die im Gesicht brannten. Massoud schüttelte sich wie ein nasser Hund, bevor er die Wohnung betrat. Er trug keine Tasche, auch sonst nichts, worin sich Werkzeug hätte befinden können. Hinter ihm kam ein zweiter Mann die Treppe herauf. Er hatte ein mongolisch geschnittenes Gesicht und war viel zu dünn angezogen für das Wetter, was ihn allerdings nicht weiter zu kümmern schien.

»Das ist mein Freund Ali Hussain«, sagte Massoud. »Er kann mir helfen.«

Ali Hussain hatte ich auch auf dieser Einweihungsparty gesehen, allerdings nicht mit ihm gesprochen. Es hieß, er sei der liebevollste Vater, den man sich vorstellen könne, und überhaupt ein außerordentlich feiner Mensch.

Ich fragte, ob sie Kaffee oder Tee trinken wollten und war ein bisschen enttäuscht, dass sie sich für Kaffee entschieden. Zu Hause, wo auch immer das war, hätten sie sicher Tee genommen. Die Plätzchen, die ich auf den Tisch stellte, probierten sie gar nicht erst – wahrscheinlich wussten sie schon, dass Butterkekse von orientalischem Gebäck so weit entfernt waren wie Pumpernickel von Fladenbrot.

Es war mir peinlich, dass ich seit Tagen nur an den Teppich gedacht, für alle Fälle sogar verschiedene Nadeln und Wollsorten gekauft hatte, aber keine brauchbaren Süßigkeiten, wie es meine Pflicht als Gastgeber gewesen wäre.

Wir saßen eine Weile in der Küche, tranken Kaffee und rauchten. Ich redete allerhand dummes Zeug über meine kindliche Faszination für fliegende Teppiche, den Gebetsteppich als transportablen Sakralraum und die unmittelbare Ausdruckskraft nomadischer Stücke. Massoud lächelte über meinen sonderbaren Geschmack. Seine eigenen Teppiche mit ihren überbordenden Blumenornamenten in feinsten Farbabstufungen waren an die Grenze des handwerklich Möglichen gegangen, und er verstand nicht, wie man mit weniger zufrieden sein konnte. Ich überlegte die ganze Zeit, wie sich die Frage nach der Bezahlung im Vorhinein regeln ließ, denn natürlich wollte ich Massoud Geld geben, nicht so viel wie Herrn Asadi, aber doch einen irgendwie akzeptablen Stundenlohn. Allerdings hatte ich weder eine Vorstellung, wie lange sie brauchen würden, noch ob sie sich untereinander bereits geeinigt hatten, wie sie das Geld aufteilten. Auf jeden Fall musste ich – da sie ja nun zu zweit waren – mehr zahlen, als ich ursprünglich gedacht hatte, denn ich wollte auf keinen Fall wie jemand dastehen, der die Notlage anderer Leute ausnutzt.

»Am besten schaust du – schaut ihr euch den Teppich mal an«, sagte ich.

»Klar«, sagte Massoud, wobei sich seine Vorfreude in Grenzen zu halten schien.

Ali Hussain nickte. Er redete ohnehin nur, wenn Massoud oder ich ihn direkt ansprachen, dann entweder Farsi oder gebrochenes Englisch.

Ich rollte den Teppich im Wohnzimmer aus und zeigte ihnen den Riss, ohne auf seine Entstehung zu sprechen zu kommen. Massoud wiegte nachdenklich den Kopf. Allein an der Art, wie er den Teppich in die Hand nahm, knickte, durchknetete, um sich Klarheit über den Zustand des Materials, die Art des Knotens und den Flor zu verschaffen, wie er die Enden der zerrissenen Schussfäden in Augenschein nahm, sah man, dass er jahre-, wenn nicht jahrzehntelang mit Teppichen beschäftigt gewesen war.

»Ich kann das reparieren«, sagte er. »Aber es ist nicht einfach.«

»Dachte ich mir schon.«

»Der Teppich ist alt. Ziemlich brüchig.«

»Was schätzt du, wie alt er ist?«

Ich stellte die Frage in erster Linie, um herauszufinden, ob Massoud – abgesehen von den handwerklichen Fertigkeiten – wirklich etwas von Teppichen verstand, und fühlte mich schäbig dabei: Von einem Schreiner erwartete ich schließlich auch nicht, dass er mir etwas über Biedermeiermöbel erzählen konnte. Als Massoud »vielleicht dreißig bis vierzig Jahre« sagte, erschrak ich dann doch, erstens, weil er offenbar überhaupt keine Ahnung hatte, aber auch, weil es ja ebenso gut möglich war, dass Herr Asadi mir seinerzeit mit der Menschenkenntnis des erfahrenen

Verkäufers Unsinn erzählt hatte, damit ich die teure Reparatur bei ihm machen ließ.

»Weißt du, woher er stammen könnte?«

Er zuckte mit den Schultern: »Schwer zu sagen. Vielleicht Belutschistan. Aber die Qualität ist ganz gut.«

Ich überlegte, ob ich ihm erklären sollte, dass die Belutschen zwar hier und da turkmenische Stammesembleme übernommen hätten, ihre Stücke in Farbigkeit und Knüpfdichte jedoch völlig anders seien als mein Teppich, ließ es dann aber.

Vielleicht war es doch keine gute Idee gewesen, ihn Massoud anzuvertrauen, zumal ziemlich widersprüchliche Geschichten über ihn im Umlauf waren: Einerseits hatte er mit größter Selbstverständlichkeit allen anderen aus der Turnhalle, Syrern wie Afghanen, bei Behördengängen oder Arztbesuchen als Dolmetscher geholfen. Wann immer etwas zu tun gewesen war – ein größerer Transport von Essens- oder Kleiderspenden, improvisierte Baumaßnahmen, um die Lage erträglicher zu machen –, hatte er zur Verfügung gestanden und außerdem dafür gesorgt, dass genug Männer zur vereinbarten Zeit vor Ort waren. Niemand wusste, warum die Leute auf ihn hörten, da er weder aus einer reichen Familie stammte noch bedeutende Stammesführer unter seinen Vorfahren hatte. Andererseits hatte mir ein anderer Afghane erzählt, Massoud habe ihm ein uraltes Handy für hundert Euro verkauft, das keine dreißig mehr wert gewesen sei, und es wurde gemunkelt, er sei heimlich einer evangelikalen Freikirche beigetreten, um seine Chancen auf politisches Asyl zu verbessern.

Unabhängig von der Frage, wer und was er eigentlich war, konnte ich ihn jetzt nicht mehr wegschicken, ohne dass er es als schwere Beleidigung hätte auffassen müssen.

»Hast du Nadeln?«, fragte Massoud.

»... ich weiß nicht, ob es die richtigen sind. Und benötigst du nicht auch Spezialwolle?«

»Muss man sehen.«

Ich gab ihm die Nadeln und sieben oder acht Knäuel Wolle, die ich in der Hoffnung besorgt hatte, sie nicht zu brauchen.

»Did you make carpets, too«, fragte ich Ali Hussain.

»Yes. But not like him. He is the master, I am only assistant.«

Wir saßen jetzt zu dritt im Schneidersitz auf dem großen Teppich im Wohnzimmer, der ziemlich grob geknüpft war, aber doch eine besondere Atmosphäre ausstrahlte und tatsächlich aus Belutschistan stammte. Massoud nahm ihn nicht einmal zur Kenntnis.

Draußen vor dem Fenster trieb der Wind dicke Schneeflocken vor sich her.

»Wie ist der deutsche Winter so für euch?«, fragte ich.

»Cold, very cold«, sagte Ali Hussain.

»Weißt du, ich versuche alles zu nehmen, wie es kommt«, sagte Massoud. »Mehr kann man sowieso nicht machen.«

Sie sprachen Farsi miteinander, deuteten auf den Riss, befühlten die ausgefransten Ränder, schauten sich die verschiedenen Nadeln an, schüttelten den Kopf.

Zwar hatte ich mir ausdrücklich spezielle Teppichnadeln geben lassen, aber ein deutscher Kurzwarenhändler verstand darunter offensichtlich etwas anderes als iranisch-afghanische Knüpfer.

»Hast du sonst noch welche?«, fragte Massoud.

»Muss ich nachschauen. Kann sein, dass in der Werkzeugkiste welche sind.«

Beim Aufstehen spürte ich, dass mein Portemonnaie in meiner Hosentasche steckte, und schämte mich für den Anflug von Erleichterung, der damit einherging. In der Werkzeugkiste unter meinem Bett fand ich ein Set mit verschiedenen Handwerkernadeln. Ich hatte es vor Jahren gekauft, um ein Lederetui zu reparieren, woraus aber nichts geworden war.

Wiederum unterzogen sie sämtliche Nadeln einer genauen Prüfung, testeten ihre Biegsamkeit, begutachteten Ösengröße und die Form der Spitze. Von diesen schienen zumindest zwei halbwegs tauglich zu sein. Ich konnte keinen entscheidenden Unterschied zu den anderen erkennen.

»Damit geht es«, sagte Massoud.

Inzwischen waren fast zwei Stunden vergangen. Mir dämmerte, dass womöglich mehrere Tage lang zwei Leute in meiner Wohnung hocken würden, um die ich mich irgendwie kümmern musste, und dass Stundenlohn keine brauchbare Berechnungsgrundlage für die Bezahlung war.

»Soll ich vielleicht doch Tee kochen?«

Sie tauschten einen kurzen Blick.

Ali Hussain hob fragend die Schultern, und Massoud sagte: »Warum nicht?«

Ich hatte den Eindruck, er wollte eher mir einen Gefallen damit tun, als dass er mit trinkbarem Tee rechnete.

Ich ging in die Küche und setzte Wasser auf, gab eine große Menge von der kräftigen Ostfriesenmischung in die Kanne, die ein wenig an türkischen oder ägyptischen Tee erinnerte.

»Das ist Baumwolle. Und die beiden auch«, sagte Massoud, als ich mit den Teegläsern zurückkehrte.

»Im Laden haben sie mir erklärt, Baumwolle sei robuster. Ich dachte wegen der Schuhe – hier zieht ja niemand die Schuhe aus, bevor er auf einen Teppich tritt.«

»Wir können diese hier nehmen«, sagte er und deutete auf ein graubraunes Knäuel Schurwolle, das sich nach Auskunft des Händlers besonders gut zum Sockenstricken eignete.

Sie hatten sich umgesetzt, hockten einander jetzt im Schneidersitz gegenüber, wickelten einen sehr langen Faden ab, den sie erst in zwei dünnere Stränge teilten, um dann beide Hälften mittels einer ebenso eleganten wie komplizierten Technik fester zu zurren, bis sie ihnen stabil genug erschienen. Sie tauschten nur die nötigsten Sätze auf Farsi. Ich schwieg ebenfalls. Ohnehin wusste ich nicht, worüber ich reden sollte. Ihr Verhältnis zu Teppichen war völlig anders als meins: Ali Hussain war froh gewesen, als er seinerzeit in Teheran endlich Arbeit auf dem Bau gefunden hatte und nicht mehr knüpfen musste; Massoud wollte inzwischen eigentlich viel lieber kochen als Teppiche reparieren. Die mitleidsvollen Fragen, wie es ihnen denn nun auf der Flucht ergangen sei, hatten sie sicher schon hundertmal beantwortet.

Er befeuchtete die Fadenspitze und zwirbelte sie zusammen, ehe er sie in die Öse schob, genauso präzise und sicher, wie ich es als Kind bei meiner verstorbenen Großmutter gesehen hatte. Ali Hussain zog den Teppich mit beiden Händen über den Knien zurecht, bis er so straff wie irgend möglich war, ohne weiter aufzureißen, während Massoud ihn mit Daumen und Zeigefinger seiner Linken fasste und mit der Rechten einige Zentimeter neben dem oberen Ende des Risses die Nadel beinahe waagerecht in den Flor stieß. Die Gewebestruktur war so dicht, dass er große Mühe hatte und nur millimeterweise vorwärtskam.

Der Tee stand da, ohne dass einer von ihnen davon trank.

Draußen wurde es bereits dunkel. Die Schneeflocken schimmerten golden im Licht der Straßenlaternen. Wiederum dachte ich an meine Großmutter, an die langen Winterabende, wenn meine Eltern ausgegangen waren, und sie bei uns am Esszimmertisch gesessen hatte, um Knöpfe anzunähen, Socken oder Pullover zu stopfen, die meine Mutter ihr vorher herausgelegt hatte. Sie hob kaum einmal den Blick von ihrer Arbeit. Damit ich still sitzen blieb und keinen Unfug anstellte, erzählte sie meistens vom Krieg, der damals gerade dreißig Jahre zurücklag. Ich hörte die Sirenen, sah die Bomberstaffeln am Himmel wie fliegende Grabkreuze, das brennende Haus in Essen, während sie mit meiner Mutter im Luftschutzkeller hockte. Mein Großvater kam in diesen Geschichten so gut wie nie vor.

Viele Stunden später, als sie wieder auf die Straße traten, geblendet vom Tageslicht, war von dem, was sie besessen hatten, nichts mehr übrig gewesen. Ich hatte meinen Bär Freddy fest an mich gedrückt. Wenn wieder Krieg wäre, würde ich ihn auf jeden Fall retten.

Massoud zog die Nadel auf der rechten Seite des Risses heraus, fasste beide Hälften fest zusammen und stach sie auf der linken wieder ein. Er rieb sich den Finger. Mir fiel der silberne Fingerhut ein, den meine Großmutter immer benutzt hatte, und dass ich mir auch einen gekauft hatte, als ich das Lederetui reparieren wollte.

»Brauchst du einen Fingerhut?«, fragte ich.

»Nein, ich glaube nicht«, sagte Massoud.

»Ich hab einen.«

Er überlegte kurz: »Was meinst du damit?«

»So ein Metallding – wie ein Becher, aber ganz klein für den Finger, um die Nadel vorwärtszuschieben.«

Ich machte eine Bewegung, als würde ich etwas über meine Zeigefingerkuppe stülpen.

Ali Hussain sagte ein Wort auf Farsi, woraufhin Massoud lächelte und nickte: »Ja, vielleicht. Zeig mal. Und eine andere Lampe wäre gut. So etwas wie ein Strahler.«

Ich holte die Halogenleuchte von meinem Nachttisch, dazu ein Verlängerungskabel. Ihr Licht war sehr hell, allerdings ließ sie sich nicht mehr feststellen, da die Schraube für den Schwenkkopf im Gewinde verkantet war, sodass sie herunterhing wie ein schlafender Schuhschnabel.

Mit dem Fingerhut ging es besser. Massoud vernähte

den Faden auf der Rückseite des Teppichs und stach den nächsten ein, vernähte ihn ebenfalls, bevor er ihn durch das Gewebe zog, während Ali Hussain den Teppich weiterhin straff gespannt hielt. Nachdem er anderthalb Zentimeter des Risses geschlossen hatte, drehte er den Teppich um und schob die losen Florfäden mit dem stumpfen Ende einer dickeren Nadel in ihre Ausgangsposition zurück.

Ich fragte mich, ob sie tatsächlich halten würden. Herr Asadi hatte mir erklärt, sie hätten die zerrissenen Schuss- und Kettfäden einzeln wieder zusammengenäht und dann die Florfäden neu geknüpft. Es sah nicht so aus, als ob Massoud mit dieser Technik vertraut war.

Die Katze kam aus der Küche, machte einen Buckel in der Tür, streckte sich, wobei sie ihre Krallen in den Belutschenteppich schlug, stolzierte einmal quer durchs Zimmer, ehe sie sich auf dem Sessel niederließ und die Szene beobachtete, hoheitsvoll wie der Sphinx.

Massoud kam jetzt allein zurecht. Ali Hussain setzte sich aufs Sofa, zog sein Handy aus der Hosentasche und schaltete Musik ein. Eine Männerstimme erging sich über breiten Synthesizerharmonien und Trommelrhythmen in Sehnsucht und Schmerz. Massoud runzelte die Stirn, nannte dann verschiedene Namen, woraufhin Ali Hussain ein anderes Lied anspielte. Es hatte mehr Tempo und war deutlich weniger schwermütig: orientalischer Disco-Pop.

Ali Hussain griff nach seinem Teeglas und trank einen Schluck. Vergeblich versuchte ich seinem Gesichtsausdruck zu entnehmen, ob er ihm schmeckte. Der Tee war inzwischen sicher kalt und sehr bitter.

Massoud fluchte: Die Nadel war abgebrochen. Ich befürchtete einen Moment, dass die Arbeit für heute beendet sei, aber er zog eine zweite aus dem Set und schob den Faden durch die Öse.

»Vielleicht willst du eine Pause machen?«, fragte ich und reichte ihm die Zigarettenpackung. Es waren nur noch drei Zigaretten übrig. Für die nächste Pause würde ich zum Kiosk gehen müssen, was rund zwanzig Minuten dauerte. Ich überlegte, ob ich Massoud und Ali Hussain so lange allein in der Wohnung lassen sollte, fand meine eigenen Bedenken ungehörig. Ich beruhigte mich damit, dass ich auch nicht aus dem Haus gehen würde, wenn zwei deutsche Klempner die Toilettenspülung reparierten. Es hatte also nichts mit Vorurteilen zu tun. Aber vielleicht würden sie es als Verletzung meiner Pflichten als Gastgeber betrachten, wenn ich sie einfach hier sitzen ließ. Da die Gedanken sich jetzt endgültig verkantet hatten, stand ich kurz entschlossen auf, sagte, »Ich gehe Zigaretten kaufen – braucht ihr noch etwas?«, und verbot mir nachzuschauen, ob irgendwo Wertsachen herumlagen.

Ich zog die Tür hinter mir zu und war zufrieden mit mir, wofür es eigentlich keinerlei Grund gab: Massoud und Ali Hussain hätten sicher augenblicklich und zutiefst gekränkt die Wohnung verlassen, wenn sie gewusst hätten, was in meinem Kopf vor sich ging.

Als ich zurückkehrte, waren zwei Drittel des Risses geschlossen. Massoud stopfte wieder Florfäden in ihre Ursprungsposition zurück. Zu beiden Seiten hob sich ein kleiner Wulst wie bei einer frisch vernarbten Schnittwunde.

Die Katze hatte sich neben Ali Hussain aufs Sofa gelegt. Er kraulte ihr mit einer Hand den Bauch, während er mit der anderen Nachrichten in einen Chat tippte.

Inzwischen war es halb sieben. Ich ging innerlich die Vorräte in den Regalen, im Kühlschrank durch und überlegte, was ich zum Abendessen anbieten konnte: Graubrot von vorgestern, Butter, zwei Sorten Käse, dazu ein paar Essiggurken und eingelegte Maiskölbchen. Wenn die Milch nicht sauer war, konnte ich Pfannkuchen backen. Es war peinlich. Jeder afghanische, persische oder arabische Gastgeber hätte alle Hebel in Bewegung gesetzt, um seine Gäste angemessen zu bewirten.

Massoud forderte Ali Hussain auf, ihm noch einmal zu helfen, woraufhin Ali Hussain sein Telefon in die Hosentasche steckte und sich wieder zu ihm auf den Boden hockte. Zusammen zogen sie den Teppich an der reparierten Stelle auseinander, damit er sich straffte. Er straffte sich aber nicht. Die linke Außenkante, die ursprünglich perfekt gerade verlaufen war, wies jetzt auf Höhe des Risses eine leichte Biegung nach innen auf. Dafür erhob sich zu beiden Seiten des Risses ein durchgehender Wulst. Massoud unternahm einen letzten Versuch, ihn mit den Daumen flachzudrücken, richtete sich dann auf und sah mich erwartungsvoll an.

»So, das war's«, sagte er. »Es ist nicht perfekt. Dafür braucht man anderes Werkzeug.«

Ich nickte. »Ja, danke, großartig«, sagte ich und zwang mich zu lächeln, damit er meine Enttäuschung nicht spürte. »So kann ich ihn jedenfalls wieder benutzen.«

»Ich würde ihn trotzdem nicht ins Zimmer legen. Dafür ist er zu alt.«

»Hab ich auch schon gedacht, gerade um diese Jahreszeit. Und ich mag die Leute auch nicht zwingen, beim Reinkommen ihre Schuhe auszuziehen.«

Obwohl ich eigentlich nur noch allein sein wollte, fragte ich: »Soll ich uns noch etwas zu essen machen? Pfannkuchen vielleicht?«

Ali Hussain schüttelte den Kopf.

»Danke, nein, wir müssen los«, sagte Massoud, und ich hatte den Eindruck, auch er wollte jetzt so schnell wie möglich weg.

Ich nahm siebzig Euro aus meinem Portemonnaie und gab sie ihm. Er sah mich erstaunt an, lächelte halb beschämt, halb verschmitzt und sagte: »Das ist vielleicht zu viel.«

»Ihr wart ja zu zweit hier.«

De facto war es immer noch weniger, als ich der Putzfrau für zweimal fünf Stunden bezahlt hätte. Abgesehen davon wäre es mir peinlich gewesen, Geld, das ich ihm schon gegeben hatte, zurückzunehmen.

Draußen hatte es aufgehört zu schneien. Die Straße glänzte nass im Laternenlicht und spiegelte das Fahrrad ohne Sattel, das jemand vor Monaten dort vergessen hatte.

Auf dem Weg zur Garderobe sagte Massoud: »Wenn du Freunde mit kaputten Teppichen hast, kannst du ihnen meine Nummer geben.«

»Klar.«

Er wickelte sich seinen dicken Wollschal um den Hals,

zog die dunkelblaue Steppjacke an. Ali Hussain streifte den beigefarbenen Sommerblouson über. Er schloss nicht einmal den Reißverschluss.

Als sie zur Tür hinaus waren, ging ich wieder ins Wohnzimmer und schaute mir den vernähten Riss an. Ich betastete vorsichtig die Narbe, zupfte ein Florfädchen heraus, das immer noch lose war, setzte mich eine Weile in die Mitte, wie ich es früher oft getan hatte. Ich dachte an die Knüpferin, von deren Welt außer ein paar alten Teppichen nichts mehr übrig war, und an meine verstorbene Großmutter. Dann holte ich eine neue Packung Mottenpapier aus dem Haushaltsregal, riss die Folie auf, faltete die Bögen auseinander, rollte sie mit dem Teppich zusammen und legte ihn zurück in den Kleiderschrank.

Die Mutter aller Schlachten

Aus einer Bewegung wie liegend Fallen zwischen Formen ohne Kontur, einer verfinsterten Gefühlslage entspringend, Selbstwahrnehmung des Körpers ohne Bewusstsein, vegetabil, dann tierhaft, keine Rede von Absicht, Rückführung des Wissens um sich selbst binnen gedehnter, aus ihrer eigenen Wahrnehmung gerückter Momente. Innen und außen werden geschieden. Die Klebrigkeit des überwarmen Körpers nach den ungesteuerten Verkrümmungen der Nacht, Erwachen mit Kopfschmerz, Übelkeit: Ich, im sechsten Stock eines Hochhauses zwischen Vorstadt und Autobahnbrücke. Ein anderer. Echos schlechter Träume. *Wir werden den Tod in eure Städte tragen.* Es ist das fünfte und letzte Haus in einer Reihe von Häusern identischen Bauplans, die Wohnung meine Wohnung. Aus dem Aschenbecher vor dem Bett der erkaltete Geruch von verbranntem Tabak, Papier. Das Bett ist eine auf dem Boden liegende Matratze. *Wohin ihr euch auch flüchtet – ihr werdet nirgends sicher sein.* Im Mund ein pelziger Film wie von frischer Maronenhaut. Tasten der Hand nach den Zigaretten, dem Feuerzeug, einhändiges Öffnen der Packung, eine von dreien rutscht heraus, steckt zwischen den Lippen, glüht auf. Noch kein Licht in den Aquarien. *Da stieg Rauch aus dem Schacht wie aus einem großen*

Ofen, und Sonne und Luft wurden verfinstert. Der Blick zum Wecker: kurz nach acht. Es wäre besser aufzustehen, Kaffee zu kochen, etwas zu essen. Toast, Joghurt. An die Universität zu fahren, Penzigs Vorlesung »Vergleichende Morphologie der Fische« zu hören. *Der zweite Engel goss seine Schale über das Meer. Da wurde es zu Blut, das aussah wie das Blut eines Toten, und alle Lebewesen im Meer starben.* Hustenreiz, Hustenanfall. Sich aufsetzen, aufrecht sitzen, geschüttelt werden. Gefäßerweiterungen bis in die Fingerspitzen, leichter Schwindel, einen Augenblick lang erneut schwere Lider wie unmittelbar vor dem Schlaf.

Der Honiggurami spuckt Schaumblasen in die Schwimmpflanzendecke, schießt zu Boden, reißt Algenbüschel ab. Draußen dämmert der Morgen, klarer Himmel, Winterlicht.

Der Krieg, der große Krieg, der letzte große Krieg – er kann begonnen haben gestern am späten Abend, im Verlauf der Nacht, bei Tagesanbruch. Vielleicht ist er längst in vollem Gang. Ich rechne damit, weiß es nicht, will es nicht wissen.

Lastwagen hinter der Leitplanke gegenüber auf der Autobahn, blaue Planen, rote Planen, Schriftzüge, die von hier aus nicht lesbar sind. Das Leben soll weitergehen wie immer: gefälschte Bewegungen, künstlich erzeugte Gefühlslagen.

Ich will es doch wissen.

Rechts der Balkontür vor dunkelgrünen Übergardinen auf einem Gestell aus Vierkantrohren, dunklen Furnierbrettern, der Fernseher, ein altes Gerät, von der Familie vor Jahren ausgemustert. Die Fernbedienung halb unter dem Kopfkissen. Ich zittre nicht. Der zweite Druck auf den Knopf für Ein/Aus fester und präziser als der erste. Das Bild braucht Zeit, drei, vier, fünf, sechs Sekunden, um sich aus den Zuckungen einer waagerechten Linie im grauen Flimmern der Röhre aufzubauen. Rauschen, in dem zerquetschte menschliche Laute aufscheinen. Die Sprache ist nicht eindeutig erkennbar – eher Englisch als Deutsch. Kann sein, dass es sich um Bruchstücke des verschlüsselten Heimatprogramms für die Barracks dreihundert Meter entfernt von hier handelt. Dort warten Hunderte Soldaten darauf, ins Kriegsgebiet verlegt zu wenden. »Sesame Street«, »Muppet Show«, damit die Kinder sich nicht fürchten.

Die Nase eines Kampfjets, jemand hat das aufgerissene Maul eines Hais aufgemalt, saubere weiße Zahnreihen oben und unten, ein lächerlich böser Blick. Manövrierbewegungen vor nächtlichen Schattenfiguren, die mit orange leuchtenden Stäben winken. Die Nachrichten sind gerade vorbei. Niemanden hat das Wetter interessiert. Maschinenmenschen unter Stahlhelmen recken ihre aufgerichteten Daumen in den Himmel. *You are doing a great job, we're doing a great job, everything will be great.*

Seit Tagen Sondersendungen rund um die Uhr, die den Fortgang der Ereignisse am Golf darstellen, erläutern, deuten, vorhersehen. Fortdauerndes Rauschen, noch immer keine Stimme, die erklärt, was geschieht, wann das passiert ist, was ich jetzt sehe. Mögliche Szenarien sind: chemisch, biologisch, atomar ausgelöschte Städte und Landschaften, in denen für Jahrtausende kein Mensch mehr leben kann; Zerstörung der gesamten Atmosphäre infolge einer nuklearen Kettenreaktion, von Propheten und Sehern vorhergesagt als Weltenbrand; Bombenexplosionen, Giftgasattacken in hiesigen Supermärkten, Straßenbahnen. Gestern hat der Ton noch funktioniert. Ex-Generäle und Orientspezialisten vermuten, dass der Angriff heute, morgen oder übermorgen beginnt. Wenn nicht ein Wunder geschieht. Mit dem kein Experte rechnet, das kaum einer der Beteiligten will. Der Urheber des Bösen wurde identifiziert und benannt. Die Weltgemeinschaft wird ihn mit vereinten Kräften in die Knie zwingen. Die Weltgemeinschaft besteht aus ehemaligen Kolonialherren, jetzigen Groß- und Mittelmächten, die sich mit guten Gründen handelseinig geworden sind. Der Krieg ist richtig, der Krieg ist falsch. Gerecht. Heilig. Es spielt keine Rolle. Anhaltendes Rauschen.

Ich drücke auf das Lautsprechersymbol, zeitgleich erscheint es durchgestrichen in einem Kreis am unteren Bildrand.

Stille.

Der Rauch schmeckt nach altem Trockenfleisch. In meinem Mund eine Vorform von Verwesung. *Der Tod, vor dem ihr flieht, wird euch sicher ereilen.* Schattenlinien von Dünen, Gebirgszügen vor nächtlichem Himmel. Ein Kampfflugzeug rollt Richtung Startbahn, über niedrigen Gebäuden flattern die Flaggen der Kriegsherren in scharfem Wüstenwind. Selbst wenn ich unmittelbar danebenstünde, würde ich nichts hören als das Dröhnen der Düsen, so laut, dass das Denken von selbst aussetzt.

Die Weibchen des Honiggurami halten sich zwischen Wurzelwerk und Schwertpflanzen versteckt. Desgleichen zwei Saugwelse, die den Algenwuchs eindämmen. Schattenrisse von Maskierten unter flachen Glaskuppen. Schläuche führen in Münder und Nasen. Durst. Die Zunge fühlt sich geschwollen an, klebt am Gaumen. Weitere Androiden geben Zeichen, die bestimmte Handlungen auslösen, deren Ergebnis ungewiss ist. Das Ergebnis ist auch ungewiss, selbst wenn es feststeht. Niemand weiß, welche Ursachen welche Folgen zeitigen. Der Durst hat nichts mit Flüssigkeitsmangel zu tun. Blinkende Lichter bilden magische Dreiecke, die zügig durchs Schwarz rollen. Ein Feuerschweif wird gezündet, hebt sich aus einem stählernen Abgrund, beschleunigt, rast als gleißender Ball Richtung Weltraum, wird von dort zurückkehren und alles Übel unter der Sonne vernichten.

In jenen Tagen werden die Menschen den Tod suchen, aber nicht finden, sie werden sterben wollen, aber der Tod wird vor ihnen fliehen.

Neben der Fernbedienung das hauchdünne, kelchförmige, mit der Gravur eines Haselnusszweigs versehene Likörglas, darin bräunlich aufgetrocknete Reste des letzten Magenbitters vor dem Schlaf. Die Zeitschaltuhr lässt die Neonröhren über dem Aquarium anspringen. Der Honiggurami leuchtet sattgelb. Die Pflanzen ergrünen, produzieren mehr Sauerstoff als die Fische verbrauchen.

»Man muss aufpassen, dass man sich von der Angst nicht auffressen lässt, sonst wird einem das eigene Leben zur Hölle«, habe ich zu Gabi gesagt, gestern oder vorgestern. Gabi hat damit nichts anfangen können, weil sie Angst für etwas Gutes hält, dem man besser gehorcht.

Ich drücke erneut das Lautsprechersymbol auf der Fernbedienung, noch immer nur Rauschen. Schalte den Apparat aus. Ein Lichtpunkt im Zentrum des Bildschirms glüht nach, begleitet von hohem Sirren, verlischt, verstummt. Oft stellt der Ton sich nach einer kurzen Unterbrechung ein, manchmal muss der Vorgang wiederholt werden.

Ich habe Gabi gesagt, dass sie vorbeikommen kann, jederzeit. Sie wollte es sich überlegen. Vielleicht würden wir aus der Not heraus zusammen schlafen. Wahrscheinlich nicht.

Die schale Trockenheit unter der verschwitzten Haut, als wäre eine Art Selbstmumifizierung im Gange. Sie wird vorübergehen bis zum Abend, zum nächsten Morgen. So lange kann ich hier nicht liegen bleiben, angesichts dessen, was droht.

Wenn ich jemanden lieben würde, wäre es leichter, wäre es schwerer.

Die Zeichnung des Haselnusszweigs im hauchdünnen Glas stammt aus der Zeit, als Mütter und Großmütter sich sonntags nach dem Kirchgang einen Aufgesetzten eingeschenkt haben; ihren Männern stellten sie klaren Korn hin.

Etwas zu trinken ist gut gegen alle Formen des Schreckens. Ist schlecht, grundfalsch, ein Zeichen vielfacher Krankheit des Geistes, des Körpers, ist von alters her ein probates Mittel gegen Krieg, Schmerz, Erstarrung. Um es anwenden zu können, müsste die Erstarrung sich bereits gelöst haben, zumindest einige Schritte, einige Handgriffe lang. Nur für heute, nur für jetzt.

In deinem Magen wird es bitter sein, in deinem Mund aber süß wie Honig.

Ich nehme das Glas, richte mich auf, stelle mich hin, stehe mit beiden Beinen vor dem Bett. Die Fische reagieren auf die Vibration der Schritte, die sich ins Wasser fortsetzt, brechen ihre Beschäftigungen ab, vergessen die Scheu, steigen zügig an die Oberfläche, dorthin, wo in der Abdeckung die Öffnung für das Futter ist.

In der Küche auf dem Kühlschrank befinden sich eine Flasche Sherry Amontillado, je eine Flasche Asbach Uralt, Chardonnay Grappa, Fernet-Branca. Ich werde nicht im Stehen trinken und nicht die Flasche an den Hals setzen. Gieße das Glas randvoll, gehe zurück ins Bett, zünde eine weitere Zigarette an, nehme einen großen Schluck, spüre, wie er den Rachen hinunterrinnt, ein Feuer im Magen entfacht. Es brennt lodernd, beruhigt sich. Aus der Mitte des Körpers breitet sich eine Wärmewelle aus, flutet die Brust, die Arme, dringt bis in die letzten Verästelungen der Kapillaren am äußersten Rand der Extremitäten. Ich nehme einen weiteren Schluck, schalte den Fernseher wieder ein. Das Bild ist im selben Moment da, klar, ohne Verzerrungen an den Rändern. Noch immer keine Stimme, lediglich Rauschen. Aufkeimender Zorn, dem die Kraft ausgeht, Kopfschütteln.

Der Blick des Honigguramis. Was sieht er, wenn er durch die Scheibe schaut, mich dort – hier auf dem Bett, ihm oder dem Bildschirm zugewandt? Was nimmt er an, wo er selber sich befindet in diesen geschachtelten Räumen?

Die Nacht ist zu Ende im Aufmarschgebiet. Wie ein Rudel stählerner Rieseninsekten in einem außerirdischen Biotop bewegen sich Dutzende Kampfjets auf einer Rollbahn, über der die Luft vor Hitze vibriert. Sie sind stark und schön, bezeugen die Macht ihrer Schöpfer. Seen und Wasserstellen erscheinen vor dem Horizont. Schmutzige Glut. Hier das harte Blau des wolkenlosen Januarhimmels. In großer Höhe einzelne Kondensstreifen, Spuren von Passagiermaschinen auf dem Weg in die Fremde.

Welcher Ort wäre geeignet, die aufziehende Zeit zu überstehen?

»Glaubst du, dass Jesus wiederkommt, wenn es vorbei ist?«, wollte Gabi wissen.

»Möglich, dass er wiederkommt, aber vielleicht nicht so bald, ich würde mich jedenfalls nicht darauf verlassen.«

»Das war ein Trost, den ich als Kind immer hatte, wenn ich alles ganz schrecklich fand, aber irgendwie funktioniert er nicht mehr.«

Ich muss die Fische füttern.

Ein Geschwader aus vier Jagdfliegern rast im Tiefflug über die Wüste, dann der Blick des Piloten von oben auf die gefaltete Landschaft. Kein Baum, kein Strauch. Schattenlose Ödnis über Meeren aus Öl.

Wenn ich mein Glas das nächste Mal fülle, werde ich ein Stück gefrorene Mückenlarven aus dem Gefrierfach mitbringen.

Ende des Einspielers.

Der Moderator steht vor dem Satellitenbild, darauf der Irak, Kuwait, Saudi-Arabien, umgeben von Rotem Meer,

Persischem Golf, Indischem Ozean. Er hält sich an seinen Karteikarten fest, bewegt die Lippen. Sein Blick ist ernst, ernster als die Tage zuvor. Vielleicht bilde ich es mir ein. Dann Bilder, die ich nicht kenne, überhaupt nie gesehen habe: grünliche Dunkelheit, hinter der Ungeheuerliches vor sich geht. Phosphoreszierende Linien aus einzelnen Punkten, Strichen, die dicht aufeinanderfolgen, über einer nächtlichen Stadt. Schnittmuster für ein schwarzes Gewand. Am Horizont Masten, Wohnanlagen, Gespensterformen. Gebilde wie Kugelblitze steigen kreuz und quer auf, explodieren. *ABC Network News Exclusive*. Die Kamera wechselt den Standort, scheint näher ins Zentrum gerückt. Im Vordergrund die Silhouetten von Bäumen, in deren Mitte eine Art Riesenpilz aufragt, ein Wasserturm, ein Funkturm, bis vor Kurzem vielleicht beliebter Aussichtspunkt, von dem man bis zu den Gebirgszügen in weiter Ferne schauen konnte, wenn wenig Sandstaub in der Luft lag. Weitere Baumgruppen. Erstaunlich, wie viel Wald es in und um Bagdad gibt, wenn das tatsächlich die Stadt Bagdad ist. *Ihr einziges Vergnügen in dieser traurigen Lage war, dass sie fliegen konnten, und so flogen sie oft auf die Dächer von Bagdad, um zu sehen, was darin vor sich ging.* Abgedunkelte Gebäude, die Bewohner wurden aufgefordert, die Lampen zu löschen, Fenster zu verhängen. Aber die Leuchtkörper am Himmel lassen alles klar und deutlich dastehen, fast wie bei Tag. Sie gehorchen einem lautlosen Rhythmus, geben Zeichen in einer Art Morsealphabet, aber es ist kein Mensch da, der sie entschlüsseln kann. Eine gewaltige giftgrüne Lichtblase, die sich bis zum Rand des Bildschirms ausdehnt. Mir wird kalt, ein Anflug von Schüttelfrost. Auf meiner Stirn tritt Schweiß aus. Es kann nicht sein, dass sie den Krieg mit Atomsprengköpfen beginnen, ohne vorher etwas anderes versucht zu haben. Seit Hiroshima hat sich viel getan. Einmal müssen die neuesten Errungenschaften der Waffentechnik auf ihre Wirksamkeit hin überprüft werden. *Experiment on human material.*

Ich werde mehr trinken. Wenn das die ersten Bilder des dritten Weltkriegs sind, spielt es sowieso keine Rolle, ob und wie viele Jahre Leben ich noch haben könnte, haben würde, unter anderen Umständen gehabt hätte, dann geht es nur darum, bis zu irgendeiner möglichst schmerzarmen Form des Todes durchzuhalten, vorher so lange wie möglich die Hoffnung zu wahren, dass es schnell vorbei ist, denn das ist die einzige Hoffnung, die bleibt.

Leichter Schwindel, während ich in die Küche gehe. Die Ahnung, was es mit dem gravierten Haselnusszweig auf sich haben mag, wie schön er sich über die Bilder der brennenden Häuser legte, wenn die Tanten sich ihr »Prösterchen« und »Zum Wohl« zunickten.

In der Fernet-Branca-Flasche sind noch zwei oder drei Doppelte. Das reicht für einen Zustand, in dem ich es bis in den Supermarkt schaffe.

Gabi trinkt wenig, höchstens mal ein Glas Wein. Sonst hätte sie weniger Schwierigkeiten, mit jemandem ins Bett zu gehen, einfach nur so.

Es stimmt nicht, dass die Leute sich weniger paaren, wenn Krieg ist, im Gegenteil.

Ich schraube den Deckel der Flasche ab, gieße vorsichtig ein, damit nichts verloren geht. Weder habe ich vorhin gezittert, noch zittere ich jetzt. Schraube den Deckel zu, öffne die Tür des Kühlschranks, die Klappe des Eisfachs, hole die gefrorene Platte Larven heraus. Sie leuchtet so rot, als wäre sie aus giftigem Kunststoff gegossen, Sollbruchstellen wie bei einer Tafel Schokolade. Ich nehme ein Messer aus dem Besteckkasten, teile ein Viertelstück ab, lege das Messer in die Spüle. Schon auf dem kurzen Weg aus der Küche am Bett vorbei zum Aquarium tauen die Larven an. Ein Tröpfchen ihres dünnen Bluts sammelt sich an meinem Daumen. Ich stelle das Glas auf die Abdeckung, gebe den Fischen ihr Futter ins Becken. Sie zerfetzen das Gewürm, als wären sie eine Löwenmeute, die über die Innereien eines frisch aufgebrochenen Gnus herfällt.

Das Symbol und die Schrift der Nachrichtensendung erscheinen auf dem Bildschirm, dann die ablaufende Uhr, noch sieben Sekunden. Kein Ton. Der Sprecher trägt ein lächerlich grün-schwarz kariertes Jackett mit purpurnem Einstecktuch, als säße er mit den Tanten beim Haselnusslikör. *Krieg am Golf* steht hinter ihm unter der Karte – nicht länger: *Aufmarsch*.

Er hat begonnen, er ist nicht mehr nur eine, wenn auch äußerst wahrscheinliche Möglichkeit der näheren oder nächsten Zukunft. Ich schalte zusätzlich das Radio ein.

»... die US-Luftwaffe, unterstützt von britischen, saudischen und kuwaitischen Einheiten, fliegt seit den frühen Morgenstunden Angriffswellen gegen Stellungen der irakischen Armee. Die für das feindliche Radar unsichtbaren Stealth-117a sind ebenso im Einsatz wie Langstreckenbomber vom Typ B-52. Von Schlachtschiffen im Persischen Golf werden außerdem neuartige Marschflugkörper vom Typ »Tomahawk« abgefeuert. Ziele sind neben Saddam Husseins Eliteeinheiten, den Republikanischen Garden, vor allem irakische Radareinrichtungen, Luftwaffenstellungen, Chemiefabriken und die gefürchteten Scud-Raketen, von denen man annimmt, dass sie chemische Sprengköpfe nach Israel und Saudi-Arabien tragen können …«

Als wäre es die normalste Sache der Welt, schiebt der Sprecher den Papierbogen beiseite, sobald er ihn zu Ende gelesen hat. Die Bewegungen der sorgfältig manikürten Finger haben keinen Zusammenhang mit dem, was ich höre, erscheinen völlig unangemessen, geradezu obszön. Die Fische balgen sich um Wurmfetzen.

»In mehreren deutschen Städten haben sich bereits zahlreiche Menschen versammelt, um gegen den Beginn des Krieges zu demonstrieren.«

Wenn der Tod sicher ist, spielt es im Grunde keine Rolle, wann er eintritt. In jedem Fall wurde mehr verpasst als gelebt.

»Der Deutsche Bundestag tritt am Vormittag zusammen, um Helmut Kohl erneut zum Bundeskanzler zu wählen.«

Ich rufe Gabi an. Vielleicht ist es ihr heute lieber, nicht allein zu sein. Das Freizeichen ertönt, drei-, vier-, fünfmal. Vielleicht ist sie eingebrochen, sieht sich außerstande, ans Telefon zu gehen. »Dies ist der Anrufbeantworter von Gabi Schiefer. Nach dem Signalton können Sie eine Nachricht hinterlassen.«

»Hallo, Gabi, ich bin's. Wahrscheinlich hast du schon gehört, dass es losgegangen ist im Irak. Keine Ahnung, worauf es hinausläuft, aber gut wird es bestimmt nicht, ich mache mir da keine Illusionen … Egal. Ich wollte nur sagen: Du kannst jederzeit vorbeikommen, wenn dir nach Reden ist. Oder so.«

Irgendetwas tun.

Dank

Ich danke dem Auswärtigen Amt und dem Goethe-Institut Istanbul für ein Stipendium in der Kulturakademie Tarabya sowie Stefan Winkler vom Goethe-Institut Pakistan, Naurin Zaki vom Annemarie-Schimmel Haus, Lahore, Sajida Haider Vandal, Pervaiz Vandal und Zafer Iqbal von der University of Culture and Arts für ein Stipendium in Lahore und Sabine Reddel-Heimann vom Goethe-Institut Kairo.

MIX
Papier aus verantwortungsvollen Quellen
FSC® C014496

Verlagsgruppe Random House FSC® N001967

1. Auflage

Neumarkter Straße 28, 81673 München
Satz: Uhl + Massopust, Aalen
Druck und Einband: GGP Media GmbH, Pößneck
Umschlaggestaltung: buxdesign GbR
Umschlagmotiv: plainpicture/Design Pics/Diane Levit

Printed in Germany
ISBN 978-3-630-87540-8

www.luchterhand-literaturverlag.de
www.facebook.com/luchterhandverlag
www.twitter.com/luchterhandlit